Um Ano Bom

Um Ano Bom

Ana Faria

Copyright © 2016 by Ana Faria

EDITOR:
Gustavo Abreu

DIAGRAMAÇÃO E REVISÃO:
Nathan Matos | LiteraturaBr Serviços Editoriais

CAPA:
CAROL OLIVEIRA

TODOS OS DIREITOS RESERVADOS.
Não é permitida a reprodução desta obra sem aprovação do Grupo Editorial Letramento.

Dados Internacionais de Catalogação na Publicação (CIP)
Bibliotecária Juliana Farias Motta CRB7- 5880

F224a Faria, Ana
Um ano bom / Ana Faria . -- Belo Horizonte, MG : Letramento, 2016.
p. 324. ; . 21 cm.

ISBN: 978-85-68275-81-8
1. Prosa – Literatura brasileira.2. Ficção brasileira. I. Título.
CDDB 869.3

Bubble é um selo do Grupo Editorial Letramento

Belo Horizonte - MG
Rua Cláudio Manoel, 713
Funcionários
CEP 30140-100
Fone 31 3327-5771
contato@editoraletramento.com.br
www.editoraletramento.com.br

A vida estava Nele e a vida era a luz dos homens. A luz resplandece nas trevas, e as trevas não prevaleceram contra ela.
João: 1: 4,5.

Alegrai-vos sempre no Senhor; outra vez digo: alegrai-vos.
Filipenses: 4: 4

Capítulo 1

A vida de Christopher na escola sempre foi fácil. Tinha muitos amigos, era um jogador de futebol com talento e tinha uma boa relação com os professores. Apesar de não ser um aluno exemplar, suas notas lhe permitiam alcançar a média, ou ficar um pouco abaixo dela, casos que ele sempre conseguiu resolver com a recuperação paralela. O melhor de tudo é que fazia sucesso com as garotas. Elas achavam-no lindo e isso era suficiente para que tentassem se aproximar. Muitas já tinham sentido qualquer tipo de paixonite por Chris que, naturalmente, era cheio de charme e, exatamente por isso, sentia-se satisfeito pelo seu sucesso. A turma era praticamente a mesma desde o Sexto Ano do Ensino Fundamental. Poucas pessoas haviam saído da escola e somente alguns novatos entravam a cada semestre, de modo que, à medida que os anos se passavam e aqueles jovens cresciam, Chris tinha cada vez mais amigos, seu saldo de gols crescia, alcançava a aprovação com o mínimo de esforço nas matérias e ficava cada vez mais bonito e mais querido pelas meninas da escola.

Apesar de tudo isso, o ego de Christopher não era inflado. Diferente de alguns de seus colegas, que eram metidos e maltratavam as pessoas que não pertenciam ao seu círculo, Chris costumava tratar todos de maneira igualitária, com certas preferências, é claro, mas sem ser indelicado ou arrogante. Estas características destoavam-no dos demais, fazendo com que fosse ainda mais amado pelos professores. Entretanto, pecava por omissão. Não interferia no comportamento dos amigos, nem lhes chamava a atenção e, algumas vezes, soltava risadas de uma ou outra piadinha sem graça sobre algum colega de sala. Podia-se dizer, dessa maneira, que Chris participava das ações de seus amigos contra os demais estudantes, ainda que não fosse o autor direto. Sua sala possuía cerca de trinta alunos, mas a turma de Chris correspondia a mais ou menos um terço deles, entre meninos e meninas, além dos colegas de outras classes da escola, sendo a maior parte do Ensino Médio.

Desse "pequeno grande grupo", havia ainda um subgrupo, do qual faziam parte Chris, Jéssica Monteiro e suas duas amigas inseparáveis — Vanessa e Fabiana —, outras garotas menos influentes, Tiago — melhor amigo de Christopher — e mais cinco ou seis garotos cujos laços com Tiago e Chris eram estreitados pelo futebol que praticavam dentro e fora da escola.

Quando entraram para o Ensino Médio, Christopher e seus colegas aderiram à onda do momento: se tornarem fortes e musculosos através da malhação pesada. Entretanto, ao contrário de alguns rapazes que conhecia, Chris não tinha coragem de tomar anabolizantes, pois era receoso quanto aos efeitos colaterais e tinha medo de morrer. Não se importava em vê-los adquirindo o corpo desejado de maneira rápida. Chris preferia se esforçar mais na academia, em vez de aderir ao "efeito bomba".

Era verdade que os garotos naquele momento passaram a se preocupar muito com a aparência e com a impressão que deixariam nas meninas, mas isso não perecia ser problema para Chris. Com seus cabelos castanhos escuros bem curtos, seus olhos cor de mel e seus 70 quilos distribuídos por 1,75 metros de altura, chamava a atenção de praticamente todas as garotas do colégio. Sentia-se seguro em relação a isso, escolhia a dedo a menina com quem ficaria em cada festa. Não estava disposto a namorar naquele momento, embora uma noite fosse suficiente para deixar as garotas aos seus pés.

Chris nunca havia se apaixonado de fato. Talvez tenha ficado impressionado com uma ou outra garota, mas logo a esquecia em detrimento de outra mais bonita. Não era o tipo de cara que ficava pensando em alguém, ansioso ou criando expectativas. Geralmente, interessava-se por uma menina em razão da aparência, e, como não passava muito tempo com a mesma pessoa, não se importava muito com a personalidade e o caráter dela.

Havia namorado Jéssica Monteiro por um breve período, durante o Segundo Ano. Ela era a menina mais bonita da escola e já há algum tempo se insinuava para Chris, dando a entender que estava interessada nele. Não havia motivos para Chris ignorá-la. Chamou-a para sair, depois foram a uma festa juntos, se encontraram mais algumas vezes durante cerca de dois meses. Fora o tempo mais longo que passara com uma garota até então. Contudo, Chris não sentia nada por Jéssica além de atração física, e percebeu que ela, ao contrário, gostava muito dele e esse sentimento crescia à medida que ficavam juntos.

Numa noite, Jéssica o convidou para ir até a casa dela, pois seus pais estavam em uma festa e chegariam bem tarde. Chris entendeu sua intenção. Aquele convite não significava outra coisa a não ser estar sozinho com uma garota e livres para fazerem o que quisessem. Era uma proposta tentadora e Jéssica Monteiro era mesmo linda. Mas Chris não foi. Inventou qualquer desculpa para se esquivar e, depois de alguns dias, terminou o relacionamento com ela. Embora nunca a tivesse pedido em namoro, era assim que Jéssica entendia o relacionamento deles, portanto não bastava que Chris deixasse de procurá-la, ele tinha de romper com ela, com todas as letras. E foi o que fez. Jéssica chorou horrores na hora do recreio e toda a escola ficou sabendo sobre o assunto. Como justificativa, Chris disse apenas que não queria ter um relacionamento sério naquele momento, o que não era de todo uma mentira. Entretanto, omitiu o fato de que nunca esteve realmente interessado naquela garota e não queria levá-la para cama aproveitando-se dos sentimentos que tinha por ele.

Para aquele rapaz, seus amigos eram o seu maior interesse e passavam grande parte do tempo juntos, dentro e fora da escola, jogando bola, vídeo game, estudando, conversando trivialidades, malhando juntos na academia, entre outras coisas de garotos. Dentre todos os colegas, Chris tinha uma amizade mais forte com Tiago, eram muito unidos, pediam conselhos um ao outro, sentiam-se como irmãos. Passavam muito tempo juntos, eram parceiros, como costumavam dizer. Às vezes brigavam, até mesmo usando a força física, mas em pouco tempo voltavam às boas novamente.

Até aquele momento, Chris havia conseguido quase tudo o que queria e sentia-se confortável naquele último ano escolar. Seria o início de uma boa despedida, para então passar a aproveitar o que a universidade poderia proporcionar-lhe a partir do ano seguinte... Foi quando viu Clara pela primeira vez.

Capítulo 2

Era o primeiro dia de aula do Terceiro Ano do Ensino Médio, que prometia ser o melhor até então na vida daqueles jovens cheios de sonhos e energia. Chris estava sentado em uma das mesas, rodeado por um grupo de amigos, colocando os assuntos das férias em dia, sorrindo e brincando e, então, uma garota entrou na sala acompanhada pelo professor de Matemática, que os saudou:

— Bom dia, alunos, sejam bem-vindos. Sentem-se, por favor.

A novata procurou um assento no fundo da sala, mas estavam ocupados pelo grupo de Chris. Sentou-se, então, em qualquer lugar vago na fileira do meio. Os garotos a olhavam curiosos, algumas garotas cochichavam e riam baixinho. A novata não olhava para os lados, nem para trás. Estava confortavelmente imóvel, parecendo mais entediada do que realmente preocupada em pisar naquele terreno estranho da nova escola.

— Bem, alunos, acredito que todos aqui já se conhecem com exceção de mim e dessa mocinha que acaba de entrar. Meu nome é Adil, sou professor de Matemática e os acompanharei nesse último ano, inclusive na preparação para o vestibular.

Poderia se apresentar, mocinha? — solicitou, dirigindo-se à novata.

Ela permaneceu em silêncio, meio tímida.

— Qual é o seu nome? — insistiu o professor.

— Clara.

— Ótimo. É o bastante. Terão tempo de se conhecer depois. Agora precisamos discutir o cronograma...

Adil virou-se para o quadro e fez algumas anotações, explicando como seria seu curso naquele ano. Clara abriu o caderno e começou a escrever. As garotas se cansaram de falar mal da novata e viraram-se para frente para copiar. Um amigo de Chris fez qualquer comentário do tipo "feiosa", antes de se virar para frente.

Chris ficou inerte, olhando aqueles cabelos vermelhos compridos e aqueles tênis *All Star* surrados que ela calçava. Vira o rosto dela muito rapidamente e agora a nova aluna estava sentada de costas para ele. Chris tombou o corpo para um lado e para o outro, mas tudo o que conseguiu foi vê-la de perfil. Ele desistiu e resolveu concentrar-se na aula. Seria interessante ter aquela garota na sala. Pelo menos uma pessoa diferente daquelas patricinhas competitivas da turma.

Com os olhos alternando entre o quadro e o caderno, Clara copiava as anotações do professor sem o mínimo de entusiasmo, respirava fundo pensando em quanto aquele último ano seria difícil e no esforço que teria de fazer para suportar aquele bando de patricinhas e *playboys* que infestavam o colégio. Desejava ter ido para uma escola pública, qualquer que fosse. "Escola é tudo a mesma coisa", pensava. Mas seu pai fora irredutível e obrigou-a a aceitar permanecer no sistema privado. Ela detestava tudo aquilo e não entendia por que o pai pagava uma fortuna nas mensalidades de um colégio como aquele. "Era ridículo!", julgava a menina.

Clara entrou naquela escola já bastante pessimista. Tentava, sem sucesso, se apegar às palavras de sua melhor amiga, que a incentivava a confiar em Deus e acreditar que seus problemas seriam resolvidos. Contudo, presumia que o que a esperava naquele lugar não seria nada diferente de todos os colégios nos quais já tinha estudado. Seria hostilizada pelo grupinho dos populares, principalmente pelas garotas, que se achavam as mais belas do mundo. Não atrairia nenhum olhar masculino, pois não julgava possuir os atributos que aqueles rapazes procuravam em uma garota. Talvez se destacasse pelas notas altas, mas odiaria ser elogiada por algum professor diante da turma. Preferia ficar no anonimato, que a deixassem em paz, esquecida em um canto, o que era impossível com aqueles cabelos vermelhos e o jeito incomum. Ela não conseguia perceber que quanto mais tentava se esconder, mais atraía olhares curiosos. Talvez, se fosse uma garota comum, pudesse passar despercebida, mas não, ela não tinha nada de comum, era muito diferente... E isso atraiu a atenção de Chris.

Clara era de estatura mediana, cabelos compridos e tingidos de vermelho, ondulados, inteiros, cuja franja era do mesmo tamanho de todos os outros fios. Nenhum corte definido. Para falar a verdade, não cortava o cabelo há um bom tempo. Aparava as pontas, de vez em quando, para não ficar longo demais. Seu uniforme, já customizado do ano anterior, seria aproveitado também nessa escola, que era da mesma rede. Pouca maquiagem, apenas olhos bem marcados por delineador preto. Levava dois brincos pequenos em cada orelha, prateados. Poucos aneis, muitas pulseiras e colares diferentes, tênis *All Star* bastante gastos. Suas roupas largas e desbotadas não revelavam seu corpo magro e suas curvas. As unhas costumavam ser pintadas com esmalte escuro, mas nada feito em salão, ela mesma fazia, ou sua melhor amiga, chamada Ariana, quando passavam a tarde conversando.

Talvez ela fizesse amizade com um ou outro *nerd* que puxasse papo. Ela tinha preconceitos. Quer dizer... Não contra os *nerds*, mas sim contra as *patys* e *playboys*.

Capítulo 3

A escola funcionava em um prédio antigo e restaurado, tombado pelo patrimônio cultural. As paredes e janelas pintadas de branco precisavam sempre de manutenção para garantir a limpeza e segurança do ambiente. Era uma escola de médio porte, que oferecia turmas de Ensino Médio e Fundamental, uma turma para cada série, com cerca de trinta a trinta e cinco alunos cada. A entrada da escola era feita por um portão gradeado, era preciso atravessar um bonito jardim e o estacionamento para então acessar a parte interna, cheia de corredores e salas. Na parte externa havia um pátio, uma quadra coberta e outra descoberta, um parquinho de areia, uma cantina e uma pequena piscina, que mal cabiam dez pessoas. O espaço era organizado de forma a permitir que todos os alunos o utilizassem, mas sem misturar os mais novos com os mais velhos. Os horários do recreio eram alternados e o uso de cada quadra era dividido entre as turmas, ao longo da semana. O uso da piscina ficava a critério do professor de Educação Física, que raramente marcava ali alguma atividade, ao não ser quando as turmas insistiam muito.

O portão estava quase se fechando quando Clara entrou no colégio naquela manhã fria e chuvosa, incomum para a época do ano. Fevereiro costumava chover, mas a temperatura geralmente era bem quente. O pátio estava cheio de alunos de todas as idades. O Ensino Médio se reunia próximo à quadra onde deveriam permanecer até a execução do hino nacional. Clara tirou sua blusa de frio da cintura e a vestiu. Ao respirar, dava para enxergar o vapor que saía da boca e das narinas. Logo o Sol trataria de elevar a temperatura naquela manhã, que continuaria alta até meados de abril.

O fim de semana tinha sido agitado para a turma, devido a uma festa que ocorrera no sábado. Todos conversavam sobre os acontecimentos daquela noite. Quem ficou com quem, as músicas, as fofocas, as brigas, a garota que passou mal de tanto beber... Clara permanecia alheia aqueles assuntos que não lhe diziam respeito. Sua mente estava cheia de outros pensamentos, algumas recordações do fim de semana que passara imersa em suas leituras e outras lembranças ainda mais antigas, que não se apagavam por mais que ela quisesse. Há quase um mês na escola, ela já sabia das regras a respeito do hino nacional e se aproximou dos colegas, embora tenha ficado um pouco afastada. Deveriam permanecer em fila, com postura de respeito, cantando ou em silêncio.

Algumas garotas a olhavam curiosas. O ano mal havia começado, mas elas já nutriam uma espécie de aversão àquela colega de cabelos tingidos.

— Quem é aquela novata ridícula? — perguntou uma delas, com arrogância.

— Não faço a mínima ideia — outra menina respondeu. — Só sei que ela se veste muito mal.

— Será que ela não percebe o quanto é cafona?

— Ela parece ser meio revoltada. Vai ver tem a cabeça virada.

Não tiveram muito tempo para especular, pois a supervisora pediu atenção e os alunos ficaram em posição. O hino tocou solene, todos fizeram silêncio absoluto. Sob os olhos ameaçadores da supervisora, ninguém ousava brincar naquele momento. Clara ficou ereta e colocou as mãos para trás, não cantou, preferiu ficar em silêncio ouvindo aquela música que, sem explicação, lhe arrepiava os sentidos e lhe inspirava sentimentos nacionalistas.

Ao término do hino, as turmas voltaram a conversar normalmente e se dirigiram para as salas. A supervisora posicionou-se próxima ao portão de entrada do prédio, cumprimentando cada aluno que passava, elogiando alguns e chamando a atenção de outros. Ao passar por ela, Clara ofereceu um "bom-dia". As duas tinham sido apresentadas no ato da transferência da garota e conversaram sobre o tempo de Clara ali, as regras que deveriam ser obedecidas e o comportamento exemplar que ela deveria ter, já que tinha sido convidada a se retirar da última escola em que estivera.

Clara entrou em sua sala e se dirigiu para um lugar vago. A maior parte da turma já havia se sentado. Alguns alunos passavam por ela e a olhavam desconfiados, seguindo direto, sem cumprimentá-la. Uma garota passou pela porta e a olhou com desdém, seguida por Chris, que entrou na sala, preocupado, procurando por algo na mochila.

— Mas que droga! Esqueci o trabalho da Oneida.

Ele olhou para Clara, intrigado, e procurou outro lugar para se sentar, já que ela estava no lugar que ele gostava. Sentou-se atrás dela.

— Assente-se logo, senhor Christopher, nada de trelelê — disse a professora batendo palmas. — Bom dia, a todos! Entreguem-me os trabalhos! — ordenou e passou recolhendo-os de carteira em carteira.

—Droga, tô ferrado! — sussurrou Chris ao colega do lado.

Clara nada respondeu, pois certamente ele não estava falando com ela. Tiago se virou e rebateu:

— Pôxa, cara, o meu está aqui, mas não vai dar nem tempo de você copiar. O que vai fazer?

— Não sei, se ela não deixar eu entregar depois, posso ficar de recuperação, as provas dela são sempre difíceis.

— Vacilou.

— O que eu digo?

— A verdade, que não fez e pede uma chance.

— Mas eu fiz, cara, esqueci no meu quarto. Que droga! Quando resolvo fazer um exercício, esqueço a porcaria em casa!

— Ela vai deixar você trazer amanhã.

— O trabalho! — pediu Oneida a Tiago, interrompendo a conversa dos dois. O garoto entregou para ela. — E o seu, mocinho? — dirigiu-se a Chris.

— Sabe o que é, professora, eu fiz, mas esqueci em casa.

— Como sempre uma desculpa, não é, Christopher?!

— Mas é verdade, eu fiz. Deixa eu trazer amanhã?

— Amanhã não, hoje à tarde, senão é zero.

— Hoje à tarde, beleza!

Oneida olhou para Clara:

— Fez o trabalho?

— Sim, senhora — disse entregando a pasta.

Christopher a olhou e ficou reparando. Tinha a voz suave e parecia ter feito o trabalho com esmero. Estranho, pois a primeira impressão que teve foi de uma garota mais rude e irresponsável. Chris teve vontade de conversar com ela, puxar algum assunto, mas balançou a cabeça tentando se livrar desses pensamentos. Durante toda a aula, ele lançava olhares furtivos para os cabelos dela, sem que ninguém percebesse. Estavam mais próximos do que o habitual, a uma distância de cinquenta centímetros, e isso parecia confortar o coração de Chris.

"Estou cismado com essa garota!", pensou consigo mesmo. Por mais que quisesse conversar com ela, o que seria algo simples e comum, ele parecia ficar constrangido e receoso e, por isso, era mais fácil ignorá-la. Embora nunca tivessem trocado nenhuma palavra, ele sentia vontade de sentar-se perto dela todos os dias e sempre dava um jeito, disfarçadamente, de isso acontecer. Clara... Quando ele iria a conhecer?

Na hora do recreio, Clara foi para um canto, ficou lendo um livro e comendo uma maçã. Quando ia colocar os fones nos ouvidos, escutou os gritos dos garotos jogando futebol. Um deles havia feito um gol e os demais o abraçavam. Christopher era o seu nome. Como ele era bonito! Clara observou-o por alguns instantes, admirando sua beleza, sua habilidade com o esporte, seu corpo... Ele parecia ser muito querido.

— O que está lendo? — uma voz interrompeu seus pensamentos.

Clara olhou para cima e avistou uma garota bonita, gordinha, de cabelos até o ombro, que comia biscoitos.

— Machado de Assis.

— Eca! Você gosta? — perguntou a garota, assentando ao lado de Clara.

— Sim, um pouco, me ajuda a escrever melhor.

— Eu não tenho paciência, nunca leio os livros que a escola manda.

— Ler é legal e ajuda a passar o tempo.

— Clara, né?

— Sim.

— Sou Fernanda.

— É da minha sala, não é?

— Sim, me sento lá na frente.

Começaram a conversar sobre alguns assuntos da escola, mas logo foram interrompidas por três garotas que se aproximaram:

— Por que está conversando com essa idiota, Fernanda?
— Vocês a conhecem? — estranhou Fernanda.
— Nem quero. Estamos correndo de gente esquisita, e se eu fosse você não ficava amiguinha dela, vão falar mal de você.

Clara as olhou, enojada. Não esperava conhecer quem eram as garotas insuportáveis tão cedo. Ela se levantou e saiu sem dizer nada.

— Está fugindo, feiosa? — desafiou-a Jéssica Monteiro, indo atrás.

Clara seguiu em frente, andando e lendo ao mesmo tempo, fingindo-se de surda. A garota se aproximou e bateu a mão no livro, jogando-o no chão. Os garotos jogavam futebol e Christopher corria para trás, de costas, esperando a bola, quando viu a cena e diminuiu a velocidade. Tiago se aproximou:

— A Jéssica já começou a pegar no pé da menina, olha lá.
— Tô vendo, que idiota! A garota nem chegou direito — reprovou Chris.
— É a sua namorada, dá um jeito nela — disse Tiago correndo pro outro lado.
— A Jéssica não é minha namorada, só fiquei com ela um tempo. Pare com esta história!

Clara se abaixou para pegar o livro e respirou fundo. Lembrou-se das palavras da supervisora avisando-a que se aprontasse qualquer coisa chamaria seu pai e lhe daria uma advertência imediatamente. Recordou também dos conselhos de sua amiga Ariana sobre a importância da paciência e do domínio próprio. Clara se levantou e deixou a garota falar o que queria:

— Não adianta tentar se aproximar do nosso grupinho, pois você nunca vai fazer parte dele. Então, não fica puxando papo com a gente. Você deveria pentear esse cabelo e se vestir melhor, porque suja a imagem das mulheres dessa escola. Somos as mais bonitas do bairro e você aparece assim toda desleixada, o que vão dizer do nosso colégio?!

— Dirão que você é a mais bonita de todas e, portanto, é melhor que eu continue feia, não acha?

Jéssica realmente era muito bonita, mas era fútil. Ficou desconcertada diante da resposta de Clara e se calou, envaidecida. Ela tinha razão. Vestindo-se daquele jeito, seria menos uma para competir. Jéssica saiu como se desfilasse em uma passarela. Ela e as amigas foram para a arquibancada assistir ao jogo dos meninos. Fernanda olhou para Clara, chateada e seguiu na direção oposta às garotas. Clara foi para outro canto continuar sua leitura e tentar recuperar a calma.

Capítulo 4

Os dias que se seguiram foram de muito estudo e poucas amizades. Como previa, Clara acabou se aproximando dos alunos da sala que geralmente eram excluídos pelos demais. Não eram seus amigos íntimos, mas se davam bem, admiravam-na por sua agilidade e inteligência e gostavam do seu estilo despojado. Os trabalhos em dupla ou em grupo sempre eram uma oportunidade de algum colega se aproximar. Ela esperava que a convidassem, nunca ia atrás. Geralmente, estes colegas eram mais tímidos e calados e tinham dificuldades de fazer novas amizades. Todavia, quando se aproximavam da novata, percebiam que ela não era uma adolescente rebelde e negligente como aparentava ser, mas, ao contrário, era uma aluna aplicada e tinha muita educação. Tratava-os bem e lhes dava importância, sabia trabalhar em equipe, gostava de ouvir o que tinham para dizer. Tudo isso fazia com que aqueles colegas de sala que não faziam parte do grupo de Jéssica e Chris, desenvolvessem uma afeição por Clara, que apesar disso, mantinha-se isolada a maior parte do tempo, intencionalmente.

Certo dia, ao invés de deixar os alunos escolherem, a professora sorteou os componentes das equipes. Coincidentemente

Tiago e Christopher ficaram no mesmo grupo, que também teria como integrantes Josiane, a mais "burra" da sala como diziam os colegas, Vanessa, amiguinha de Jéssica e apaixonada por Tiago, e Clara. Jéssica deu um pequeno chilique, pois não havia gostado do grupo em que estava e queria trocar com alguém do grupo de Josiane. A professora negou-lhe o pedido.

Juntaram as carteiras e sentaram-se. Vanessa rapidamente sentou-se ao lado de Tiago. Para Clara sobrou um lugar ao lado de Chris, que, por algum motivo que ele ainda desconhecia, sentia-se feliz com a oportunidade de se aproximar da ruivinha. A professora deu as instruções e os alunos começaram a discutir e a fazer o que fora pedido. Era um exercício complicado de Literatura e muitos mal sabiam por onde começar. Envolvia a discussão de um livro que supostamente deveriam ter lido nas semanas anteriores. Na verdade, Tiago e Christopher não tinham sequer lido o prefácio, Josiane estava na metade. Vanessa e Clara leram tudo.

— Eu não li nada, foi mau galera —Tiago foi sincero.

Vanessa seria incapaz de repreendê-lo. Clara ficou em silêncio, pois sentia-se segura quanto ao conteúdo e poderia fazer a prova sozinha se os demais assim desejassem. A primeira pergunta era sobre o título da obra e exigia uma interpretação.

— Fala sobre o quê? — perguntou Tiago.

—Ah, não é muito legal, fala de dois irmãos lá que gostam da mesma garota — desdenhou Vanessa.

— E eles se chamam Esaú e Jacó[1]? — Tiago perguntou.

— Não — respondeu Vanessa.

— Então, qual é a do título? —Tiago quis saber.

Christopher ficou envergonhado de dizer alguma coisa e transparecer que não tinha lido nada. Aquela garota novata instigava o seu interesse e não queria parecer um otário diante dela. Mas isso ele guardou em segredo.

---

[1] ASSIS, Machado de. *Esaú e Jacó*. 10 ed. Rio de Janeiro: Ática, 1998.

— Você sabe, Clara? — perguntou Vanessa.

— Se trata da história de dois irmãos gêmeos que nascem numa época em que o Brasil ainda era Império, porém as manifestações a favor da República já repercutiam. Um dos gêmeos é a favor da permanência da forma de governo vigente e o outro era a favor da proclamação da República. Assim, são rivais na área da política, como sempre foram rivais em outras áreas da vida, desde quando eram crianças. A rivalidade se intensifica quando os dois se apaixonam pela mesma moça. E ela se apaixona pelos dois, não conseguindo escolher para qual deles entregaria seu coração. Apesar de serem gêmeos idênticos na aparência, tinham personalidades muito diferentes, como se fossem duas versões de um mesmo homem. Ela não conseguiu se decidir. O título faz referência à história bíblica dos netos de Abraão, os filhos gêmeos de Isaque: Esaú e Jacó. A Bíblia conta que brigavam já desde o ventre da mãe e, ao que parece, disputaram entre si quase a vida inteira.

Chris ficou admirado por ouvir Clara falar daquele jeito. Fora uma explicação sucinta e objetiva, e a forma com que ela articulava as palavras era incomum dentre os amigos de Chris. Sabiam conversar formalmente, é claro, mas não faziam uso desse conhecimento nem mesmo nas aulas de Literatura. Então, ela era inteligente? E ele pensando que ela tirava notas boas porque colava durante as provas. Sim, ela lia muito, isso era verdade, lia quase todos os dias na hora do recreio. Sempre estava com um livro a tiracolo. Caramba! Era difícil decifrar aquela garota!

— Ela se decide? — indagou Tiago, interrompendo o raciocínio de Chris.

— Como? — Clara perguntou.

— A garota consegue decidir com qual irmão quer ficar? — insistiu Tiago.

— Ela não teve tempo — respondeu Clara.

— E por que não?

— Ela morre bem jovem — respondeu Vanessa, sorrindo para Tiago.

— Então, esse final é muito ruim. A gente fica o livro todo querendo saber quem ela vai escolher e no final ela morre! Sacanagem.

Todos riram.

— Concordo com você quando diz que o final não é agradável — opinou Clara —, certamente nós, leitores, sempre buscamos um ponto final nas histórias. Queremos que elas tenham início, meio e fim. Mas a vida real nem sempre é assim, as coisas muitas vezes terminam antes mesmo de começar, ou acabam sem mais nem menos. E, quando pensamos que terá um meio, um enredo, algo que poderemos recordar com carinho, o destino dá um basta. Dificilmente nossos sonhos são realizados e, quando há um final, nem sempre é feliz.

Christopher a olhou, pensativo. Ele tinha muitos exemplos de sonhos não realizados, mas muitas outras coisas que tinha conquistado.

— Às vezes, os sonhos se realizam — disse ele, participando da discussão pela primeira vez.

— É, às vezes... — concordou ela pensativa.

Vanessa intrometeu-se:

— Eu já realizei muitos sonhos: fui pra Disney, ganhei o casaco de couro que eu queria, vou ganhar um carro quando passar no vestibular.

Tiago também deu alguns exemplos. Clara ficou em silêncio, permitindo o debate dos colegas. Christopher a olhava, admirado pela sua explicação sobre a história do livro. Nenhuma garota que ele conhecia falava coisas interessantes daquele jeito. Sempre faziam os exercícios de qualquer maneira e ficavam o resto do tempo conversando trivialidades. Terminaram a discussão daquela e das outras questões da avaliação e chegaram a um consenso. Vanessa escreveu as respostas.

Capítulo 5

Assim que chegou da escola, Christopher foi até o quarto, pegou o livro tema da atividade daquele dia e começou a ler. Leu o resto do dia todo e uma parte da noite. Pela manhã, dento do carro, tentava finalizar a leitura rapidamente, curioso para chegar ao fim, mesmo já sabendo o que iria acontecer. Sua mãe dirigia o carro surpresa por ver o filho lendo um livro, ainda mais de Machado de Assis. Mas não disse nada. Dois quarteirões antes de chegar à escola, Christopher virou a última página, leu as últimas linhas e fechou o livro, colocando-o sobre o painel do carro.

— Que droga, ela morre mesmo! — pensou alto.
— Quem, meu filho?
— A mulher do livro.

A mãe parou na porta da escola. Christopher deu um beijo nela, como há muito não fazia, e desceu do carro. O irmãozinho dele, Rafael, abraçou a mãe, como normalmente fazia. A mãe sorriu e se foi. Christopher entrou na escola e foi para a sua turma, procurou Clara e a encontrou no final da fila como sempre, lendo o livro do próximo mês.

— Oi — cumprimentou-a.

Ela o olhou surpresa e respondeu:
— Oi.
— Eu li o livro.
— Leu é?
— Li.
— Mas a prova já passou — a garota levantou as sobrancelhas.
— Fiquei curioso.
— Mas eu contei o final, não perdeu a graça?
— Mais ou menos. Eu tinha esperanças.
— De quê?
— Dela não morrer.
Clara sorriu, sem entender:
— Como assim?
— Você poderia estar mentindo.
Clara estreitou os olhos, contrariada.
— Eu não mentiria sobre isso, aliás, normalmente eu não costumo falar mentiras.
— Vai ler esse aí também? — apontou para o livro na mão dela.
— Vou.
— É legal?
— Não sei, estou no início, parece que sim.
— Vou pensar se vou ler... Graciliano Ramos... — ele leu a capa. — Sobre o que é?
A menina folheou o livro e mostrou algumas ilustrações.
— Sobre uma família pobre do sertão.
— Hum... De onde você veio? Morava em outra cidade? — Chris queria saber mais sobre ela.
Clara sentia-se incomodada com o prolongamento daquela conversa. Ela não queria contar nada para aquele garoto e, além de tudo, sabia que ele era um dos queridinhos das

meninas e, caso os vissem conversando, ficariam com ciúmes e tornariam a vida acadêmica de Clara pior do que já era.

— Olha, Christopher, não me leva a mal, mas é melhor não ficarmos conversando.

Chris se assustou:

— O que foi? Fiz alguma coisa?

— Não. Mas eu não estou a fim de confusão com a sua namorada. Ela e as amigas já deixaram claro que eu não sou bem vinda e, pra falar a verdade, não faço questão de ser, só quero ficar em paz.

Chris balançou a cabeça, reprovando aquela ideia.

— Qual é? A Jéssica? Ela não é minha namorada. Elas te perturbaram?

— Só me disseram para não caçar a sua turma e sim a minha.

— Não liga pra essas meninas, são umas metidas — ele revirou os olhos.

— De garotas assim que você e seus amigos gostam, não é?

— Como assim?

— Garotas como a Jéssica.

— Isso é viagem sua, você pode ficar com a gente, a Jéssica não manda em nada.

— Olha, não me ache mal educada, mas é que realmente este ano está sendo mais difícil que os outros e se eu não der certo nesta escola estarei ferrada. Sua turma não é o meu estilo de amizade, mas obrigada — disse ela se afastando um pouco e voltando à leitura.

Christopher teve raiva de Clara. *Garota esquisita! Que razão estúpida para não serem amigos! Quem ela pensava que era?* Qualquer pessoa da escola faria de tudo para andar com eles e aquela ruivinha os desdenhara. Sentiu mais raiva ainda de Jéssica, que se tornara uma pedra em seu sapato desde quando o namorico terminou. *Ele nunca prometeu nada a ela, foram apenas beijos e abraços*! Mas Jéssica não conseguia entender que ele não queria mais nada com ela, ficava no pé o tempo todo e atrapalhava seus relacionamentos com outras pessoas. Ele a achava bonita, mas não queria se envolver demais, pois Jéssica era o tipo de garota que sufocava e Chris não gostava de sentir-se preso.

Ele voltou para a fila, aborrecido, e entrou na sala de cara fechada. Decidiu não puxar mais papo com a novata, ela não faria falta alguma. Quando entraram na sala, as carteiras possuíam pequenas placas de papel com o nome de cada aluno, indicando o lugar em que eles deveriam sentar, lugares estes que passariam a ser fixos por ordem da direção. Queriam separar os grupinhos de conversa, para evitar interrupções nas aulas. A escola buscava alto índice de aprovação no vestibular e grande parte daquela turma não parecia ter muito potencial para passar nas grandes universidades. Era preciso mudar isso.

Para a surpresa de Chris e de Clara, deveriam assentar-se um ao lado do outro, separados apenas pelo corredor estreito entre as fileiras. Chris ficou satisfeito por poder ficar mais perto daquela garota estranha. Talvez assim ela fosse obrigada a trocar algumas palavras com ele. Mas os dias que se seguiram mostraram que ele estava errado. Ela o ignorava e isso o incomodava muito. Clara era inteligente, ele não tinha dúvidas disso, mas não se mostrava uma aluna muito dedicada. Sentava na cadeira de forma desleixada, não participava das aulas, não fazia perguntas e não levantava a mão para responder nada. Fazia alguns deveres, outros não, mas anotava tudo o que o professor escrevia e falava, registrando em seu caderno "tintim" por "tintim". Seria esse o segredo? As notas dela eram altas e Chris sentiu confiança em colar dela nas provas. Clara não era do tipo que passava as respostas para os outros, mas também não o impedia de ver as respostas, ela abria a guarda abaixando o braço ou tombando o corpo um pouco para o lado. Se ele queria colar, era problema dele!

Aquele garoto era tão bonito que deixava Clara desconcertada. Ela ignorava facilmente as pessoas que julgava arrogantes, mas ignorar Christopher exigia dela um esforço maior. Às vezes, ela se pegava pensando nele e isso a fazia sentir raiva de si mesma. Ele com certeza tinha consciência de sua beleza e estava acostumado a ficar com a mulher que quisesse. Clara jamais seria uma delas, não se derreteria por aquele *playboy*. O charme dele podia impressionar aquelas bobas da escola, mas Clara não se permitiria despertar qualquer sentimento por ele. Quando Chris passou a sentar ao seu lado, ignorá-lo ficou ainda mais difícil. Ela podia sentir o perfume gostoso que ele usava e ouvir a voz dele, seus braços eram fortes e seu rosto era simplesmente lindo. Clara já tinha visto garotos bonitos em sua vida, mas nenhum mais bonito do que Christopher. Isso a incomodava e a fazia sentir raiva de Chris e da luta interna que ele inspirava nela.

Capítulo 6

Em uma aula de Filosofia, a professora formou duplas para um exercício em sala e, sem critério específico, juntou as carteiras dos alunos que sentavam mais próximos, para evitar muito barulho ao movimentar os móveis de lugar. Chris deveria sentar com Clara para fazerem o exercício juntos. Ele manteve a expressão séria enquanto arrastavam as mesas até unirem-nas, mas por dentro sorria.

— Vocês devem discutir sobre a pergunta que está no quadro e formular uma resposta curta para ela de, no máximo, cinco linhas.

A pergunta era: "Se existe a verdade, ela deve ser única ou pode haver muitas verdades para uma mesma questão?".

— É uma pergunta fácil — afirmou Chris.
— Você acha? — surpreendeu-se Clara.
— Você não?

A garota pousou o queixo na mão.

— Por que acha fácil? Diga a sua resposta.
— Bom, a verdade é única, é claro – defendeu Chris.
— Por quê?

— Como a verdade pode ser verdade, se há outra verdade que também é verdade?

Ela riu pela frase que ele havia elaborado.

— É um trava-línguas?

— Isso é Filosofia, não? — ele riu também.

— Explica melhor.

— Olha, existe uma questão, uma pergunta, um problema, as pessoas podem tentar responder de várias maneiras, mas apenas uma resposta será a verdadeira. Por exemplo: Existe vida após a morte? A verdade é simples: sim ou não. E aí, o que acha?

— Fala outro exemplo.

— Tá, lá vai: Deus existe? A resposta será sim ou não.

— Algumas pessoas acreditam, outras não.

— Mas o fato delas acreditarem não muda nada.

— Como assim? — a menina franziu o cenho.

— Se Deus existe, existirá independente de você acreditar ou não Nele. Você pode até não acreditar, mas ainda assim Ele existirá.

Clara ficou pensativa.

— Não dá para saber a resposta verdadeira para essa pergunta — disse ela.

— Mas, mesmo assim, a verdade existe. Mesmo que nós não tenhamos descoberto a verdade, ela existe.

— Entendi.

— Sua cabeça não deu um nó? — indagou Chris.

— Não.

Ele sorriu. Outras garotas não conseguiriam levar aquela conversa tão adiante.

— E você, o que acha? — inquiriu ele.

— Até agora há pouco, pensava que poderiam existir muitas verdades, mas você me fez mudar de ideia.

— Assim tão fácil? — Chris arregalou os olhos e ficou perplexo.

— Mais ou menos.

— Explica o que estava pensando, dê exemplos.

— Por exemplo, você falou em vida após a morte. Em culturas e religiões diferentes existem várias explicações para a morte e o que vem depois dela. Então, são várias verdades.

— Mas você acha que todas são verdadeiras?

— É o que cada um acredita.

— Acreditar em algo e essa crença ser verdade são coisas completamente diferentes. Não é porque você acredita que será verdade. Às vezes você acredita, mas é mentira, engano. E às vezes você não acredita em algo, mas aquilo é a verdade e você não sabe.

— Agora minha cabeça deu um nó — Clara se ajeitou na cadeira, tentando raciocinar mehor.

— Pensemos na outra questão: Deus existe ou não? O que você acredita?

— Que sim — a menina assentiu com um gesto de cabeça.

— Os ateus acreditam que não. Pessoas de religiões politeístas acreditam em vários deuses, outras religiões tem deuses diferentes. Mas você acredita no Deus do Cristianismo, certo?

— Sim.

— E em Jesus, certo?

— Certo — embora Clara não soubesse em profundidade sobre a fé cristã, estava aprendendo muito com sua amiga Ariana e estava gostando.

— Então, tem você de um lado, que acredita em Deus e que Ele é único, e tem outra pessoa de outro lado que acredita em vários deuses, e tem uma terceira que não acredita em deus nenhum. A verdade de cada uma será a verdadeira verdade?

— Não, não tem jeito — refletiu ela.

— Porque ou há um Deus só, ou há vários deuses, ou não há nenhum. Ou existe uma quarta verdade que ninguém pensou ainda.

— Concordo — afirmou Clara.

— Mas cada um vai defender sua verdade enquanto acreditar nela.

— A não ser que venha alguém e me convença do contrário — argumentou Clara.

— Ou convencer, ou provar. Algumas verdades possuem provas infalíveis e por isso muita gente acredita nela. Outras verdades não apresentam muitas provas e aí poucas pessoas acreditam nela — completou Chris.

— Isso envolve família, cultura, contexto, período histórico em que a pessoa viveu.

— É, porque se você tivesse nascido no Irã, talvez acreditasse em Maomé e em Alá e não em Jesus e em Deus — disse Chris.

Ela apertou os lábios e franziu a testa.

— Talvez. Mas eu acredito que se existe a verdade... Por exemplo, se Deus é a verdade, Ele criará oportunidades para que todos O conheçam, mesmo quem nasceu no Irã.

— Isso seria justo.

— Dá medo — confessou ela com uma expressão preocupada.

— De quê?

— De não saber a verdade e ficar de fora.

Chris tocou o ombro dela, apertando levemente.

— Não vá tão a fundo nessas coisas. É só Filosofia.

— Não é só Filosofia, é a nossa vida que está em jogo. Eu ficaria muito brava se não soubesse a verdade.

— Mas, às vezes, a verdade está na sua cara e você não consegue enxergar.

— Claro que não, como? — duvidou Clara.

— Olhe para mim. Você pensa que eu sou um idiota, mas a verdade é que eu não sou.

Ela riu.

— Eu não penso isso de você — disse ela, baixando a cabeça.

— Claro que pensa.

— E você pensa que eu sou uma esquisita, e eu realmente sou.

Ele riu alto. Jéssica olhou enciumada para a direção dos dois.

— Eu não penso isso de você — disse ele.

— Não?

— Não. Você é bonita.

Clara desviou os olhos, constrangida.

— E inteligente — continuou ele. — Talvez isso seja esquisito. Uma garota bonita e inteligente ao mesmo tempo. Porque eu conheço garotas bonitas que não são inteligentes e garotas inteligentes que não são bonitas.

— Eu já entendi — disse ela um pouco ríspida.

Chris se calou, estranhando a reação dela.

— Então o que eu penso de você é verdade.

— Como assim?

— Que você é um idiota.

— Eu? Por quê?

— Porque eu não conheço nenhum garoto que seja bonito e inteligente ao mesmo tempo, e já que você é bonito...

— Então sou um idiota.

Ela sorriu vitoriosa, concordando com a conclusão dele.

— Faz sentido — disse ele fazendo graça. — Mas talvez eu seja esquisito.

— Não, você não é esquisito — Clara balançou a cabeça negativamente.

— Talvez minhas notas sejam ruins, mas eu seja bom de papo — sugeriu ele.

— Você não é.

— Não gostou de filosofar comigo hoje? Um idiota não te convenceria a pensar de outra forma.

Ela o olhou, séria. Ele era inteligente, sim, e muito esperto.

— É melhor escrevermos a resposta antes que toque o sinal.

— Certo, me calei, não falo mais nada, estou satisfeito, foi bom conversar com você. — Chris falava em tom de brincadeira.

Clara escreveu a resposta e deu para ele ler.

— Ficou bom — elogiou ele.

— Entrega para a professora — pediu ela.

— Eu?

— Eu não vou lá na frente! — ela cruzou os braços, recostando-se na cadeira.

— Por quê?

— Eu escrevi, você entrega.

— Está com vergonha?

— Só não quero ir.

— Não precisa ter vergonha de nada.

— Cala a boca, entrega logo o exercício!

Clara parecia um pouco tensa. Chris ficou olhando para ela, com o exercício nas mãos.

— Me dá logo essa porcaria! — disse a garota, tomando a folha das mãos dele, irritada.

— Tá bom, tá bom, eu vou, não precisa ficar nervosa — ele pegou a folha de volta e levantou-se para entregar à professora. Quando voltou, Clara já havia separado as mesas e voltado para seu lugar na fila. Chris sentou em seu lugar, contrariado.

— Garota maluca! — resmungou.

Por causa de Clara, Chris conseguiu se esforçar e leu o livro exigido para o mês seguinte. Ler não era um de seus programas prediletos, mas ele queria ter assunto para falar com ela, caso houvesse oportunidade. Depois das primeiras páginas, a motivação já não era mais a garota, mas a história em si, que o deixou envolvido e curioso. Era uma obra de Graciliano Ramos, chamada "Vidas Secas"[2], que falava sobre uma família de migrantes que fugiam da seca do Sertão do Brasil, sem grande sucesso. Achou interessante a descrição do autor de cada personagem. Era como se ele, Chris, pudesse visualizar perfeitamente a pessoa, como o autor havia imaginado. Vida triste daquelas pessoas. "Temos que agradecer todos os dias a Deus pelo que somos e pelo que temos, pois os problemas dos outros são sempre maiores que os nossos", pensava Chris. Ele queria comentar com Clara sobre o livro e ouvir as considerações que ela faria, mas ela mal o olhava no rosto, como se ele fosse um zero à esquerda e isso o deixava profundamente chateado.

---

[2] RAMOS, GRACILIANO. *Vidas Secas*. São Paulo: Martins, 1973.

Capítulo 7

Chris começou a olhar de uma maneira diferente para Clara. Sabia que aquela garota nada tinha a ver com seus amigos. Apesar de ele ter muitos colegas na escola, havia o grupo mais restrito, do qual faziam parte as garotas mais bonitas e os melhores jogadores do time de futebol. Coincidência? Talvez, pois estas coisas não eram pré-requisitos para alguém entrar na turma, não que Chris soubesse. Mas, por algum motivo, aquelas eram as pessoas que eram atraídas para perto de Chris e ele, por sua vez, gostava muito de estar com elas, ser querido e respeitado, sentia-se importante. Tiago notou que Chris andava diferente, meio calado, pensativo.

— Aconteceu alguma coisa, cara? Você está meio desanimado.

— Não aconteceu nada. Só estou na minha.

— Está aborrecido com alguma coisa, que eu sei.

— Não... Estou pensando na vida, nas coisas do vestibular, tenho de conseguir passar na Federal.

— Ah, é isso? Relaxa, cara, falta muito tempo ainda. Você vai se dar bem!

— Muito tempo? Falta menos de um ano. Com as notas que eu tenho não passo nem na porta da universidade.

— Então estuda, cara! Se matricula em um cursinho...

— Sabe que eu não tenho grana! Minha mãe já gasta muito pagando a mensalidade da escola para mim e meu irmão. Depois que meu pai morreu, as coisas ficaram bem apertadas.

— É, eu sei... Vem, vamos comer um sandubão pra você esquecer essa paranóia sua. —Tiago tentou animar o amigo.

Mas os dias se passaram e Tiago desconfiou que não era só o vestibular, mas também outra coisa, que incomodava Chris. Resolveu não perguntar mais nada para não parecer chato.

— Venha, vamos formar um time! — disse Tiago a Chris na hora do recreio.

Logo no início da partida Tiago marcou um gol, ele era muito bom. Chris mal comemorou com seu time, seus pensamentos pareciam dispersos, ele corria na quadra, voltando para sua posição, mas olhava em direção às árvores. Tiago também olhou para ver o que prendia a atenção do amigo. Lá estava a garota ruiva, sentada no gramado, lendo um livro, sozinha, com os fones do som em seus ouvidos.

A ficha de Tiago caiu na hora. O amigo estava interessado na novata. Começou a reparar nos dias seguintes e, esporadicamente, pegava Chris olhando para Clara, curioso, pensativo.

— Qual é, Chris? Tá pegando a gata?

— Gata? Que gata?

— Ué, a novata, oras!

—Eu? Claro que não, você é maluco?

— Sei... Então por que você não tira os olhos dela?

— Não viaja, cara! De onde tirou essa ideia?

— Você dá muita bandeira. Qual é? Sou seu amigo, cara, não vou te zoar. Ela é meio esquisitinha, mas é bonitinha.

— Não enche, Tiago! Pega ela você, já que acha ela bonitinha.

— Posso pegar, você acha que ela vai aceitar?

— Cala a boca!

Tiago riu da maneira ciumenta que Chris falou.

— Relaxa, cara, ela é toda sua.

— Não tem nada rolando, Tiago, nem me cumprimentar a garota me cumprimenta.

— Vai ver é por isso que você está interessado.

— Como assim? — Chris franziu o cenho.

— A garota não te deu a mínima bola e isso não é comum. Daí você se interessou.

— Vai se ferrar! Está dando uma de psicólogo agora? — riu Chris.

— Está a fim dela ou não?

— Mais ou menos. Mas não fala pra ninguém.

Tiago riu.

— Só para a Jéssica. Ela morreria se soubesse!

Os dois riram.

No fim da tarde, Chris, Tiago e outros amigos da escola conversavam enquanto malhavam na academia. Era um programa que eles gostavam muito. Normalmente conversavam trivialidades sobre exercícios, futebol e garotas. Mas o papo daquele dia incomodava Chris.

— O que acharam da novata? — perguntou Leandro, um garoto forte e alto, que dizia ter o dom para ser goleiro, mas considerado "frangueiro" pelos amigos.

— A ruivinha? Ela é bonitinha — respondeu Tiago com um olhar sorridente para Chris.

— Ah, qual é?! Ela é horrorosa! — discordou Igor, sempre muito perfeccionista e exigente.

— Não é não. É porque tem um estilo mais esculachado — argumentou Tiago.

— Eu "pegaria" ela — admitiu Leandro.

— Pegaria? — surpreendeu-se Igor.

— Claro! Ela é gostosa e tem o rosto bonito — afirmou Leandro.

— Muito magra pro meu gosto — criticou Igor.

— É, falta-lhe um pouco de coxas — concordou Tiago.

— E aquele cabelo vermelho? —questionou Igor fazendo uma careta de nojo.

— Até que é legal. Nunca fiquei com uma ruiva — afirmou Leandro.

— O que você acha, Chris? — interrogou Tiago ao amigo que, até então, permanecia calado.

— O quê? — perguntou Chris.

— O que achou da novata? —completou Tiago piscando um dos olhos.

— Ela é muito calada. Meio fechada. Tentei puxar papo, mas ela não deu corda. Parece que não quer fazer amizades — disse Chris.

— Também, com aquelas meninas pegando no pé dela... — ponderou Leandro.

— É verdade, a Jéssica parece não ter ido com a cara dela — disse Tiago.

— Deve ser ciúmes. Uma ruiva no meio das loiras faz muita diferença. A Jéssica não aceitaria alguém se sobressair mais do que ela — julgou Leandro.

— Mas ela não precisa se preocupar, pois é a garota mais bonita do colégio — afirmou Igor, que sempre foi apaixonado por Jéssica.

— Mas é uma aborrecida! — falou Tiago.

— O Chris que o diga, não aguentou a chata por muito tempo, não é Chris? — brincou Leandro.

— Cara, não vou ficar falando mal da garota. Apenas não rolou — respondeu Chris.

— Pode crer. Mas que eu pegava a ruivinha, eu pegava. Você pegava Chris? — disse Leandro, sorrindo.

— Acho que sim. Mas ela também parece ser chata e ainda por cima revoltada — respondeu Chris, intrigado.

Chris evitou falar, para não dar nenhum indício de seu interesse por Clara. Mas sua vontade era dizer a eles que a ruivinha estava na mira dele e ninguém deveria atrever-se a dar em cima dela.

Em seu quarto, à noite, com as luzes apagadas, Chris revirava-se na cama sem conseguir dormir. Seus pensamentos estavam fixos em Clara. *Quem seria ela? Por que havia se matriculado no colégio no último ano? Do que ela gostava? Que som curtia? Será que beijava bem? Por que tinha mania de ficar sozinha?* Perguntas como essas inundavam a mente de Chris e tiravam o seu sono. Ele se levantou e caminhou de bermuda até a janela. Abriu mais um pouco o vidro, para a brisa entrar. A vista do décimo segundo andar era privilegiada, viam-se as luzes da cidade, as ruas movimentadas, as pessoas caminhando pequeninas.

Chris recostou-se ao parapeito, observando a dinâmica daquela paisagem. *Por que ele estava tão vidrado naquela garota? O que ela tinha de mais? Havia outras garotas mais bonitas na escola e Jéssica era uma delas.* Mas quando pensava em Clara, sentia algo diferente. Poderiam apenas ser amigos, isso bastava, mas nem isso ela parecia estar interessada. *Deveria se achar melhor do que Chris e seus amigos.* Mas não era isso, Chris sabia que ela não pensava assim. Ela havia sido maltratada por

Jéssica e as outras e ninguém se manifestou para defendê-la. Provavelmente, havia passado por situações parecidas na outra escola e por isso preferia isolar-se.

Tudo aquilo não fazia sentido. Chris não gostava desse tipo de atitude que sua turma tinha, só que normalmente isso não o perturbava tanto. Mas quando pensava em Clara, toda aquela situação parecia o afetar, pois o impedia de ficar perto dela. *Será que Tiago estava certo? Será que ele estava interessado na doidinha só porque ela não lhe deu a mínima bola?* Chris balançou a cabeça. Não era só por isso, ele já havia levado outros foras antes. Ele se interessou por ela porque Clara era linda, pensava de uma maneira intrigante e tinha uma personalidade que atraia a atenção dele. Mas ele mal a conhecia! Uma sensação de melancolia tocou o coração de Chris, era leve, mas inédita. *Seria aquilo sofrer por amor? Será que ele gostava de Clara? Devia estar pirando!* Sairia no dia seguinte com Tiago para ficar com alguma gatinha e esquecer aquela baboseira toda. *Gostar? De Clara? Impossível! Aquele estava sendo um ano bom e ele não estragaria tudo se envolvendo com uma garota como ela. Se ela queria se isolar, ele não tinha nada com isso, ele estava sempre rodeado de amigos e não queria que isso mudasse.*

Capítulo 8

Haveria uma excursão no final de semana organizada pelos professores de Geografia e Biologia para a turma do Terceiro Ano. O objetivo era realizar um trabalho de campo em um parque florestal a quatrocentos e cinquenta quilômetros da escola. A princípio, Clara não concordou em ir, não valeria a pena ficar três dias com aquelas pessoas. Mas uma colega de sala, Bárbara, acabou a convencendo com o argumento de que seria uma oportunidade de aprender coisas novas e de conhecer lugares maravilhosos. Além disso, a atividade valia muitos pontos e quem não participasse teria de fazer um trabalho gigantesco para compensar.

Na sexta à noite, os alunos começaram a se reunir na porta da escola, trazendo sua bagagem.

— É impressionante o tamanho da mala dessas garotas! — dizia Tiago. — O que estão levando aí dentro? O guarda-roupas inteiro?

— Quase isso — respondeu Jéssica.

— E eu aqui com a minha humilde mochila e alguns biscoitos — riu Tiago.

— Os garotos podem ficar de bermuda e camiseta o dia todo e ninguém vai notar. Mas nós temos de ficar lindas e sair bem nas fotos.

— Ora! Estamos indo lá para ver natureza, não mulheres.

— Mas na hora de nadar na cachoeira, pra quem você vai olhar? Para a natureza ou para nós? — indagou sensualizando.

Os garotos riram.

— É, Jéssica, você tem razão. Depois dessa até te ofereço ajuda para carregar sua mala — rendeu-se Tiago.

— Obrigada, sabia que você era um *gentleman*.

— Olha quem chegou, achei que não vinha mais! — cumprimentou Tiago, enquanto colocava a mala de Jéssica no ombro.

— Quase não vim mesmo — respondeu Chris se aproximando dos amigos.

— O que houve? — perguntou Jéssica.

— Meu irmão caiu e quebrou o braço, estava chorando muito.

— Coitadinho!

— Mas só precisou engessar e tomar um analgésico, tiraram a radiografia e não foi nada de grave.

— Sua mãe deve ter ficado preocupada — disse Tiago.

— Sabe como ela é, toda estressada com essas coisas de hospital — afirmou Chris.

— Relaxa, meu irmão, está tudo certo, agora é só curtir! — disse Tiago passando seu braço pelo ombro de Chris. — As meninas estão maluquinhas só porque vão passar o final de semana todo ao nosso lado, no meio da floresta.

Todos riram. Chris movimentou a cabeça visualizando quem da turma já havia chegado. Clara não estava ali.

— Ela vem, já me certifiquei disso — sussurrou Tiago em seu ouvido.

Chris apenas o olhou, espantado.

— Anda lendo pensamentos agora?

— Você é meu *brother*, além disso, é um vacilão.

— Muda de assunto — sussurrou Chris.

— Pode crer!

O ônibus chegou e estacionou. O motorista e seu ajudante desceram para guardar as malas dos alunos no bagageiro. Alguns jovens subiram no veículo para se acomodar.

— O fundão é nosso! — gritou Tiago.

Clara chegou de carona com a mãe de Bárbara. Ela e a colega desceram do carro e pegaram suas bolsas no porta-malas. Bárbara despediu-se da mãe.

— Obrigada pela carona, boa noite — disse Clara.

As duas se aproximaram do ônibus conversando e entraram na fila para guardar as malas. Chris se aproximou e entrou na fila também, atrás delas.

— Vai ser ótima esta viagem, estou muito empolgada — afirmou Bárbara, entusiasmada.

— Eu sei, você até me contagiou — comentou Clara, com um sorriso fraco.

— Ah, se anima, Clara, você disse que gosta de viajar.

— Eu gosto, gosto muito.

— Então! Não é todo dia que a escola promove uma coisa dessas.

— É...

— Trouxe a câmera pra tirar foto?

— Ai, droga! Eu esqueci — disse Clara pegando a mochila, abrindo-a e revirando suas coisas à procura da máquina. — Esqueci mesmo! Que cabeça a minha! Você falou tanto pra eu levar!

— Deixa, eu tiro na minha máquina e você copia as fotos que quiser.

— Vai ser o jeito.

Clara tentava organizar a mochila para fechar o zíper, mas se atrapalhou e deixou cair alguns objetos no chão.

— Que droga! — resmungou, agachando para pegar suas coisas.

Chris abaixou-se também, ajudando-a. Se olharam e ele sorriu. Clara ficou tímida.

— Que bom que você veio — ele comentou.

Ela apressou-se para guardar suas coisas. Chris lhe entregou o que tinha recolhido do chão.

— Obrigada — disse ela fechando a mochila e se virando de costas para ele.

Clara percebeu que estava fazendo papel de boba e exagerando um pouco. Mas aquele garoto a deixava confusa. Ela se virou para trás novamente e percebeu que ele estava sério. Certamente aborrecido pela sua rispidez.

— Fiquei sabendo que seu irmão se machucou na escola, está tudo bem com ele?

Chris ficou admirado por ela estar falando com ele ali, na frente de todo mundo e ainda por cima preocupada com sua família, então voltou a sorrir.

— Ele está bem, quebrou o braço, mas não foi nada grave. O médico só imobilizou.

— Que bom, ele estava chorando muito quando saiu daqui.

— Você viu?

— Sim, eu estava na biblioteca quando escutei o alvoroço e o vi ser levado para a sala da supervisora. Ele gritava por sua "mamãe", fiquei com pena.

— Ele é muito mimado, minha mãe o trata como criança.

— Vai ver é porque ele é uma criança — ela levantou as duas mãos e franziu a testa.

— Mas ele é muito chorão — Chris fez uma careta.

— Na idade dele você não chorava assim?

— Eu não. Não por qualquer coisa.

— Eu acredito. Também não sou muito de chorar.
— Nunca?
— Tem que ser um filme muito bom — brincou ela.
— Você gosta de filmes? — Christopher começou a pensar em todos os filmes legais que poderia convidar a garota para assistir. Além de livros, cinema era mais um assunto que poderia aproximar os dois.
— Gosto.
Clara deu alguns passos à frente e entregou a mochila para ser guardada no bagageiro. Chris a seguiu.
— Viu aquele que passou na televisão terça-feira?
— Na TV aberta?
— É. "A Vida é Bela[3]".
— Vi, muito bom — Clara fez uma expressão de satisfação.
Chris aproximou-se dela e falou em seu ouvido:
— Eu chorei.
— Sério?
— Não conta pra ninguém.
— Eu também chorei.
— Então temos um segredo em comum.
Ela sorriu e ele correspondeu. Clara seguiu para a porta do ônibus e subiu os degaus. Ela e Bárbara sentaram juntas. Chris passou por elas e sorriu, caminhando em direção ao fundo do ônibus, onde seus amigos estavam.
No início, todo mundo estava animado, cantando e fazendo algazarra. A turma do fundão comandava a bagunça e os outros acompanhavam com palmas e cantando junto. Chris e mais um colega tocavam violões. Clara, recostada no vidro da janela, ouvia, sem cantar. Estava surpresa pela qualidade das canções que eles traziam à memória, pois pensava que o gosto musical deles fosse pior.

---

[3] BENIGNI, Roberto (direção). *A Vida é Bela*. Filme. Drama. Itália: 1999.

Uma música em especial fez a garota suspirar, fazia-a lembrar de sua mãe e isso não era uma coisa muito boa. Normalmente, Clara preferia não pensar nela, fazia de conta que ela não existia. Não nutria raiva por Juliana, não mais. Sentia saudades, sentia vontade de vê-la, de abraçá-la. Mas a mãe fizera uma escolha e Clara mal sabia por onde ela andava. Quem sabe um dia ela sentisse saudades e viesse ver a filha? Clara não alimentava tais esperanças, doze anos haviam se passado e era mais provável que Juliana tivesse apagado a antiga família da memória. Seria isso possível?

A música era a preferida de sua mãe na época em que moravam na mesma casa. Clara se lembrava da mãe correndo para aumentar o rádio toda vez que aquela canção tocava. Juliana cantarolava e dançava enquanto fazia o serviço doméstico. Era uma música que falava de amor:

Todo o meu amor

Eu conheci você
Há muito tempo atrás
Mas você está melhor agora
E eu te amo ainda mais

Eu contei a você
Todos os meus segredos
Você pegou minha mão
E me abraçou aplacando os meus medos

Todo o meu amor é para você
Todo o meu amor é para você

Eu olho para os seus olhos
E vejo o que há por dentro
Você é meu melhor amigo
Como posso lutar contigo?

Todo o meu amor é para você
Todo o meu amor é para você

Minha vida não é feita
Somente de dias bons
Sinto tanta saudade e perdi demais
Que pena não poder voltar atrás

Meu sonho é
Viajar ao redor do mundo
Mas eu não posso ir sozinho
Não posso ir se você não for comigo

Todo o meu amor é para você
Todo o meu amor é para você

Por favor, não fique brava
Quando eu fizer algo errado
Eu me esforço demais
Para fazer você feliz mais e mais

De uma coisa você pode ter certeza
É que eu sou só seu
Então, todo o resto
Podemos simplesmente esquecer

Porque ...

**Todo o meu amor é para você
Todo o meu amor é para você**

Eu conheci você
Há muito tempo atrás
Mas você está melhor agora
E eu te amo ainda mais...

**Todo o meu amor é para você
Todo o meu amor é para você.**

Clara cantava baixinho enquanto algumas lágrimas desobedientes insistiam em molhar a sua face. Bárbara, que estava cochilando, resmungou qualquer coisa e Clara enxugou rapidamente seu rosto, voltando ao normal.

— Você viu se tem algum banco vazio? Não dá para dormir sentada.

— Acho que tem lá na frente — respondeu Clara.

— Vou pra lá, se importa?

— Não, pode ir.

Clara ficou sozinha. Aos poucos, os jovens foram se acalmando e adormecendo. A viagem duraria quase a noite inteira, chegariam pela manhã bem cedinho de acordo com o cronograma. Logo o silêncio prevaleceu. Clara fechou os olhos para tentar dormir, mas a lembrança de sua mãe lhe deixava inquieta.

— Posso me sentar aqui um pouquinho? — perguntou Chris, já sentando-se ao seu lado.

— Christopher, o que está fazendo? É claro que não pode — sussurrou ela.

— Não se preocupe, tá todo mundo dormindo.

— Você deveria fazer o mesmo.

— Quero te perguntar uma coisa.

— O quê?

— Quer ir ao cinema comigo?

A garota sentiu um choque percorrer o seu corpo e um frio intenso na barriga. Jamais poderia imaginar que Christopher a convidaria para sair. Só podia ser armação! Aquele jeitinho educado, passando-se de bom moço, era só para ludibriá-la. Assim ela aceitaria sair com ele e Chris e sua turma tramariam algo para humilhá-la na escola. Ela já tinha visto muitos filmes assim antes.

— Isso é uma piada? — ela indagou.

— Não.

— Dê o fora daqui e diga para os seus amiguinhos que a pegadinha não colou.

— O quê? Do que está falando? — ele ficou desconcertado.

— Qual foi a aposta? Dinheiro, bolinhas de gude, figurinhas de futebol?

— O que está dizendo? Eu nem jogo mais bolinha de gude!

— Olha só, eu nunca vou deixar vocês curtirem com a minha cara, não sou do tipo que se deixa ser humilhada, é melhor me deixarem em paz.

— Você é maluca, estou aqui por que quero, ninguém me mandou.

— Claro, e logo eu serei a mulher da sua vida. Muito romântico!

— Sua autoestima é muito baixa. Acha que um cara não pode se interessar por você?

—Um cara sim, mas não você.

— E por que não?

— Eu não sou pro seu bico, Christopher.

Chris fez uma breve careta.

— Tá dizendo que é melhor do que eu?

— Melhor não sei, mas que somos incompatíveis, disso eu tenho certeza. Valeu pelo convite, mas a resposta é não.

Chris a olhou com raiva.

— Lógico... Foi perda de tempo vir até aqui — disse ele, saindo.

Ela respirou fundo tentando entender o que fora aquilo. *A resposta sempre seria não. De onde será que ele tinha tirado aquela ideia absurda?*

— E aí, levou um fora? — perguntou Tiago.

— A menina é maluca, acha que combinei isso com vocês para tirar sarro da cara dela.

— Mas você explicou que não tinha nada a ver?

— Eu tentei, mas ela ficou falando umas coisas... Deixa pra lá.

— Meu amigo, essa doidinha é complicada.

— Bota complicada nisso!

Chegaram pela manhã à cidade de Itatiaia, onde o parque se localizava, próxima à divisa interestadual entre Minas Gerais e Rio de Janeiro. Era uma cidadezinha de interior bem equipada para receber os turistas que a visitavam. O fluxo não era muito grande, aumentava um pouco mais nos feriados, mas nada exagerado. Os alunos pegaram suas bagagens e entraram na pousada. Deveriam ficar quatro alunos em cada quarto. Poderiam escolher seus companheiros, desde que ficassem meninos com meninos e meninas com meninas, nada de misturar.

Chris, é claro, ficou no quarto com Tiago e mais dois amigos. Jéssica foi disputada entre as amigas, mas só podia escolher três. Bárbara pediu que Clara ficasse com ela e outras duas colegas. Todos se acomodaram e foram ao restaurante tomar café. Chris observava Clara e o modo como se comportava com as garotas. Ficava em silêncio a maior parte do tempo, mas parecia ser agradável com elas. Era bom ela ter feito algumas amizades. Ele viu também quando ela se levantou, após terminar de comer, e saiu do salão se dirigindo para a recepção da pousada. Logo o professor chamou a turma e todos se apressaram em sair. No jardim de entrada, aguardavam o restante dos colegas e o guia contratado pela escola, para assim seguirem a pé até a entrada do parque. Chris avistou Clara conversando com a recepcionista em, em seguida, falando ao telefone.

— Oi, pai, eu já cheguei.

— Fez boa viagem?

— Sim, tudo foi tranquilo. Aqui é bem bonito. Agora vamos para o parque.

— Mas já? Vocês não estão cansados?

— Dormimos no ônibus e só temos dois dias, acho que o professor quer aproveitar o tempo e o dia está bonito, com sol, vai ser legal.

— Tudo bem, minha filha, divirta-se.

— Te ligo só amanhã agora, quando estivermos saindo daqui. Não fica sem comer pai, deixei tudo preparadinho pra o senhor.

— Não se preocupe.

— Eu me preocupo sim, pois quando viajo o senhor se alimenta muito mal.

— Eu vou me cuidar. Já disse para não se preocupar.

— Então tá, tchau.

— Tchau.

Clara desligou o telefone e caminhou em direção à turma.

— Conseguiu falar com ele? — perguntou Bárbara.

— Consegui, estava em casa ainda.

— Que bom.

— Já vamos sair?

— Sim, Clara, agora mesmo!

— Vou lá dentro colocar um tênis.

— Vai rápido.

Caminharam cerca de vinte minutos até chegarem à portaria do parque. O guia identificou todo mundo e o porteiro autorizou a entrada. Era muito bonito lá dentro. Fora algumas trilhas e pequenas construções e intervenções na paisagem, tudo parecia ser muito bem preservado, havia muito verde e árvores de grande porte. Viram alguns pequenos macacos e pássaros. Jéssica odiava insetos e ficava dando chiliques, mas, num lugar como aquele, eles eram bastante comuns. O guia explicou algumas coisas durante o percurso, mas foram os professores que fizeram a maior parte das exposições, mostrando ao vivo alguns conteúdos que tinham aprendido em sala. Alguns alunos faziam perguntas. Passaram por uma pequena queda d'água, alguns turistas se banhavam.

— Quem tiver coragem, poderá entrar na água quando tivermos nosso tempo livre, antes do almoço — avisou o professor de Geografia.

— A água é fria? — quis saber um dos alunos.

— Fria é elogio, deve estar gelada! — respondeu o guia.

Tiraram fotos, fizeram anotações. Passaram por uma segunda queda d'água, bem mais alta do que a anterior. Nesse ponto do trajeto, estavam na parte de cima e podiam ver a água caindo mais embaixo, formando um poço.

— Quem vai ter coragem de pular daqui de cima? — perguntou o guia.

— Pular? — indagou surpreso o professor de Biologia.

— Sim, temos aqui um ponto onde o salto é permitido.

— A profundidade é compatível?

— Sim, tudo seguro.

O professor olhou para baixo, era bastante alto.

— Só um maluco pularia daqui de cima! — concluiu ele.

— Quem não quiser pular, pode descer a trilha e entrar no poço lá embaixo. Cuidado para não escorregarem nas pedras! — informou o guia.

A turma desceu a trilha. E, de repente, ouviram um barulho. Era um turista pulando e gritando, e depois o barulho da água com o impacto do seu corpo. Parecia divertido.

— Vai animar? — perguntou Tiago.

—Sei lá — disse Chris. — Parece alto.

— Se o guia falou que é tranquilo, é porque é moleza — Tiago deu mais uma espiada, avaliando a altura.

Chris e Tiago ficaram de calção e entregaram suas coisas para as meninas. Pararam na beirada e olharam para baixo, um frio na barriga se apoderou deles. Não eram muito aventureiros.

— Você vai?

— Lógico, Bárbara, vamos! — respondeu Clara.

—Tenho medo.

— Medo de quê? Você não disse que queria aproveitar? Qual será a próxima vez que você vai ter uma chance dessas?

— Tem razão.

As garotas ficaram de biquíni, Clara colocou uma camisa grande para cobrir o corpo. As colegas seguraram suas coisas.

—Fica só de biquíni — falou Bárbara.

— Eu não — negou-se Clara.

— Por quê?

— Prefiro assim.

—Então tá, vamos? — desafiou Bárbara.

Deram alguns passos para trás.

— No três.

As duas contaram juntas, de mãos dadas.

— Um, dois... Três!

Correram alguns passos e pularam, gritando. Chris ficou boquiaberto pela coragem delas.

— Agora é questão de honra! — disse Tiago.

— Com certeza! — respondeu Chris.

— Mamãe, lá vou eu! — gritou Tiago pulando.

Chris pulou em seguida:

— Uhuuuuuuuuuuu!

Quando Clara mergulhou, a distância da queda a fez ir a uma grande profundidade e ela nadou com força para cima, retornando para à superfície. Respirou fundo, recuperando o fôlego.

— Oh, meu Deus, você é maluca! — admirou Bárbara, espantada.

— Você também! — elogiou Clara.

— Caramba, é alto demais, meu irmão! — Tiago ainda estava meio assustado.

— Muito bom, toca aí, Tiagão! — comemorou Chris, batendo na mão do amigo com força.

O guia tinha razão, a água estava extremamente gelada, era impossível ficar ali por mais de alguns minutos, eles mal conseguiam respirar.

— Está muito gelada, eu vou sair — anunciou Bárbara.

Clara nadou até próximo da cascata e entrou debaixo dela. Tombou a cabeça para frente, sustentando o impacto da água nos seus ombros. Era fantástico.

— Você é corajosa — admitiu Chris, bem pertinho dela.

Clara abriu os olhos, surpreendida.

— Você também pulou.

— Só depois de você. Não podia amarelar já que duas garotas pularam. Eu não ia pular, mas você me obrigou.

Ela deu uma risadinha. Chris também foi para debaixo da cachoeira, o impacto era forte e fazia um barulhão em sua cabeça.

— Vem Tiago, vem ver isso!

— Eu não, vou virar picolé! — recusou Tiago, saindo da água.

— E eu também — disse Clara afastando-se de Chris e nadando para a margem.

Quando ela saiu da água, a blusa ficou um pouco transparente e colada ao corpo. Ela estava de biquíni por baixo. Chris estremeceu. Ela tinha um belo corpo. Tiago estava deitado sobre uma pedra, secando ao Sol. Clara se enrolou em uma toalha. Chris também saiu da água, se secou e vestiu a roupa.

— Como você foi corajoso, Chris — elogiou Jéssica se aproximando. — Eu sabia que você ia pular.

— Você deveria experimentar, é legal.

— Não quero molhar meu cabelo.

Depois de um tempo, o guia levou todos ao restaurante do parque para o almoço. Era um buffet *self-service*. Os alunos se serviram e assentaram distribuídos em duas mesas compridas. Chris e Tiago estavam juntos na fila, logo atrás de Clara e Bárbara. Jéssica se aproximou deles sorrindo e, ao ver Clara, lançou um olhar de desprezo para a colega. Clara virou o rosto para o lado oposto, ignorando-a. Chris viu a cena. Sua opinião sobre Jéssica se tornava cada vez pior.

— Oi, meninos, vou passar na frente de vocês, posso?

— Claro, gata, mulher bonita pode furar fila — brincou Tiago, dando alguns passos para trás.

Chris ficou em silêncio, contrariado por haver outra garota entre ele e Clara.

— Sabe o que mais detesto nessas excursões da escola? Ter de ficar perto de certas pessoas ridículas, isso realmente me tira do sério — Jéssica falou alto, para que Clara pudesse ouvir.

— Para de implicar com a garota, Jéssica — repreendeu Chris em tom grave.

— Ué, eu não falei nome de ninguém! Quem é ridícula sabe que o é, não preciso citar nomes.

Clara se virou para trás e olhou nos olhos de Jéssica.

— Vai se ferrar! — disse, voltando-se para a frente de novo.

— O quê? Como ousa falar comigo assim, sua idiota? — perguntou Jéssica pegando no braço de Clara com força.

— Me solta! — ordenou Clara, travando os dentes.

— Gente, gente, calminha, sem barraco — disse Tiago.

— Repete o que você disse! — desafiou Jéssica.

— Vai se ferrar! — repetiu Clara, como se separasse as palavras em sílabas, puxando o seu braço com violência, de modo que Jéssica não conseguiu continuar segurando-a.

— Gente, a baranga tá brava! — satirizou Jéssica.

Clara sorriu meio sem graça, era inacreditável como aquela garota era insuportável. Depois olhou para Chris, que visivelmente não sabia o que fazer e para Tiago que, com os olhos arregalados, temia uma discussão mais feia.

— Eu não estou brava, não se preocupem, meu domínio próprio anda bem aguçado. Já que você quer passar na frente e ser uma deselegante, fique com o meu lugar, não me importo de ir para o fim da fila — disse ela a Jéssica, saindo de perto deles.

— Clara, espera! — gritou Bárbara. — Deixa ela em paz, Jéssica! — pediu a menina indo atrás da amiga.

— Idiotas! Indo para o fim da fila vão comer só a sobra — riu Jéssica, falando a Chris.

— Idiota é você, que gosta de humilhar as pessoas. Já cansei disso! — irritou-se ele, saindo da fila e do restaurante.

— Chris! O que deu nele, Tiago?

— Você está pegando pesado. Deixa a garota em paz, Jéssica.

— Você também? Para de me encher!

Chris saiu do restaurante furioso com Jéssica e consigo mesmo. Aquela garota metida estava atrapalhando os seus planos de se aproximar de Clara. Toda vez que Jéssica fazia uma maldade, Clara sentia raiva não só dela, mas de todo o grupo, inclusive dele. E ficando calado — como acabara de fazer —, só provava que ele era farinha do mesmo saco. *Por que não fizera alguma coisa na frente de Clara? Por que não a defendeu?* Prometeu a si mesmo que não permitiria mais que Jéssica humilhasse Clara, da próxima vez ele a defenderia na frente de todo mundo.

Durante a tarde, caminharam por outras trilhas, onde os professores davam suas aulas. No início da noite, voltaram para a pousada. Alguns foram dormir logo depois de tomar banho e jantar. Bárbara foi uma delas, estava exausta. Jéssica e suas amigas também. Chris estava sem sono e, depois de tomar um banho e comer, deitou em uma rede para esticar as pernas. Tiago juntou-se a outros garotos para conversar na varanda.

Clara caminhou pela pousada, sua cabeça estava cheia, queria se distrair. Viu um grupo de jovens assentados em roda no jardim, tocando violão. A música era boa e ela assentou em um banco para ouvir. A noite estava fresca e o céu estrelado.

— Contando as estrelas? Ouvi dizer que isso dá azar — um rapaz se aproximou.

— Isso é bobagem — argumentou Clara. — Apenas superstição.

— Posso sentar ao seu lado?

— Claro, senta aí — convidou ela.

Ele sentou, cruzando as penas sobre o banco.

— Está aqui com a escola? — ele indagou.

— Estou.

— Em que ano estão?

— No Terceiro.

— Eu também, mas tomei bomba antes, estou atrasado. Como você se chama?

— Clara. E você?

— Mateus.

Clara olhou para o céu novamente, ficando quieta.

— Está pensativa?

— Um pouco.

— Por quê? Está apaixonada? — deduziu o rapaz.

— Não. É uma garota da sala que está pegando no meu pé.

— Deve ser inveja — Mateus fez uma careta.

— Inveja de mim? Por que ela teria inveja de mim?

— Porque você é bonita.

Clara passou a mão nos cabelos, tímida.

— Que nada, diz isso porque você não a viu. Ela é muito bonita. Mas é tão chata que a beleza se ofusca.

— O ano vai passar depressa, logo você vai ficar livre dela.

— É o que me ajuda a aturar as coisas que ela faz. Tenho pedido a Deus para me ajudar a ter paciência.

— Já pensou em falar com a direção da escola?

— Eu não sou disso, prefiro me virar sozinha. Além do mais, o que irão fazer? Vão me mandar ficar longe dela e vice-versa, não vai mudar nada. Deixa prá lá! São seus amigos? — ela apontou para o grupo de jovens com o violão.

— Com o violão? Sim. Moramos numa cidade aqui perto. Quer se juntar a nós?

— Sério? Não vão se importar?

— Lógico que não, vem! — convidou o rapaz, pegando na mão de Clara e a conduzindo para o grupo de jovens.

Chris, deitado na rede, viu os dois passarem de mãos dadas e se levantou, surpreso. Viu quando Clara sentou na roda daqueles jovens desconhecidos, eles tocavam violão e cantavam.

— Galera, essa é a Clara.

— Oi! — uma garota a saudou amistosamente com um aceno.

— E aí, Clara?! — um rapaz apertou sua mão. — Senta aí.

Duas garotas a cumprimentaram com um abraço e se afastaram dando espaço para ela se assentar com eles.

— Seu cabelo é lindo! — disse uma delas, tocando nos fios vermelhos.

— Obrigada.

— Pede uma música — falou o violonista à Clara.

— Eu? — ela levou a mão ao peito, surpresa.

— Sim, é nossa convidada, tem direito a uma música.

Clara sorriu e tentou pensar em alguma música.

— Qualquer uma, nacional, internacional... — incentivou o violonista.

— Sério? Me deu um branco... — Clara levou as mãos à cabeça, estava ansiosa.

— Tenho uma pasta de cifras aqui, dá uma olhada.

Clara pegou a pasta e folheou.

— Nossa, não acredito que tem essa música, sabe tocar? — vibrou ela.

— Deixa eu ver! Olha, a Clara tem bom gosto!

O rapaz começou a tocar. Era a música *Uninvited*, de Alanis Morissette. Alguns sabiam cantar corretamente, outros arranharam os versos em inglês, mas acompanharam a melodia.

— Me ajuda a cantar, pois minha voz não vai muito nesse tom — pediu o rapaz.

— Eu não... — negou-se Clara.

— Deixa de ser tímida, canta pra gente!

Clara cantou.

"*Like anyone would be*
I am flattered by your fascination with me.[4]"

---

[4] Como qualquer pessoa ficaria, eu estou lisonjeada por sua fascinação por mim.

— Solta a voz no refrão, hein! — disse o rapaz que tocava o violão.

*"But you
You're not allowed
You're uninvited
An unfortunate slight."*⁵

Algumas garotas cantavam empolgadas também.
— Nossa, essa música é linda! — alguém comentou.
Depois do último verso da música, o rapaz tocou o violão com mais força, para fazer um final emocionante.
*"I don't think you unworthy
I need a moment to deliberate."*⁶*

Chris ouvia Clara cantar, a voz dela era doce e afinada. Ele sorria sozinho. Clara balançava a cabeça devagar de um lado para o outro, acompanhando o ritmo, e seus cabelos vermelhos caíam-lhe no rosto. *Aquela garota gostava de rock and roll?*

Quando a música acabou, todos comemoraram. Para não perder o pique, o rapaz emendou outra música boa e todo mundo bateu palmas acompanhando o ritmo. Um pouco mais tarde, Clara despediu-se deles.

— Já vai? — perguntou Mateus.

— Sim, vamos acordar cedo amanhã para voltar ao parque.

— Eu te acompanho — Mateus se levantou e deu a mão à Clara, ajudando-a a levantar também. Caminharam juntos em direção ao dormitório.

---

⁵ Mas você, você não é permitido, você não foi convidado, um infeliz desprezado.
⁶ Eu não acho que você não valha à pena, eu preciso de um tempo para pensar.

— Que pena, vamos embora amanhã de manhã. Acho que não vou mais te ver — lamentou o rapaz.

— É — Clara deu um meio sorriso.

Chris, deitado na rede, no escuro, observava os dois, mas não conseguia ouvir o que conversavam. Aquele babaca iria chegar em Clara, com certeza. Se ele a beijasse, seria o fim da picada.

— Se eu te pedisse um beijo você me daria? — Mateus foi direto.

Clara ficou desconcertada, não esperava por isso.

— Não, hoje não. Talvez se pudéssemos nos conhecer melhor, depois de um tempo.

— Sei que você está a fim de outro.

— Eu? — a menina levantou as sobrancelhas.

— Tudo bem, eu me conformo. Uma mulher apaixonada é uma flor que não devemos tocar.

— Eu não estou... — ela riu.

Despediram-se e Clara se afastou. Recostou na pilastra da varanda para refletir um pouco antes de entrar para o quarto. *Apaixonada? Por quem ela estaria apaixonada?* O primeiro nome que veio em sua mente foi o de Christopher. *Apaixonada por ele? Sem chance!*

— Achei que você ia beijar aquele cara — disse Chris, ainda deitado na rede.

Clara levou um baita susto.

— Ai, menino, quase me mata do coração. Não tinha te visto aí no escuro — ela levou a mão ao coração, que ficou disparado. — Está me espionando?

— Eu não, mas vi vocês dois — ele fez um bico, enciumado. — Ele é muito feio — debochou Chris. — Isso não é da sua conta.

Chris riu da maneira enfesada dela.

— Você canta bem.

— Você ouviu? Acho que me empolguei — ela deu uma risadinha.

— Foi legal. Você gosta de rock?

— Sim, de algumas bandas.

Depois de um breve momento de silêncio, Chris voltou ao assunto:

— Ainda bem que não beijou aquele cara.

— Já disse que isso não é da sua conta.

— Disse não pra mim, não podia ter dito sim pra ele.

— E por que não? — ela levantou as palmas das mãos para cima.

— Você nem o conhece!

— Não conheço você também.

Ela estava certa.

— Por isso te chamei pra sair. Para nos conhecermos melhor.

— E por isso eu disse não, porque não quero te conhecer melhor — respondeu ela, virando as costas e entrando na casa.

— Garota atrevida! — resmungou Christopher.

Pela manhã se prepararam para mais um dia de caminhada.

— Deixem as malas mais ou menos arrumadas porque quando chegarmos será só o tempo de tomar banho e entrar no ônibus para irmos embora. Amanhã tem aula e todos prometeram que não faltariam à escola se fizéssemos essa viagem. Quero todos lá senão a supervisora vai cortar minha cabeça — discursou um dos professores.

A caminhada daquele dia foi mais puxada, com trilhas muito íngremes. Viram uma cobra no caminho e algumas garotas gritaram tanto que a cobra se escondeu rapidamente. Na hora do almoço, foram para o mesmo restaurante, eram cerca de 13h. Chris procurou por Clara, que estava no fim da fila. Jéssica estava mais à frente com suas amigas. Todos comiam avidamente, pois andaram a manhã toda e estavam famintos. Ao pagar seu almoço, Chris comprou também um bombom. Quando saiu do restaurante, a maior parte da turma ainda estava lá dentro. Clara, todavia, estava sentada lá fora, descalça, passando seus pés na grama.

— Seus pés estão doendo?

Clara olhou para ele e revirou os olhos.

— Por que insiste em conversar comigo?

— Por que insiste em me evitar?

— Eu já disse o porquê.

— E eu já disse que a Jéssica não é minha namorada — Chris cruzou os braços.

— Avisa isso pra ela, porque acho que ela não tá sabendo.

— Já falei mil vezes.

— Por que não ficam juntos de uma vez?

— Porque eu não sou a fim dela.

— Nem um pouquinho?

— Não — ele balançou a cabeça.

— Mas vocês já namoraram.

— Não foi bem um namoro, ficamos juntos pouco tempo e acabou.

— Entendi. Ela parece gostar de você.

Chris tentou interpretar a expressão do rosto de Clara.

— Eu não pisei na bola com ela, se é isso que está pensandoe — ele soltou os braços, enfiando as mãos no bolso.

— Como assim? Não estou pensando nada.

— Eu era a fim dela, demos uns beijos, saímos algumas vezes, mas aí eu vi que não estava tão interessado e saí fora, não usei e abusei dela e depois dei um pé na bunda.

— Eu não disse isso.

— Mas pensou, não pensou?

— Eu não — ela deu de ombros. — Não me interessa o que você fez ou deixou de fazer com ela ou com qualquer outra garota. Isso é problema seu.

— Você tem que me fuzilar em todas as nossas conversas?

Clara se calou, estava sendo muito rude.

— Me desculpe.

— Eu comprei pra você — disse ele entregando a ela o bombom e se afastando.

Clara ficou surpresa. Observou aquele rapaz ir embora. Como ele era lindo! Não era à toa que as meninas da escola eram loucas por ele.

Dentro do ônibus, na viagem de volta, os alunos ficaram quietos. Todos estavam muito cansados e a maioria já tinha pegado no sono. Quando chegaram à porta da escola, muitos pais já esperavam. Alguns alunos ficariam por ali direto para a aula, pois a escola abriria em duas horas. Clara havia combinado com a mãe de Bárbara para pegar carona, mas quando desceu do ônibus ficou bastante surpresa ao ver seu pai recostado ao carro, aguardando-a. Ela ficou parada alguns instantes, com a mochila na mão e olhando para ele, sem acreditar.

— Vamos? — chamou Bárbara.

— Agradeça sua mãe por mim, mas o meu pai veio me buscar.

— Tudo bem, nos vemos mais tarde.

Clara atravessou a rua, Augusto lhe deu um beijo na testa e pegou sua mochila, guardando no porta-malas.

— Fez boa viagem?

— Sim, pai, eu fiz.

— Que cara de espanto é essa?

— Estou surpresa pelo senhor ter vindo.

— Não queria que voltasse pra casa sozinha a esta hora.

Chris viu quando Clara entrou no carro com um homem e ficou intrigado.

— Bárbara! — chamou Chris.
— Sim?
— Quem é aquele homem que levou a Clara?
— É o pai dela. Por quê?
— Parece ser bravo. Que cara de mau!
— Ela disse que ele é legal. Tchau, Chris, até mais tarde — despediu-se a garota.
— Vai vir mesmo assistir aula? — perguntou Tiago, sonolento.
— Demos a nossa palavra ao professor — respondeu Chris.
— Eu sei, mas estou acabado.

Tiago bocejou e esfregou os olhos.

— Deixa pra dormir à tarde.
— Vai ser o jeito. Você vai ficar direto?
— Não, vou pegar um táxi e ir pra casa tomar um banho. Quer vir comigo?
— Sério?
— Lógico!
— Melhor ainda.

A turma do Terceiro Ano estava quase toda completa, com exceção de alguns poucos alunos, dentre eles Jéssica. Chris e Tiago foram os últimos a chegar. A supervisora fez questão de percorrer a fila e olhar o rosto de cada um. Lançou um olhar satisfeito ao professor de Biologia que sorriu para os alunos e deu uma piscadinha, agradecendo-os.

— Cara, tô morto! Vou dormir dentro da sala — Tiago deu seu enésimo bocejo.
— Pois eu tenho de grudar os olhos no professor de Matemática e melhorar minhas notas, senão estou lascado — rebateu Chris.

Mais quieta do que o costume, Clara estava recostada na pilastra, pensativa. Bárbara se aproximou.

— Oi.

— Oi, Bárbara.

Elas se abraçaram.

— Tudo bem?

— Sim. Cansada — Clara afirmou.

— Eu também. Foi legal né?

— Foi sim.

— Ainda bem que você foi. Eu gostei de te conhecer melhor.

Clara sorriu.

— Valeu por me animar a ir, eu ia perder um passeio muito bom.

— De nada — Bárbara franziu o cenho, observando a amiga. — Você parece preocupada.

— Eu? Não— Clara balançou a cabeça. — Estou pensando numas coisas.

— Que coisas? — Bárbara se aproximou mais. Era inédito Clara conversar sobre algo mais pessoal.

— Foi uma surpresa ver meu pai me esperando na porta da escola, ele nunca faz isso.

— Deve ter se preocupado porque chegamos tarde.

— É, deve ser isso.

— Vocês não parecem ter muita intimidade — Bárbara notou.

— Mais ou menos, ele é meio fechadão, mas até que nos damos bem.

— Meu avô era um pouco parecido, mas no fundo ele amava todo mundo.

— É... Eu sei que meu pai me ama — assentiu Clara.

Bárbara compreendeu que Clara, apesar de parecer segura de si, era frágil, e a questão familiar era um assunto delicado. Tentou animar a amiga.

— Que bom que ele veio te buscar. Talvez esta seja uma forma de demonstrar que te ama.

— Você acha? — Clara apertou os lábios.

— Com certeza.

— Devia estar só preocupado — Clara diminuiu a importância do fato.

— Mas quem ama, preocupa — Bárbara afimou.

Clara ficou com aquela frase na cabeça: "quem ama, preocupa".

Capítulo 9

Era noite de quinta-feira, feriado de abril. A temperatura estava baixa e ventava um ar frio. A escola havia emendado a sexta-feira como recesso e muitas famílias aproveitaram para viajar. Christopher ficou na cidade e resolveu sair com um primo para uma matinê, para assistir ao show de uma banda local, cujos integrantes eram amigos deles. O lugar do evento era fechado e a música alta, mas não estava muito cheio, o que era bom, na opinião de Chris. Ele gostava mais de festas do que de frequentar casas de show, gostava de sair com sua turma da escola. Mas nesse dia em especial seu primo havia insistido muito para que ele fosse e, além disso, já que a banda era composta por amigos seus, ele queria dar uma força.

Chris e seu primo cumprimentaram os amigos da banda, que logo entraram para o camarim para se preparar.

— Vamos lá com eles, Chris! — chamou seu primo.

— Não, vou ficar aqui, vai lá.

Ele estava com sede e pediu um suco de laranja, sentando-se em um banco alto. Quando olhou para o lado, demorou alguns segundos para ter a certeza de que estava enxergando nitidamente. Estava surpreso ao ver Clara sentada, tomando um guaraná, sozinha. Ele não acreditou na coincidência. Sentiu seu coração esquentar. Observou mais um pouco para certificar-se de que era ela mesma e de que estava sozinha. Clara estava toda arrumada, não como uma patricinha tal como as garotas com quem ele costumava sair, mas estava bem maquiada, com os cabelos vermelhos soltos e ondulados, uma blusa com decote em V e colares prateados.

Pensou em se afastar e ignorá-la. Ela tinha o tratado mal na escola e na viagem, poderia ser rude ali também. Mas não conseguiu virar as costas, quis se aproximar, vê-la de perto e ouvir a sua voz:

— Aqui poderemos conversar? — perguntou ele, de pé diante dela.

— Não acredito! Quanto mais eu rezo... — bufou ela, cobrindo os olhos com a mão.

— Qual é, vai ficar me desprezando? — perguntou ele, encarando-a.

— Não... Foi mal. Senta aí — disse ela, puxando um banco.

Ele admirou-se pelo convite dela.

— Está sozinha? — perguntou ele, assentando-se no banco ao lado do dela.

— Estou. E você, cadê seus amigos?

— Vim com um primo meu. Ninguém da turma.

Ela parecia mais amistosa. Chris arriscou:

— Por que me odeia tanto?

— Não odeio você. Odeio o que você e seu grupinho representam.

— E o que representamos? — Chris ficou curioso.

— A versão mais excludente e inatingível da juventude do nosso país.

Christopher refletiu, tentando entender aquelas palavras. Ficou sério. Clara então soltou uma gargalhada gostosa e engraçada.

— O que foi? — riu ele.

— Você tinha que ver sua cara!

— Fala sério! — disse ele rindo também. — Excludente nada, eu sou é muito gostoso e as mulheres não resistem ao meu charme — brincou.

Ela ficou séria e o encarou.

— Isso é uma verdade — a voz de Clara soou mais grave. Christopher estremeceu.

— Mas eu não sou inatingível — disse ele, se levantando e se aproximando dela para dar-lhe um beijo.

— Pare com isso! — disse ela baixando a cabeça, tímida e afastando-o com a palma da mão.

Ele sentou-se novamente ao lado dela e pediu mais um suco.

— De onde você é, Clara?

— Sou daqui mesmo, nasci em Belo Horizonte.

— Mas por que resolveu estudar no nosso colégio logo agora no último ano?

— Tive alguns problemas no colégio antigo, fui convidada a me retirar. Em outras palavras, me expulsaram — Clara revirou os olhos.

Chris coçou a cabeça.

— Não tem cara de ser aluna de expulsão. Parece meio rebelde, mas... O que você aprontou, afinal?

— É uma história chata, não estou a fim de falar sobre isso.

— Então vamos falar de outra coisa. Você vai tentar o vestibular?

— Vou, acho que vou fazer Letras. E você, vai tentar?

— Sim... Mas tenho dúvidas sobre isso. Não sei o que quero ainda, acredita?

— Quais são suas opções?

— Engenharia, Arquitetura, Direito... Essas opções de sempre. — Chris apoiou os braços no balcão.

— Do que você realmente gosta? Deve ter participado da mostra das profissões, então tem uma ideia do que te espera em cada uma delas.

— Estou pensando na grana, não necessariamente no que gosto.

— Por quê?

— Porque o que eu gosto não dá dinheiro — desabafou o garoto.

— O que é? — Clara ficou curiosa.

— Você vai rir.

— Não vou não.

— Música.

Ela não riu, entretanto ficou surpresa. Chris não parecia ser o tipo de garoto que gostava de arte.

— É bonito. Soube que este curso é muito difícil e exige muita dedicação.

— Não tenho cara de quem me dedicaria?

— Desculpe, estou te julgando... — ela levou a mão aos lábios, arrependida pelo comentário.

— Tudo bem, eu também sou mestre nisso.

— Em quê?

— Julgar.

— Hum...

— Julguei que você era aborrecida e cabeça fraca.

— E? — ela se virou um pouco mais na direção dele, abrindo a guarda.

— Nada a ver — disse ele sorrindo. — Você é gente boa.

Ela sorriu sem mostrar os dentes.

— Qual é o seu instrumento? — perguntou ela.

— Toco violão, nada profissional, treino sozinho. Mas queria mesmo tocar um violoncelo, acho bacana aquele instrumentão.

— Nunca vi ninguém tocando violoncelo, só na televisão.

— Sério? Um dia vou te levar em um concerto, é "doidera".
— Sei... — disse ela incrédula, forçando um sorriso.
— Levarei sim — enfatizou Chris.
Ela não disse nada, apenas ficou olhando para o próprio copo.
— Você tem irmãos ou irmãs? — perguntou ele.
— Não, sou filha única... — ela pensou um pouco antes de continuar. — Quer dizer, pelo menos por parte de pai.
— Como assim?
— Vivo com o meu pai e não sabemos por onde minha mãe anda há doze anos. Quando ela saiu de casa, o fez por outro cara, provavelmente deve ter construído uma nova família com ele.
Chris baixou a cabeça.
— Sinto muito.
— Tudo bem, já faz tempo, não me incomoda mais — ela fez uma careta.
— Sério?
Ela pensou, respirou fundo.
— Mentira... Mas estou numa boa.
Foi a vez dele ficar em silêncio, impactado.
— E você tem mais irmãos, além do Rafael? — perguntou ela.
— Só o Rafa, o xodó da mamãe.
Ela deu uma gargalhada:
— Acho que você tem é ciúmes dele.
Chris sorriu também.
— Por que veio sozinha? — ele indagou.
— Saio com poucas pessoas, e minha melhor amiga não tem permissão para sair para lugares assim. Além disso, eu gosto de ficar sozinha.
— Eu reparei. Mas como descobriu esse lugar?
— Já tinha vindo antes, num festival de reggae, ouvi a programação de hoje pelo rádio e acho que essa banda deve ser boa. Decidi vir.

— Não fica com medo?
— De quê?
— Sei lá, é estranho sair sozinho.
— Bom, hoje não estou mais sozinha.

Ele abriu um sorriso e seus olhos brilharam. Conversaram bastante, riram juntos, se esqueceram de conversar com outras pessoas. Nem prestaram atenção na banda a qual tinham ido ali para assistir. Clara esqueceu os seus receios e do preconceito que tinha em relação a Chris. Ele, por sua vez, confirmava a ideia de que ela era realmente uma garota muito interessante. Sentia uma vontade incontrolável de beijá-la e a vontade crescia a cada novo assunto que discutiam. Em um determinado momento, resolveu arriscar:

— Estava falando sério quando disse que sou irresistível?

Ela ficou tímida:

— Cala a boca! — brincou.
— Acho que o feitiço virou contra mim — confessou ele.
— O quê?
— Estou doido pra beijar sua boca e não estou mais conseguindo resistir.

Ela ficou desconcertada, baixou o rosto sem saber o que dizer. Não conseguia pensar em nada.

— Deixa eu te beijar, vai... — pediu ele.

Era mesmo aquele gatinho da escola ali ao lado dela, pedindo para beijá-la? Era mesmo Christopher? Por mais que tentasse pensar mal dele, ela o achava bonito e lembrava-se de várias tentativas dele em se aproximar. Não conseguiria dizer não mais uma vez. Não conseguiria resistir ao charme daquele garoto e, afinal de contas, ele não parecia ser o idiota que ela acreditava que fosse.

Chris levantou o queixo dela delicadamente, Clara se deixou levar. Ele a beijou, acariciando seu rosto. Ela correspondeu, abraçando-o. Chris a abraçou também, trazendo-a para mais perto de si. O beijo ficou mais intenso. Chris tocou os cabelos dela, eram sedosos e perfumados. O cheiro dela era muito bom e Chris teve vontade de beijá-la no pescoço, mas não o fez, não queria parecer atrevido. O coração de Clara estava acelerado, aquele garoto era mesmo lindo e irresistível. O garoto mais bonito do qual ela já tinha se aproximado e o beijo mais gostoso que ela já tinha dado.

Pouco tempo depois, ela pareceu cair na real e percebeu o erro que havia cometido. Clara se arrependeu de tê-lo beijado. Como pôde se deixar seduzir? Justo ele! Provavelmente ele a beijara para provar que poderia ter a mulher que quisesse e ela não conseguira dizer não. Seria mais uma para a imensa lista dele. A lista de otárias que caíram no seu encanto. Se alguém da escola descobrisse, ela seria alvo daquelas meninas chatas. Olhou as horas, seu relógio marcava três da manhã. Ela havia perdido a noção do tempo. Seu pai deveria estar furioso. Um misto de ansiedade e medo se apoderou dela.

— Tenho de ir — disse sobressaltada.

— Agora? Mas o show ainda não acabou, fica mais — pediu Chris.

— Não posso, meu pai me mata.

— Eu te levo.

— Não precisa, Christopher, vou pegar um táxi.

— Mas está tarde, é perigoso.

— Não é não, pego um táxi aqui na porta e desço na porta da minha casa, não tem perigo nenhum.

— Vou lá fora com você.

Saíram do estabelecimento. A rua estava sem movimento. Clara esperava um táxi aparecer, sentindo-se nervosa. Não era possível que tinha caído no charme daquele rapaz. Se aquela idiota da Jéssica soubesse...

Passaram-se alguns minutos. Fazia frio e Clara não havia levado casaco. Ela cruzou os braços, arrepiada. Christopher tirou o seu agasalho, colocando nela e a abraçou para esquentá-la. Ele era cheiroso e tinha braços fortes. Clara ficou muito seduzida, mas sabia que aquilo era uma ilusão e no dia seguinte mal se cumprimentariam. Ela permaneceu abraçada a ele, curtindo aqueles últimos instantes juntos. Christopher pareceu ler seus pensamentos.

— Por que está tão tensa?

— Não estou.

— Tem certeza?

Ela não respondeu.

— Quando a turma souber que ficamos juntos vão pirar! — ele comentou.

— E por que eles têm de saber? — inquiriu ela olhando para Chris.

— Porque eu não tenho nada para esconder. Ninguém tem nada com minha vida.

— Por isso mesmo que você não tem de ficar falando pros outros quem beijou ou deixou de beijar. Eu não quero confusão com aquelas meninas.

— Por que morre de medo delas? — ele franziu o cenho.

— Porque se quiserem me prejudicar, não poderei me defender — Clara desviou o rosto, pois não queria render aquele assunto.

— E por que não?

Um táxi passou e Clara deu sinal.

— Tenho um histórico, Christopher, todos nós temos.

Ela entrou no táxi, Christopher segurou a porta e deu mais um beijo nela.

— Mas você não vai ficar me ignorando como antes, vai? Podemos ficar de novo? — perguntou ele.

— É melhor não nos aproximarmos na escola, Christopher. Se quiser me ver de novo, a gente combina um lugar bem longe daquele pessoal.

Christopher olhou em seus olhos. Na verdade, aquela situação seria melhor pra ele também. Não precisaria ficar aguentando a zoação dos colegas por ter ficado com a esquisitinha da sala. Clara se foi e Christopher voltou para o show.

Dentro do táxi, Clara percebeu que Christopher havia deixado o casaco com ela. Ela se esquecera de devolver. Ele certamente sentiria frio na hora de ir embora. Clara aconchegou-se no casaco e aproximou a gola do rosto, sentindo o perfume de Chris. Tinha sido tão bom ficar com ele! Ela sentia-se apaixonada.

Capítulo 10

Augusto era um pai severo. Desde que a esposa o abandonou, seu coração havia endurecido, andava desiludido e não queria que sua filha se tornasse uma mulher vulgar como, agora, julgava ser a mãe dela. Sua vida resumia-se ao trabalho e os cuidados com Clara. Saía pouco e tinha um círculo pequeno de amigos. Era um homem sério, de poucas palavras, exigente consigo mesmo e com os outros. Seu coração fora partido e em lugar do amor e da alegria que sentira no passado, a amargura e a decepção o consumiam dia a dia. Nunca conseguira esquecer aquela madrugada de outono, quando ela se foi, lembrava e relembrava de tudo como cenas de um filme.

***

Ele acordou com um barulho no meio da madrugada, olhou para o lado da cama e Juliana não estava. Desceu correndo as escadas e se deparou com a porta da rua entreaberta. Abriu-a rapidamente e viu quando a esposa entrava depressa em uma *Caravan*, que acelerou cantando pneu e desapareceu na escuridão.

— Juliana! — gritou ele correndo atrás do carro.

Descalço, de pijamas, ele não entendia o que estava acontecendo. Ninguém estava obrigando a mulher a entrar no carro, mas, seria um sequestro? Deveria chamar a polícia? Olhou em direção à casa e viu Clara de pé no alpendre. Correu ao encontro da filha.

— Entre, minha filha, está frio.

Eles entraram e Clara observava o pai que andava de um lado para o outro.

— Ela foi embora, papai. Não vai voltar.

— O quê? O que está dizendo?

— Olha o envelope ali em cima da mesa. Nos filmes, quando as pessoas vão embora, sempre deixam bilhetes. Ela me deixou um também, na cabeceira da minha cama, lê pra mim?! — disse Clara mostrando ao pai a folha de papel.

Augusto leu o bilhete para a filha, com a voz trêmula:

"Minha querida Clara,
É difícil escrever esta breve carta, mas você tem o direito de saber que nada disso é culpa sua. Conheci uma pessoa pela qual me apaixonei perdidamente e agora estou decidida a ir embora com ele. O processo da separação seria muito doloroso e seu pai nunca iria aceitar. Não posso permanecer aqui, pois enquanto isso minha vida passa e eu sinto que estou ficando velha. Você é uma moça e tem a vida toda pela frente. Seu pai é um homem forte e vai superar tudo isso. Daqui a um tempo tudo isso será passado e ficaremos todos bem. Você vai ter sua família, seu pai se casará de novo e eu, com minha nova família, pensarei em você todos os dias.
Te amo, se cuide, mamãe".

Augusto correu para o seu quarto e acendeu as luzes. Abriu os armários certificando-se de que a mulher havia levado tudo. Ficou furioso e com as duas mãos, derrubou o guarda-roupa no chão causando um grande estrondo.

— Vagabunda! Eu mato! Vou acabar com os dois! — gritava ele.

Clara se fechou no seu quarto, sentando em sua cama, triste. Olhou para o seu bilhete, o qual ela havia dobrado para guardar. Mas pensou melhor e, rasgando em muitos pedacinhos, jogou tudo na privada e deu descarga.

***

Foi difícil para Augusto entender que Juliana não iria voltar nunca mais e que a partir daquele dia estava sozinho, com uma filha de cinco anos para criar. Sentia ódio da esposa. Tentava em vão descobrir quem era o amante e para onde tinham fugido. Clara se parecia muito com a mãe e Augusto mal conseguia olhar para ela. Nos primeiros meses, afogou sua raiva na bebida e precisou da ajuda de sua mãe para cuidar da netinha. Com o tempo, afastou-se do álcool. A raiva foi dando lugar à saudade e ele se tornou um homem triste. Conseguiu finalmente reassumir o seu papel de pai, cuidando e amando Clara, todavia se tornou ainda mais sério e severo. Juliana era a mulher de sua vida, ele a amava e a ela dedicava todo o seu trabalho e os seus planos. Sabia que era um homem calado e ríspido e isso incomodava muito a esposa. Mas ela não poderia acusá-lo de não sentir amor. Ainda que não conseguisse demonstrar seu sentimento da forma como ela gostaria, seu coração pertencia à Juliana e, quando ela foi embora, ele ficou vazio e despedaçado.

Lembrava de quando descobriram que ela estava grávida e em como ficaram felizes. Ele levou flores para a esposa naquele dia e a partir daí começaram a ajeitar a casa para esperar o bebê. Clara era uma criança linda e meiga, bem parecida com a mãe no jeito e na beleza. Quando Juliana se recostava na cadeira de balanço, amamentando e cantando para seu bebê, Augusto sorria observando as duas pessoas que lhe eram mais preciosas. Ele faria tudo por elas, daria sua própria vida se fosse preciso. Entretanto, o seu amor não foi suficiente para que Juliana permanecesse ao seu lado. Ele reconhecia que era uma pessoa difícil de lidar. Compreendia que isso fora um dos fatores que a fizeram ir embora. A única coisa que ele não conseguia entender era como a esposa tinha sido capaz de abandonar a filha. Ela amava tanto aquela criança, por que não a levou junto? Talvez porque o novo namorado não a quisesse... Ou talvez porque ela não tivera coragem de deixar Augusto completamente sozinho.

A menina doce foi crescendo e se tornando mais amarga, menos parecida com Juliana e mais parecida com Augusto. Adquiriu um jeito de ser que incomodava o pai. Apareceu com um piercing na orelha, mudou a decoração do quarto, pintou os cabelos de vermelho, vestia-se displicentemente. Augusto via as outras garotas na rua, elegantes e educadas e queria que a filha fosse como elas, mas o que acontecia era o contrário. A cada dia Clara surgia com uma novidade e Augusto se descabelava com tudo aquilo. Até que perdia a cabeça e partia pra cima da garota, agredindo-a às vezes com uma força desnecessária. Arrependia-se. Mas mantinha-se sério, calado e enérgico.

Foi na oitava série que Clara começou com as brigas. Aparecia marcada em casa e Augusto sabia que não eram feridas feitas por ele.

— O que aconteceu, menina?
— Me meti numa briga.

— Briga? De pancada?
— É, pai, não tá vendo meu olho roxo?
— E desde quando menina briga assim? Está maluca?
— Desde que aquelas idiotas da escola começaram a mexer comigo. Não vou deixar ninguém tirar onda com a minha cara.

Augusto era chamado com frequência na escola de Clara. Ora pelas brigas com os colegas, ora pela indisciplina com relação aos professores. Ela teve de ser transferida de colégio muitas vezes. Ele sentia-se cansado e chegou a pensar que Juliana poderia ter levado a filha junto, quando fugiu. Pelo menos ele teria paz. Ele não sabia como conversar com ela e nem a maneira certa de ensiná-la e repreendê-la. Ficava nervoso e perdia a paciência e, às vezes, se descontrolava, agredindo-a.

A situação mais complicada acontecera há cerca de oito meses, dentro da escola. Quando contou a ele o ocorrido, Clara não poupou detalhes. Ela revelou que estava conversando com duas garotas no horário do recreio. Elas a admiravam pela medalha que havia recebido pelo prêmio de Literatura da escola. Clara sentia-se feliz. Havia trabalhado muito naquele texto antes de entregá-lo à professora. Outra garota da turma havia ficado em segundo lugar, que para ela não significava nada a não ser a derrota. Ela sempre ganhava os prêmios da escola, era uma aluna exemplar. Mas era convencida e tinha um forte ar de superioridade.

A tal garota nunca fora com a cara de Clara e vice-versa. Mas aquela era a gota d'água. Ganhar o prêmio de Literatura?! E ainda por cima ser motivo de outros colegas da sala aproximarem-se dela! Patético! Era preciso colocá-la em seu devido lugar.

— Está pensando que só porque ganhou esta medalha ridícula está com a bola toda?

— Quem disse isso? Não seja invejosa! — respondeu Clara.

— Inveja? Eu? Desse seu cabelo horroroso e desse modelito ridículo seu? Olha para mim, sou linda. Mas você não tem culpa, não é? Uma órfã como você não deve ter tido orientações de como ser uma mulher de verdade.

— Cala essa boca, não vou ficar aqui ouvindo baboseiras!

— A verdade dói não é? — prosseguiu a garota. — Todos estão de prova, minha mãe é fina, elegante e maravilhosa. E a sua? Você não sabe, não é? Ela não te ensinou como se comportar como uma menina? Devia estar muito ocupada chifrando o seu pai.

Clara partiu para cima da rival com fúria:

— Vou te ensinar como uma menina de verdade se comporta!

As duas se atracaram, as duas bateram, mas Clara bateu mais e, após o tumulto ser aplacado pelos professores, a garota foi levada ao hospital, com o braço fraturado, enquanto Clara aguardou na diretoria a chegada do pai, com os braços arranhados e o joelho esfolado. Augusto fora chamado às pressas e largou seu serviço pela metade na firma para resolver briguinhas na escola de sua filha de 16 anos. "Uma moça, você já é uma moça!", dizia ele a Clara. Augusto teve de responder na polícia à queixa de agressão dada pelos pais da garota e, juntamente com a medalha, Clara saiu com uma carta de expulsão, que permitia a ela apenas terminar o ano letivo e depois transferir-se para outro colégio. Augusto ficou furioso, e Clara, arrasada. O motivo da briga não era relevante mais e ela não tentou se justificar. Perdera a cabeça, machucara a colega, trouxera problema para o pai... Essa era a verdade nua e crua.

Mas Clara tinha suas qualidades. Augusto sabia muito bem disso. Ela era atenciosa e cuidava dele. Arrumava a casa, fazia compras, cozinhava para ele. Lembrava-o dos jogos de futebol que o interessavam e sempre sugeria algum filme que fosse passar na televisão o qual ela sabia que ele iria gostar. Eles se amavam. Clara era uma boa filha. Obrigava-o a ir ao médico e a comer coisas saudáveis. Augusto, por sua vez, trabalhava duro para que nada faltasse para ela, deixava sempre o dinheiro para as coisas da casa e, com frequência, dava a Clara algum dinheiro para ela gastar consigo mesma.

— Tome, vá comprar alguma coisa bonita.

Às vezes perguntava:

— Está precisando de alguma coisa?

De vez em quando trazia algum presente para ela.

— Vi isso aqui e me lembrei de você.

Clara ficava alegre. Não somente pelo bem material em si, mas pelo fato de saber que o pai pensava nela. Ela não pedia muita coisa, mas espertamente havia bolado um plano para incentivar o pai a ler e ocupar a mente e o coração. Ele trabalhava ao lado de uma livraria bem grande e então ela lhe pedia para comprar os livros da escola ou algum outro que ela estava interessada, assim ele passeava por aquela loja, olhando as estantes e sempre voltava com um ou dois livros para ele também. Clara sentia-se feliz por isso, detestaria ver o pai bitolado ao trabalho e à televisão.

Tinham uma relação amigável, mas faltava diálogo. Tinham intimidade, mas faltava tempo juntos. Dificilmente sentavam-se para conversar ou passar um tempo um ao lado do outro. Com exceção das horas das refeições, geralmente à noite, quando os dois estavam em casa, Clara ficava em seu quarto, sozinha, enquanto Augusto sentava-se na poltrona para ler ou assistir televisão.

Quando Clara chegou naquela madrugada, eram quase quatro da manhã e Augusto já a esperava no alpendre da casa, furioso.

— Onde estava? — esbravejou ele, furioso.

— No show, pai.

— Que horas eu disse para você voltar?

— Eu me esqueci, pai, fiquei conversando e perdi a hora. Me desculpe.

— Eu já ia ligar para a polícia. Quer me matar? — berrava ele.

— Me desculpe.

— Que casaco é esse? De quem é? Você estava com algum garoto? Até três da manhã? — perguntou ele tomando a blusa das mãos dela.

Clara se calou. Não podia mentir, estava na cara a resposta. Augusto, transtornado, perdeu a cabeça.

Capítulo 11

Chris passou o final de semana pensando nela. Sentia-se bem e queria vê-la de novo, ligar para ela, convidá-la para sair. Não tinha o seu telefone e não poderia pedir para ninguém, pois levantaria suspeitas. Também não queria parecer insistente e pegajoso. Fora difícil conseguir aquele primeiro beijo, por isso era bom dar um tempo, ir devagar. Esperava ansioso para poder vê-la na escola. Seu coração parecia estar prestes a explodir. Nunca havia sentido nada igual.

Na segunda-feira pela manhã, Clara chegou com o rosto um pouco avermelhado e machucado. Christopher estava com os amigos, conversando, e a viu se aproximar da fila, cabisbaixa. Quando olhou para ela, seu coração disparou, Clara era mesmo linda. Milésimos de segundos depois desse sentimento, vendo o hematoma em seu rosto, Chris foi dominado por um sentimento ruim, quase instintivo, uma vontade de destruir o que quer que tivesse sido a causa daquele ferimento. Ele quis ir até ela para perguntar o que tinha acontecido, mas se lembrou do que ela havia pedido e se conteve. Não queria aborrecê-la e afastá-la de novo. Ainda estava interessado naquela garota. Muito interessado. Precisava seguir o combinado.

Clara permaneceu a aula inteira calada e abatida. Sentado na carteira ao lado, Chris podia ver seu rosto ferido e sabia que aquilo era, com certeza, uma bofetada. Deveria ter sido o pai dela. *Que filho da mãe! Será que foi no dia do show, por ela ter chegado muito tarde?* Clara estava mesmo muito preocupada na hora de ir embora, olhando o relógio sem parar. Ele achou que ela estava inventando uma desculpa para ir embora, mas deveria estar falando a verdade. Chris passou um bilhete pra ela escondido, pedindo seu número de telefone. Ela anotou e devolveu o papel para ele, que o guardou no bolso, como se fosse uma joia.

Ao final da aula, Christopher foi para casa almoçar, tinha pressa. Por volta de uma e meia da tarde, pegou o telefone e discou.

— Alô.

A voz daquela garota fazia Chris sentir arder o coração.

— Clara, sou eu.

— Oi — ela pareceu feliz com o telefonema, estava carinhosa.

— Você está bem? O que aconteceu? — Ele estava preocupado.

— Nada demais.

— Como machucou o rosto?

Ela se calou e deu um suspiro profundo.

— Seu pai bateu em você?

— Sim.

— Por quê?

— Cheguei muito tarde na quinta-feira, quer dizer, já era madrugada de sexta.

— Mas ele te marcou — o garoto estava injuriado.

— Estou acostumada, ele sempre faz isso quando se enraivece.

— Que canalha!

Christopher sentiu muita raiva, mas preferiu mudar de assunto para ela não se entristecer.

— Não se preocupe, estou bem.

— Quer ver um filme? — ele perguntou.

— No cinema? — surpreendeu-se ela.

— É. A gente vai a um shopping mais distante.

— Tem certeza? Não sei... — Clara hesitou.

— Qual é? Vamos! Quero te ver de novo. Você foi embora tão rápido naquele dia.

— Esquece isso, Christopher, é melhor não.

Houve um breve momento de silêncio.

— Você não gostou? — o garoto ficou apreensivo.

— De você?

— É?!

— Claro que sim, esse é o problema. Vou gostar de você e vou me dar mal.

Ele riu.

— Você sempre diz tudo o que pensa?

— Quase sempre. Menos para a polícia — brincou ela.

— Que tipo de filme você gosta?

— Ação, terror, suspense...

— Tem alguns bons passando no cinema.

— Quer vir pra cá? Podemos assistir aqui.

Mais um silêncio se seguiu após aquele convite. Chris retomou a conversa, como se recobrasse os sentidos.

— Na sua casa?

— É.

— Tudo bem. Levo os DVD's que tenho aqui. Me passa seu endereço.

Capítulo 12

Era uma casa simples, de muro baixo e portão aberto. Havia um alpendre, no qual ele avistou uma campainha. Torcia para o pai dela não estar em casa, o que seria bastante constrangedor. Clara abriu a porta sem perguntar quem era.

— Oi — ela o saudou, recostada à porta. O rosto ainda um pouco inchado.

— Oi — ele respondeu abrindo um pequeno sorriso, tentando disfarçar sua euforia.

Ela o convidou para entrar e fechou a porta em seguida.

— Seu pai está?

— Não, estou sozinha, não se preocupe, ele só volta do trabalho à noite.

Chris entrou em silêncio. Usava calça jeans, tênis e uma camisa de algodão.

— Trouxe os filmes — falou ele tirando da mochila alguns DVD's e entregando a ela.

Sentaram-se no sofá e ela olhou um por um, indecisa.

— São todos bons. Não sei qual escolher.

— Escolhe um que você não tenha visto — sugeriu ele.

— Difícil, sou viciada em filmes.

Ela olhou mais um pouco e escolheu um qualquer de terror. Sentaram-se no tapete e começaram a assistir. Nas cenas de medo, davam gargalhadas e discutiam sobre os efeitos especiais fajutos, frutos de uma tecnologia ultrapassada. Quase duas horas depois, o filme acabou.

Clara espreguiçou e levantou, esticando as pernas.

— O que você gosta de comer?

— Como assim? Qualquer coisa — respondeu Chris.

— Duvido! Você deve ser meio natureba, não?

Christopher riu, piscando os olhos.

— Como sabe? — ele apoiou um dos braços no joelho.

— Está escrito na sua testa. Esses braços e essa barriga não são uma dádiva divina.

— Não, são frutos de muita academia — Christopher dobrou um dos braços, brincando de mostrar os músculos como fazem os alterofilistas.

— E uma alimentação cheia de frescuras — Clara fez um biquinho com os lábios.

— Nem tanto — Chris achou graça.

— Toma refrigerante?

— Não muito.

— Então um suco? É natural.

— Sim, pode ser — concordou ele, balançando a cabeça afirmativamente.

— Posso fazer um sanduíche simples.

— Não precisa disso, Clara. O que você vai fazer pra você?

— Pipoca.

— Pipoca pra mim também. Quer ajuda?

— Não precisa.

— Eu vou ajudar — falou ele se levantando e indo com ela até a cozinha.

Christopher colocou a pipoca no microondas, enquanto Clara pegava os copos e os enchia com suco de laranja. Clara encostou-se à bancada esperando a pipoca ficar pronta. Christopher a olhou. Ela estava com os cabelos presos em um meio choque, usava shorts e uma blusa branca de gola cortada artesanalmente. Estava descalça e seus pés eram bonitos. Ela fixou seus olhos nos dele e sentiu um frio na barriga. Ele se aproximou dela, colocando as mãos na bancada, uma de cada lado, de modo que Clara ficou entre os seus braços.

— Você é linda! — declarou ele a beijando.

Beijaram-se durante um bom tempo e começaram a sentir uma intensa atração. Ignoraram o alarme do microondas, que mostrava que a pipoca já estava pronta. Chris a abraçou, pegando em suas costas e cintura. Clara envolveu o tórax dele com os braços. Christopher queria tocá-la mais intimamente, mas sabia que se aquele limite fosse ultrapassado, estaria desprezando alguns princípios que para ele eram muito importantes. Entretanto, os seus pensamentos estavam embaralhados e só o que conseguia entender era o desejo que ardia em seu corpo. Clara percebeu as intenções de Chris quando ele a beijou mais intensamente e a apertou contra o seu corpo.

— Vai com calma — disse ela interrompendo o beijo e desviando o olhar.

— Me desculpe — retratou-se Chris se afastando. — Eu passei dos limites.

— Eu não...

— Não precisa falar nada, me desculpe. Não quero que pense mal de mim.

— Não estou pensando mal de você. Eu sei que garotos querem isso, mas eu não quero agora.

— Eu não vim aqui com essa intenção, Clara, acredite em mim.

— Não? — Ela levantou as sobrancelhas.

— Não. Vim porque gosto de você e quero te conhecer melhor.

— Mesmo?

— Por que demora tanto para acreditar nas coisas que eu falo? — bufou o garoto.

— Porque para você ficar com alguém como eu, só pode estar com segundas intenções.

— Como assim "alguém como você"? — Chris franziu o cenho.

— Eu não sou bonita — Clara deu de ombros.

— Está louca? Você é linda!

Clara girou os olhos.

— Não precisa forçar a barra, Christopher, eu sei que há muitas outras meninas na escola bem mais bonitas do que eu.

— Você está em outro planeta! Está viajando!

— Você discorda? — ela cruzou os braços, esperando por uma resposta sincera.

— Clara, eu sei lá... Não parei para pensar nessa comparação. Eu estou a fim de você e não fico pensando em outra garota. Para mim agora as outras não importam.

Ela sentiu-se bem com o que acabara de ouvir e pensou que estava fazendo papel de boba se desmerecendo daquele jeito. Tinha de parar com aquelas ideias negativas sobre si mesma, mas isso era um desafio para ela.

Chris ficou incomodado com o silêncio de Clara.

— Ei, para com essas ideias! Vem cá — ele a abraçou. — Eu te acho linda, Clara. Não foi só isso que me atraiu em você, mas foi um dos pontos principais. Eu não sou esse cara que você está pensando.

— Eu não estou pensando nada.

— Está sim. Está pensando que eu sou um galinha e que minhas intenções sempre giram em torno de sexo.

— Eu não poderia pensar isso de você — ela se afastou, colocando os copos na mesa. — Não sei nada sobre sua vida. A única garota que eu sei que você já ficou é a Jéssica.

— E eu não dormi com ela.

— Não? — Clara ficou bastante surpresa.

— Não.

— Ela não quis?

— Eu não queria fazer isso com ela. Não seria justo. Ela gostava de mim, confiava em mim, mas eu não estava apaixonado. Sabia que terminaríamos logo e eu seria um canalha se a levasse pra cama mesmo assim.

— Nunca pensei que você negaria fogo — ela sorriu ironicamente.

Chris não gostou da forma como ela falou.

— Pois se eu te contasse que eu sempre nego fogo, você acreditaria? — ele ficou sério.

— Não entendi. — Clara ficou curiosa.

— Eu... Deixa pra lá, vamos mudar de assunto — o rosto dele ficou ruborizado e ele se virou.

— Parece que ficou tímido, o que foi? — Clara tocou o seu braço, virando-o para si.

— Você vai rir.

— Rir de você? Não vou não — ela segurou sua mão com carinho.

— Promete?

— Eu prometo

— Eu só fiz sexo duas vezes na minha vida.

— Você?

— Sim.

— Inacreditável.

— Mas é verdade!

Em dúvida, Clara cruzou os braços.

— Seja sincero comigo, Christopher, eu detesto mentiras.

— Eu estou falando a verdade!

— Mas por quê? Você tem tantas meninas aos seus pés!

— Clara, é difícil explicar. Eu tenho um pensamento diferente sobre sexo agora.

— Podemos conversar sobre isso?

— Eu não sei...

— Já que você quer me conhecer melhor, eu também quero te conhecer melhor.

Chris sentou em uma cadeira. Clara sentou perto dele.

— Depois que o meu pai morreu, eu e minha mãe começamos a frequentar a casa de uma amiga dela onde se reunia toda semana um grupo de pessoas para orar e estudar a Bíblia.

— Tipo uma célula?

— Sim. Você sabe o que é?

— Mais ou menos. Minha amiga Ariana vai em uma, já me convidou algumas vezes, mas eu nunca fui — Clara colocou os pés na cadeira, abraçando as pernas.

— Algumas pessoas se reúnem na casa de alguém para estudar a Palavra e falar sobre Deus, depois tem um lanche, uma confraternização. É mais ou menos isso.

— Você ainda vai nessa célula? — a garota perguntou.

— Minha mãe vai toda semana, eu vou às vezes, quando sinto vontade.

— Entendi.

— Lá conheci alguns jovens e eles me ensinaram muitas coisas. Nem todas eu consegui colocar em prática, pelo menos não até agora, mas algumas fizeram muito sentido para mim.

— Como, por exemplo...

— Por exemplo, o sexo — ele passou a mão nos cabelos. — Eu não sei como posso explicar.

— Não precisa, eu entendo.

— Entende? — ele arregalou os olhos.

— Sim. Ariana também é cristã e ela já me falou sobre isso um milhão de vezes.

— Os cristãos acreditam que é importante fazer...

— Só depois do casamento.

Ambos riram.

— É, isso mesmo — assentiu Chris.

Clara sorriu de uma forma doce:

— Você acredita nisso?

— Eu acredito — afirmou Chris, confiante. — Mas confesso que não é fácil.

— Você me surpreende, sabia?! — ela fixou seus olhos nos dele.

— Eu sei que parece ridículo — Chris fez um muxoxo com a boca.

— Ridículo? Não é ridículo. É uma decisão que você tomou e tem de ser bastante homem para cumpri-la.

— Acha mesmo?

— Claro, Christopher, se é isso mesmo que você quer, faz parte da sua identidade, do seu caráter e não importa se alguém acha ridículo. Não permita que ninguém faça você pensar de uma maneira diferente só para agradar os outros. Eu não sei muita coisa sobre Deus, mas de uma coisa eu tenho certeza, é mais importante agradar a Ele do que aos homens.

Chris ficou feliz por ter aquela conversa com ela. Nunca havia falado sobre aquele assunto com ninguém da escola e tinha muito receio de ser motivo de piada.

— Às vezes me sinto incoerente, já que sempre fico com garotas e faço tantas outras coisas erradas.

— Talvez seja, mas eu acho que há uma grande diferença entre beijar uma garota e levá-la pra cama.

— Mas do jeito que eu faço, cada dia uma... Acho que Deus não gosta disso.

Clara sentiu ciúmes. *Ela era apenas mais uma então?*

— Então, você é cristão afinal? — perguntou ela, séria.

— Defina "cristão"?

Clara deu a sua definição:

— Quem acredita em Cristo, quem vai a uma igreja cristã.

— Sim, eu acredito em Cristo e não, eu não frequento nenhuma igreja. Como te disse, eu frequento, de vez em quando, a célula da amiga da minha mãe.

Clara pensou um pouco antes de prosseguir a conversa.

— Pelo pouco que sei sobre esse assunto, acho que é preciso mergulhar nessas coisas e não molhar só os pés como você está fazendo.

— Como assim?

— Ariana me disse que é como se Cristo fosse um rio e, para aprender mais sobre Ele e seus ensinamentos, é preciso mergulhar. Dessa forma, o que você era e a maneira como pensava ficaram imersos nas águas e o que sobe à superfície é uma nova pessoa, com uma maneira diferente de pensar e agir. Ela disse que, quando fez isso, era como se tirassem dela uma venda que a impedia de enxergar, que agora ela vê a vida e o mundo de uma maneira diferente. Eu convivo com ela há muitos anos e consigo ver claramente a transformação pela qual passou e vem passando. É a mesma Ariana, mas ao mesmo tempo é uma Ariana nova. Depois que ela *conheceu Jesus*, como ela mesma costuma dizer, ela mergulhou de cabeça nisso, Christopher, sem olhar para trás.

— É... — Christopher coçou a cabeça. — Nesse caminho eu estou lento. Ela teve mais coragem que eu.

— Um dia você me leva nessa célula?

— Você quer ir? — ele sorriu. — Claro que eu levo.

— A Ariana vive me convidando para ir à igreja dela, até fui uma vez, mas não curti não. Contudo, essa ideia de célula sempre me pareceu ser legal, na casa de alguém, um grupo pequeno, acho que me sentirei mais à vontade. Depois, quem sabe, talvez eu sinta vontade ou necessidade de ir a uma igreja.

Chris bebeu um gole do suco e ficou alguns instantes em silêncio antes de revelar: •

— Sabe, Clara, eu estava pedindo a Deus que me ajudasse a conhecer uma garota em quem eu pudesse confiar. Uma garota que me fizesse esquecer todas as outras. Acho que foi Deus que te colocou na minha sala de aula. Desde a primeira vez que te vi, não consegui mais parar de olhar pra você.

Ela fixou seus olhos nos de Chris, queria acreditar nele.

— Sempre que eu converso com você eu me sinto mais forte, mais animado e mais apaixonado. Mesmo em todas as vezes que você me repeliu — completou ele.

Ela baixou os olhos, constrangida.

— Ainda me sinto confusa, Christopher.

— Por quê?

— Você não pode ser tão legal assim.

Chris ficou surpreso com aquele comentário.

— Você não pode ser tão diferente dos seus amigos. E eu não gosto de gente como eles — confessou ela.

— Acho que você está generalizando, Clara. Meus amigos são legais. Você não pode pegar o exemplo da Jéssica e concluir que todos são como ela.

— Ela não é a primeira pessoa que eu conheço que gosta de humilhar os outros — Clara fechou os olhos por um instante, tentando ignorar a dor que aquelas lembranças causavam. — Em outros colégios que eu estudei, havia pessoas exatamente iguais a ela. Além disso, ela tem as amigas que a imitam.

— Pessoas assim são a minoria.

— Eu duvido. Se a Jéssica age dessa forma, é porque há pessoas que a apoiam — a garota deu um leve soco na mesa.

— Eu não apoio o que ela faz.

— Mas também não desaprova.

— Geralmente ela faz essas intriguinhas com outras garotas, eu e meus amigos não nos metemos nisso.

— Entre os garotos não há esse tipo de coisa?

— Mais ou menos, tem sempre uns excluídos e outros que se acham os melhores. Mas não ficamos fazendo intriga, quando há um problema resolvemos no braço. Geralmente os mais fracos afinam e desistem de lutar.

— E, no fim, você e seus amigos saem por cima — Clara balançou uma das mãos no ar.

— Eu acho que você está assistindo filmes demais, não tem esse tipo de coisa lá na escola. São só briguinhas bobas.

— Claro, porque não é você o humilhado — ela apontou o dedo para Chris.

— Eu não sou... Eu nunca refleti sobre isso, Clara. Pra mim isso não é tão sério como você pensa. Somos todos colegas. Acho que você está equivocada.

Clara se revoltou, remexendo-se na cadeira.

— Não acredito que não consegue perceber o que acontece a sua volta, Christopher!

— Vejo uma piadinha aqui, uma gozação ali, nada demais.

— Mas é tanta crueldade... Isso não te incomoda? Ver alguém ser oprimido? Pra você a escola é o máximo, pois todos gostam de você e querem ser seus amigos, mas, para algumas pessoas, a escola pode ser um tormento.

— Pra você é assim? — ele foi direto.

— Já foi, no passado. Mas consegui neutralizar muita coisa. Esse ano, decidi me isolar mais, para garantir a minha paz, mas mesmo assim é muito difícil suportar as críticas das pessoas da sua turma.

— Eu não faço mal pra ninguém — defendeu-se.

— Mas é conivente — rebateu ela.

Ele ficou em silêncio, refletindo sobre aquela conversa.

— Eu nunca tinha pensado dessa forma — ele baixou a voz. — Olhando por esse lado, sou mesmo um babaca. Você tinha razão em não querer saber de mim. O certo seria defender os colegas que são humilhados e não rir da cara deles.

— Pode parecer engraçado quando é com os outros. Mas quando é com a gente, dói muito.

Ele baixou a cabeça, arrependido por seu comportamento. Pensou em várias situações nas quais havia provavelmente feito algum colega sofrer.

— Vamos comer, não quero ficar enchendo sua cabeça — disse ela servindo a mesa.

Conversaram mais um pouco e depois ele decidiu ir embora, quando já começava a escurecer. Clara levou-o até a porta.

— Tchau — disse ele.

— Tchau — ela respondeu.

Ele se virou e desceu os degraus do alpendre. Antes que ela fechasse a porta, Chris voltou rapidamente.

— Eu não queria ser mau com ninguém.

— Eu sei, Christopher, falei o que eu penso, não quer dizer que estou totalmente certa. Você é um cara legal, foi boa nossa conversa hoje. Você tem razão, nossas conversas são sempre boas — ela sorria ternamente.

Ele se aproximou e a beijou forte, abraçando-a.

— Quero te ver mais, ficar junto na escola, passear... — declarou.

Clara surpreendeu-se.

— Se nos vissem juntos, você seria alvo de críticas. Seria motivo de graça para eles — lembrou-lhe ela.

— Eu não me importo.

— Não?

— Talvez um pouco, como você disse, quando somos nós os alvos, dói. Mas eu não me importo. Vamos abrir o jogo, não ligo para o que os outros pensam. E não vou deixar ninguém te maltratar. Não vou aguentar fingir que não te conheço lá na escola. Vou querer falar com você, te beijar...

— Até se cansar e me dar um pé na bunda...

Ele fez uma careta.

— Não corta a minha onda, estou sendo sincero...

— Por que a gente não fica como está?

— Como? — perguntou ele.

— No colégio somos estranhos. E a gente se vê quando der na telha.

— Prefere assim?

— Prefiro.

Chris se afastou para olhá-la nos olhos.

— Eu posso fazer isso, se é o que quer.

— O que importa é termos paz, Christopher.

— Sabe o que me importa agora?

— O quê?

— Ficar com você e te provar que eu não sou um babaca.

Ela passou a mão em seu rosto e o beijou.

— Você não é um babaca! — sussurrou ela.

— Eu vou embora agora, antes que escureça, mas minha vontade é ficar aqui. Já estou sentindo saudades.

Ela apertou os lábios, contendo sua expressão de satisfação.

— Você pode confiar em mim? — perguntou ele.

— Vou tentar — respondeu ela.

— Não vou pisar na bola com você.

— Tudo bem. Mas não se esqueça do combinado: na escola somos estranhos.

— Um dia vai me contar sobre esse seu histórico que te faz ter tanto receio da minha turma?

— Talvez... Um dia.

Despediram-se e Chris desceu do alpendre, indo embora.

A ansiedade do fim de semana, depois daquele encontro no show, dera lugar a uma intensa alegria e ele respirava fundo lembrando-se de cada momento daquela tarde. Decidiu não contar nada a ninguém, nem mesmo para Tiago. Guardaria para si e respeitaria a vontade dela. Se Clara pensava que assim seria melhor, ele não faria oposição. O importante era que pudessem ficar juntos e que ele pudesse fazê-la feliz.

Capítulo 13

Na manhã seguinte, Chris sentia-se o homem mais afortunado do mundo e seu dia ficou ainda melhor quando Clara chegou à escola. Ele estava empolgado com aquele relacionamento e queria muito investir nele. Clara lhe aguçava os melhores sentimentos e virtudes e, apesar de fazer duras críticas, o levava a se sentir uma pessoa melhor. Ambos no fim da fila olhavam um para o outro despistadamente e, quando seus olhares se cruzavam, sorriam baixinho e retornavam logo para o disfarce.

No início da tarde, Chris telefonou para ela.

— Vamos sair?

— Christopher, e a prova de amanhã?

— Só um pouquinho, voltaremos cedo.

— Aonde quer ir?

— Tem um filmão passando, temos que ver esse.

— Só se for em um cinema distante.

— Eu sei, eu sei, está tudo planejado. Te pego aí daqui a meia hora.

Assistiram a um filme de Paul Haggis, chamado "CRASH"[7], que falava sobre várias situações em que as pessoas chegavam ao

---

[7] *Crash: no limite.* [filme] Direção e Roteiro: Paul Haggis. EUA, 2004. 112 min.

limite do preconceito e do racismo e enfrentavam as consequências disso. Sentaram-se na última fileira. Por ser dia de semana, o cinema estava quase vazio. Ainda nos trailers, Chris pegou na mão de Clara e beijaram-se, mas depois de alguns minutos de filme não conseguiram mais desgrudar os olhos da tela. Eram cenas muito envolventes.

— Gostou do filme? — perguntou ele ao saírem da sala.
— Sim, muito bom.
Comentaram algumas cenas, opinaram sobre alguns assuntos.
— É como às vezes acontece com você na escola. As pessoas te olham, te julgam mal e algumas te maltratam.
— Por que acha que me julgam mal? — interrogou Clara.
— Porque não te conhecem.
— E o que eles julgam? — ela levantou uma das sobrancelhas.
— A aparência primeiramente, o jeito, o estilo...
— O que tem de errado com minha aparência?
— Nada. Só é diferente das outras meninas da turma — ele deu de ombros.
— Por que não me visto nem me comporto como elas?
Ele mordeu o lábio inferior, buscando uma resposta. Chris se calou.
— Responde! — insistiu ela.
Ele ficou sério:
— Eu não sei mais, Clara... Agora te vejo de outra maneira, não sei mais pensar como eles.
— Como você me via? — ela apoiou o cotovelo na mesa e pousou o rosto na palma da mão.
— Quando eu te vi pela primeira vez? — Chris fez uma pausa. — Achei você bonitinha, mas meio esquisita. O vermelho do cabelo era muito intenso e você parecia meio revoltada.

— E agora me vê diferente?

— Não, seu cabelo continua tendo uma cor forte e ainda te acho um pouco revoltada.

— Então, não mudou nada? — indignou-se ela.

Ele lançou-lhe um olhar sedutor.

— Só que agora isso me agrada.

Ela gostou daquela resposta.

— Você não pode falar muito — continuou ele. — Também me julgou no princípio.

— É verdade.

— Como é? "Versão excludente e inatingível da juventude do nosso país"?!

Ela soltou uma gargalhada.

— Eu estava inspirada quando disse isso — Clara se gabou.

— Com certeza. Demorei a entender o que você disse.

— E?

— O quê?

— Concorda com minha frase ou não?

— Mais ou menos. Como eu te disse ontem, nunca me peguei excluindo ninguém explicitamente, mas confesso que me fechei no meu seleto grupo de amigos e, muitas vezes, fui conivente com as atitudes desagradáveis deles em relação aos outros. Talvez tenha até incentivado, quando, por exemplo, ria de suas piadas de mau gosto.

— O mais prejudicado é você. Você sai perdendo — ela recostou na cadeira.

— Por quê?

— Deixa de conhecer outras pessoas bacanas.

Ele pensou e respondeu:

— Tem razão — disse dando-lhe um beijo na boca. — Foi sorte te ver naquele show.

Clara sentiu-se feliz, mas logo se reprimiu novamente, pois não queria criar expectativas em relação a Chris. Repetia para si mesma que aquilo duraria pouco e ela não queria se apaixonar, embora fosse tarde demais.

Ao final do dia despediram-se para que cada um pegasse seu respectivo ônibus.

— Eu te ligo — disse ele.

Capítulo 14

Chris chegou atrasado e quase perdeu o primeiro horário. Quando entrou na fila o hino nacional já tocava e a supervisora o encarou desaprovando o atraso. Chris procurou por Clara que, como sempre, era a última da fila das meninas. Ela não olhou para ele e Chris sentiu-se triste. Algumas semanas haviam passado desde o primeiro beijo e já tinham se encontrado algumas vezes na casa dela e em alguns poucos lugares. Tornaram-se amigos, tinham certa intimidade... Mas ele precisava se acostumar a ser ignorado por ela na escola, afinal esse era o combinado.

O Ensino Médio estava em alvoroço pela festa de debutante de uma garota do Primeiro Ano. Ela era rica e a festa seria muito bacana. Chris já havia recebido o convite há muito tempo e nem se recordava do evento.

— Nem me lembrava disso, Tiago, tenho até de procurar o convite, deve estar em algum lugar do meu quarto.

— Vou usar o mesmo terno de sempre — falou Tiago.

— É, eu também. Ganhei uma camisa nova no natal, vou usá-la por baixo do paletó.

— Vai ser maneira demais essa festa, o lugar é muito bom, já fui a festas lá.

— Pelo menos rango não vai faltar — riu Chris.

— E nem mulheres! — respondeu Tiago.

Na escola, Chris não conseguia falar com Clara. Queria ligar para ela e falar da festa, mas sabia que ela não iria, não queria chateá-la. Além disso, não devia satisfações a ela. Não eram namorados, nem nada parecido, ele podia fazer o que quisesse. No entanto, algo incomodava Chris em relação àquela sexta à noite.

— Qual é, Chris, se anima, está todo bonitão, a noite é uma criança, cara! — Tiago estava entusiasmado.

O local da festa era um salão amplo, com janelas grandes de ambos os lados. Havia um palco na parte principal e uma varanda comprida na lateral, ao ar livre. Na parte de dentro do salão estavam espalhadas, de maneira organizada, mesas redondas, decoradas com esmero, e a área ao centro do salão, próxima ao palco, estava livre para servir de pista de dança, iluminada com luzes coloridas e um globo de vidrilhos. A cozinha funcionava nos fundos, com acesso restrito a funcionários, de onde os garçons entravam e saíam com as bandejas de bebidas e salgados. Na entrada do salão estavam duas mulheres vestidas com *tailleur*, responsáveis pelo cerimonial da festa, as quais recebiam os convidados e seus presentes, escrevendo o nome das pessoas nos embrulhos, para que a aniversariante pudesse identificar quem deu o quê e fazer os devidos agradecimentos.

Eram dez e meia da noite quando Chris, já em seu terceiro copo de água com gás, viu a aniversariante se aproximar.

— Oi, Chris. Oi, Tiago.

— Oi, Rebeca, feliz aniversário! — disse Chris, beijando a menina no rosto. — Você está linda, a festa também está linda!

Rebeca sorriu:

— Obrigada, Chris. Minha amiga quer te conhecer, posso apresentar vocês? Ela é bonita.

Chris demorou a responder, pensava em Clara.

— Tem certeza? A última que você me apresentou era muito antipática.

— É aquela ali, ó — ela apontou para uma garota que sorria envergonhada.

— Vai lá, cara, o que está esperando? — incentivou Tiago, que conversava com uma garota que ele tinha acabado de conhecer. Tiago estava decidido a ficar com ela. Seu nome era Alessandra. Ela era elegante, alta, negra, tinha cabelos escuros e olhos castanhos, era uma jovem de dezoito anos e já fazia faculdade. Ele estava deslumbrado com a beleza e o conhecimento dela.

— Vamos, Chris, ela está a fim de você — suplicou a aniversariante.

— Tudo bem — respondeu Chris à Rebeca.

Chris se apresentou à garota e deu dois beijinhos nela, um em cada maçã do rosto. Ela devia ter 14 ou 15 anos e usava um longo vestido bege e rosa, maquiagem e cabelos feitos em salão, radiante por aquele garoto da escola estar ali, diante dela, tão lindo. Sua expectativa era grande, ela queria muito ficar com Chris. Conversaram um pouco e depois de um tempo Chris finalmente perguntou o que ela queria ouvir.

— Você é linda, posso te beijar?

Ela sorriu e se beijaram. Por alguns segundos, Chris pensou em Clara, queria que fosse ela no lugar daquela menina, mas balançou a cabeça para que aqueles pensamentos desaparecessem e tratou de curtir a festa. Chris a levou para um canto, encostou-se na parede, colocou a garota na sua frente e abraçou a cintura dela. Ficaram se beijando e conversando. Tiago, finalmente recebeu um "sim" e ficou com a garota com a qual conversava desde o início da festa, satisfeito pela sua conquista. Ele se aproximou de Chris e os dois casais ficaram próximos, rindo, conversando e namorando.

Em um momento da festa, quando Chris já estava bastante entretido com tudo o que rolava, Tiago o cutucou.

— Chris, você não vai acreditar! — cochichou Tiago olhando ao longe.

— Que foi?

— Olha só quem veio!

Chris olhou em direção à entrada e seu coração foi à boca. Era Clara, sim, era ela mesma, e estava linda! Um vestido longo, preto, cabelos penteados e uma maquiagem profissional.

— Caramba! — exclamou Chris, atônito.

— Caramba mesmo, que gata!— concordou Tiago. — Quase não a reconheci.

— Quem é? — perguntou Alessandra.

— Uma menina da nossa sala — respondeu Tiago.

— Estou ferrado! — Chris ficou pálido e apreensivo.

— O quê? Por quê? — perguntou Tiago sem entender.

Chris tinha uma garota em seus braços, que o abraçava e o beijava, enquanto Clara entrava no salão, sendo recebida pela mãe da aniversariante com um forte abraço.

— Querida, que bom que veio! Seu pai a convenceu? — saudou a anfitriã.

— Sim, Camila, ele não pôde vir e me mandou no lugar dele. Mandou um presente comigo, eu deixei na entrada com o cerimonial.

— Obrigada, Clara, sinta-se à vontade. Sei que é meio tímida, mas têm muitos colegas seus da escola aqui.

— Não se preocupe, Camila, a festa está maravilhosa! Vou me divertir.

— Que bom. Aquela é a minha mesa, caso se sinta deslocada sente-se lá conosco.

— Já até avistei uns amigos de sala, vou ficar com eles, obrigada — disse Clara.

A dona da festa se afastou. Clara se aproximou de um grupo de colegas de sala com os quais costumava fazer trabalho. A cumprimentaram com alegria e a incluíram na roda de conversa. Um garçom passou servindo bebidas. Clara pegou um refrigerante. Olhou ao redor para observar o lugar, as pessoas, a decoração. Tudo estava perfeito. Seus olhos percorreram todo o salão e, no trajeto, se encontraram com os olhos de Chris que, ainda recostado na parede, abraçava a garota que o beijava no rosto. Ele não havia se afastado, estava com a garota, havia a pedido para ficar, não seria cretino a ponto de dispensá-la para enganar Clara. Afinal, não estava fazendo nada de errado e, em sua cabeça, assumir aquela escolha era algo que um homem de bom caráter deveria fazer. Tiago reparou no olhar de Clara, que parecia espantada. Olhou para Chris e viu que o amigo estava muito constrangido.

— Chris, o que está pegando? Quer dar um rolé?

— Me ferrei, Tiago — sussurrou Chris.

— Aí, vou ao banheiro e ao bar pegar alguma bebida, já volto — disse Tiago.

— Vou junto — disse Chris seguindo-o.

Foram até a varanda, Chris pegou mais uma água e bebeu metade do copo de uma só vez.

— Droga! — Chris falou alto.

— Não me diz que está pegando a doidinha? — perguntou Tiago.

— Mais ou menos, quer dizer, temos um lance.

— Um lance?

— Eu encontrei com ela num show, foi coincidência, daí começamos a conversar e nos beijamos, depois eu liguei pra ela e saímos juntos. Foi só.

— E por que está tão tenso?

— Por que ela me viu com outra! Agora não vai mais me querer!

Ele andava de um lado para o outro, passando as mãos no cabelo e na nuca.

— E você pretendia ficar com ela de novo? — Tiago questionou.

— Claro que sim, Tiago! Tô amarradão!

O rapaz balançou a cabeça e alertou o amigo:

— É, cara, então você está mesmo ferrado. A Clara está muito gata e acaba de te ver com outra... Ela vai ficar com outro também.

— Que droga! — Christopher deu um soco na parede.

— Por que não a convidou pra vir à festa com você?

— Ela nunca vai à festa nenhuma! Ia adivinhar que ela viria nesta? Também não queremos que o pessoal da escola saiba o que rolou entre nós. Quer dizer, ela não quer.

— Você está pegando uma gatinha, esquece a Clara, curte a festa. Você não deve satisfação a ela.

— Eu sei que não... Você é burro? Não consegue entender? — Chris ficou nervoso e agitado, esfregando as mãos no rosto.

Tiago o observou atentamente e logo arregalou os olhos, admirado:

— Não acredito!

— Acredite!

— Você está apaixonado!

— Já disse que estou amarradão.

— Não, amarradão não, você está apaixonado por ela, cara. Está estampado em seu rosto. Como foi se apaixonar pela Clara?

— O que tem de errado nisso?

— Por que ela? A galera vai te zoar pro resto da vida!

— E eu lá estou preocupado com o que a galera vai dizer? Estou preocupado é com a Clara. Se eu vir algum cara com ela, quebro ele todo.

— Por que ficou com a outra garota então?

— É uma festa, Tiago, estava curtindo. Não estou namorando, nem de casamento marcado.

Tiago riu de maneira sarcástica:

— Então não pode achar ruim se ela ficar com outro. Se você pode, ela também pode.

— Cala a boca!

— Estou te zoando.

— Devia me ajudar a encontrar uma solução para essa asneira que eu fiz ao invés de ficar me zoando.

— Me deixa pensar... Você vai ter de dispensar a garota e chegar na Clara.

— Não posso fazer isso. Seria um canalha com as duas. Também não quero partir o coração da menina. Ela só tem quinze anos.

— Então aceita, você se ferrou, perdeu a doidinha. Agora se contenta com a gatinha do Primeiro Ano e deixa rolar.

Chris bufou e saiu nervoso. Tiago voltou para sua garota. Alessandra e a garota de Chris conversavam.

— Onde está o Chris?

— Sei lá, deve ter ficado no bar.

Algum tempo depois Chris voltou com dois copos de refrigerante, deu um para a sua garota e voltou a curtir a festa.

— Foi mal te chamar de burro — disse a Tiago —, eu é que sou burro.

— Está limpo!

A festa estava animada. Chris tentou aliviar a mente e curtir sem esquentar a cabeça, mas continuava tenso. O DJ tocou músicas boas para dançar. Depois tocou a valsa e todos abriram a grande roda para que a aniversariante dançasse com seus pares: o pai, o irmão, o padrinho, alguns tios...

Chris aproveitou a multidão aglomerada para se aproximar de Clara. Ele a viu conversando com a mãe da aniversariante na hora da valsa principal e, minutos depois, não a viu mais. A mãe da aniversariante dançava com o marido e Clara... Chris a viu na varanda, ao ar livre, sozinha. Ele se aproximou, ela estava recostada na mureta, olhando as estrelas.

— Você gosta de olhar estrelas mesmo ou é só uma distração?

Ela o olhou surpresa.

— Só quando quero me livrar de certos pensamentos.

Ele se aproximou mais.

— Não imaginei que viesse.

— Resolvi na última hora, meu pai praticamente me obrigou.

Eles conversavam sem olhar um para o outro.

— Seu pai?

— Camila trabalha com ele na mesma empresa, ele me mandou vir representá-lo.

— Quem é Camila?

— A mãe da aniversariante.

— Bem que eu vi você conversando com ela.

Silêncio.

— Você está linda!

— Obrigada. Minha vizinha sabe como produzir uma garota — Clara sorriu ao mencionar a amiga Ariana que a ajudara a se arrumar. Era sempre divertido brincar de salão de beleza com ela. — O vestido é da irmã dela.

— Se eu soubesse que você viria...

— Não mudaria nada... Se esqueceu do nosso combinado?

— Você está triste comigo?

— Você não me deve satisfações, Christopher — disse ela sem o encarar.

— Responde a pergunta!

— Sim, estou — Clara suspirou.

— Me desculpe — ele pousou a mão sobre a dela.

Ela permaneceu em silêncio.

— Eu não quero te perder, Clara.

— Você não pode ter todas as mulheres que quiser, Christopher! Você não é tão irresistível assim — disse Clara saindo de perto dele.

Chris foi atrás dela, que se dirigia para a saída, caminhou depressa, desviando-se das pessoas que se amontoavam na pista de dança. Ao chegar ao fim do salão, viu quando Clara descia as escadas, apressada. Olhou, então, para a lateral onde Tiago estava e viu com ele as duas garotas, a dele e a sua. Era uma menina de 15 anos, linda, ainda esperava por ele ansiosa e, ao vê-lo aparecer, sorriu apaixonadamente. Ele não poderia magoá-la. Aproximou-se dela e do casal de amigos.

— Voltei, estava curtindo a valsa.

— E eu aqui cuidando da sua gata — brincou Tiago.

Chris abraçou a sua garota.

— Quer dançar? — perguntou a ela.

— Sim — respondeu a menina, sorrindo.

Tiago sabia que o amigo era mulherengo, mas sabia também que ele não era um cafajeste. Sentiu pena dele, pela sinuca em que se metera. Seria muito difícil convencer Clara de que ele era um cara legal. Na verdade, Chris era assim mesmo, um galinha. Mas, agora, estava apaixonado e isso nunca havia acontecido antes. Se não fosse Clara, outra garota apareceria,

Tiago sabia que Chris nunca ficava sozinho. Contudo, sabia também que o amigo jamais havia se interessado daquela maneira por nenhuma outra menina.

Capítulo 15

•

Chris pensou em ligar para Clara, mas o que diria? Não via a hora de ir para a escola na segunda-feira para poder vê-la novamente. Seu final de semana seria péssimo. Nunca tinha se sentido tão angustiado. Pensava nela repetidas vezes, lembrando-se de como ela estava bonita. Considerava e reconsiderava se havia tomado a decisão certa de ficar com a outra garota até o fim da festa. Não teria sido melhor se ele tivesse arriscado mentir para Clara? *Não!* Seria pior mentir. Se arruinasse a confiança que ele tinha conquistado, talvez, aí sim, ele a perdesse para sempre.

No sábado pela manhã, Chris descontava sua raiva na malhação. Estava sério.

— Oi — cumprimentou Tiago.

— Conseguiu acordar cedo?

— Tinha de vir, faltei quinta e sexta. Você está bem?

— Na mesma — Chris fez uma careta.

— Conseguiu falar com a doidinha?

— Pare de chamá-la assim!

— Tá certo, foi mal. Conseguiu falar com a gostosa da Clara?

Chris fez uma cara de bravo e largou o peso.

— Você leva tudo na brincadeira, né?

— Não precisa apelar — Tiago levantou as mãos, soltando uma risadinha.

— Eu não liguei pra ela. Vou ligar e falar o quê? Me desculpa por ter pegado outra?

— Mais ou menos isso.

— Que vacilo!

— Você não ia adivinhar que ela ia à festa toda gata, ia?

— Mesmo assim! Eu e essa mania de ter de pegar uma garota em toda festa. Não tinha necessidade de eu ficar com ninguém. Eu nem estava pensando nisso.

Tiago deitou-se no aparelho do lado e começou a fazer abdominais.

— Mas rolou.

— É, rolou. Porque eu não pensei direito — Chris lamentou.

— Por que você não está compromissado com ninguém.

— Não estou, mas foi uma péssima ideia. Se não tivesse nada a ver, a Clara não teria ficado triste. Se fosse o contrário, eu ficaria irado!

— Acho que ela vai te dar mais uma chance.

— Acha? — os olhos de Chris brilharam

— Sim.

— Por que acha isso? Ela é meio cabeça dura.

Tiago parou o exercício e sentou diante do amigo.

— Porque se ela ficou triste é porque gosta de você. Não tinham combinado sobre não ficarem com outras pessoas, tinham?

— Não — Chris balançou a cabeça negativamente.

— Então, esse é um bom argumento.

— É... Talvez. Vamos mudar de assunto, estou pirando por causa disso — suspirou o rapaz.

— Tudo bem. Vou pegar os meus pesos, então.

Chris voltou para os seus exercícios, tentando esvaziar a mente.

Ao chegar em casa, Chris tomou um banho e almoçou. Parecia prostrado. Sua mãe percebeu que algo errado estava acontecendo com o filho.

— Meu filho, o que você tem?

— Nada mãe — resmungou o garoto.

— Você está se sentindo mal?

— É bobagem, coisa minha.

— Você está triste, Chris, conversa comigo!

— É por causa de uma garota, mãe.

— A Jéssica?

— Que Jéssica, mãe?! — Chris sacudiu a cabeça. — Ela já é passado, é outra garota.

— Que garota?

— Eu a conheci este ano — Christopher enterrou-se no sofá.

— Vocês brigaram? — a mãe dele sentou ao seu lado, na ponta do sofá.

— Eu pisei na bola e a magoei. Não sei se tem volta.

— Já tentou conversar com ela?

— Ela me viu com outra garota na festa, mãe. Não vai me perdoar — Chris levou a mão na testa, sentindo-se angustiado.

— Mas, meu filho, se você gosta de uma garota, por que ficou com outra?

Chris tentou se justificar, gesticulando exageradamente:

— Eu estava na festa, mãe, curtindo. Você não entende?

— Você é muito bonito, meu filho, sempre vai ter meninas querendo namorar você. Mas você não pode ter todas. Muito menos dormir com todas.

— Dormir, mãe? — Chris arregalou os olhos. — Ninguém falou em sexo! Não começa com esse papo! Eu já sei de tudo que você vai falar. Já falou umas mil vezes. Eu só beijei uma menina na festa, só isso!

— E a garota que você gosta estava lá e viu?

— É... — bufou ele.

— Mas, se ela estava na festa, por que não ficou com ela?

— Ela chegou depois. Eu não sabia que ela iria.

A mãe de Chris fez uma pausa, suspirando.

— Complicado isso, meu filho. O jeito é conversar com ela e dizer que gosta dela, pedir desculpas por tê-la magoado.

— O problema é esse. Como conversar com ela? A garota tem uma cabeça dura. Quando encuca com uma ideia não tem quem a convença do contrário.

— Se ela gostar de você e ainda quiser te namorar, vai te desculpar.

Chris ficava incomodado quando sua mãe cismava em lhe dar conselhos, principalmente sobre garotas. Aquela conversa sobre sexo já havia acontecido inúmeras vezes e sempre terminava com o discurso sobre a importância do uso do preservativo. Ele era um homem, jamais contaria para sua mãe todas as suas experiências, muito menos as mais íntimas. Era constrangedor e ela certamente o repreenderia por muitas coisas. Mas, no geral, Chris gostava de conversar com ela, por mais adulta que ela fosse, quadrada era uma coisa que ela não era. Sempre o ouvia com atenção e tentava não julgá-lo, parecia gostar de quando o filho dividia com ela seus segredos e sentimentos. Ela era sempre muito amorosa e a relação dos dois era boa.

Chris gostava de ajudá-la e tentava ser útil quando, por exemplo, a acompanhava até o supermercado e a ajudava a carregar e guardar as compras. Era um bom filho. Às vezes,

Chris sentia ciúmes do irmãozinho e da maneira dengosa como a mãe o tratava. Parecia que ele era mais querido, mas Chris sabia que isso não era verdade. Seu irmãozinho era ainda pequeno e exigia mais cuidados, isso tudo era algo normal. Ele e o irmão eram grandes amigos, brincavam juntos, assistiam televisão, batiam papo, jogavam bola e vídeo game. Rafael via em Chris um exemplo de homem e queria ser como ele quando crescesse. Amavam um ao outro e, algumas vezes, saíam juntos para passear e passavam a tarde no shopping ou no clube. Isso era para o irmão de Chris o ápice da felicidade. A família de Chris era feliz e ele sentia-se o homem da casa, apesar de suas grandes responsabilidades limitarem-se aos estudos.

Chris chegou à escola, desanimado. Aproximou-se de Tiago e dos outros colegas e os cumprimentou.

— Você está muito engraçado com essa cara de cachorro arrependido — brincou Tiago.

— Vai ficar me zoando?

— Não, calei a boca, foi mal. Mas, fala sério, você se apaixonou mesmo por essa ruivinha?

Chris deu um soco de brincadeira no peito de Tiago.

— Ai, essa doeu — riu Tiago.

Clara entrou na escola com os fones no ouvido. Seu rosto estava mais uma vez marcado. Chris deduziu que era culpa do pai dela.

— Viram o rosto da esquisita? — comentou Jéssica.

— O pai deve ter descoberto droga nas coisas dela e lhe dado uma surra — respondeu outra garota em tom de deboche.

Chris se aproximou, despistadamente, e sussurrou.

— Se não me encontrar hoje na piscina, na hora do recreio, eu prometo que te beijo na sala, na frente de todo mundo.

Clara o olhou, com raiva e não respondeu. Na hora do recreio, Chris foi até à piscina, Clara já estava lá. Quando ela o viu, tirou os fones do ouvido e desligou o sonzinho.

— Você está bem?

— O que você quer? — perguntou ela agressiva.

— Conversar.

— Fala logo! Estou arriscando minha pele vindo aqui — ela olhava para os lados, verificando se ninguém estava por perto.

— Por que seu pai te bateu dessa vez?

— Quem disse que meu pai me bateu? — ela franziu o cenho.

— Seu rosto... Está ferido.

— Ah! Isso? Não foi o meu pai.

— Não?

— Não — Clara desviou o olhar.

— Então quem foi?

— Uma garota... Me meti em uma briga.

— Uma briga? Como? Onde? — ele se espantou.

— Na feira.

Chris riu, achou improvável aquela história.

— Está falando sério?

— Agora eu virei mentirosa? — ela passou a língua por dentro da boca, com uma pontada de orgulho.

— Não... Mas é estranho.

— Estava na feira, a garota foi mal educada, eu não deixei barato. Ela partiu pra cima de mim e eu pra cima dela. O povo separou e cada uma foi para um lado. Dessa vez eu mais apanhei do que bati.

— Você é maluca! Se machucou feio! — disse ele tocando o rosto dela.

— Tira a mão de mim! — ela esquivou o corpo. — Era só isso que você queria saber? Então, me dá licença que não quero ficar aqui escondida! — disse ela se retirando.

Ele a puxou pelo braço e a beijou nos lábios, abraçando-a. Ela o empurrou e ele a segurou.

— Me solta! Está maluco? — disse ela se afastando.

— Me perdoa, vai. Não vou ficar mais com garota nenhuma, eu prometo.

— Você não me deve satisfação, não sou nada sua, cai na real!

— Eu gosto de você, Clara, gosto muito. Eu vacilei na festa. Mesmo que você não fosse, eu não podia ter ficado com outra. Estamos juntos. Me desculpa!

— Não estamos juntos! Nos encontramos algumas vezes. Foi legal. Mas isso não é nada.

— Não é verdade! Eu sei que você não pensa assim. Temos um lance... Me desculpa, vai... Não me trata assim... Pensei em você o fim de semana todo... Estou sofrendo.

— Sofrendo? — Clara ficou com a boca entreaberta, aturdida.

— Estou amarradão em você, gata, preciso continuar te vendo fora daqui. Eu sei que você gosta de mim, pelo menos um pouquinho...

Clara baixou a cabeça.

— Me desculpa, vai, esquece esse lance da festa. Por favor! — ele suplicou.

— Está bem — disse ela séria. — Agora se manda antes que alguém nos veja!

Ele a beijou novamente e saiu, sorrindo.

— E aí? — perguntou Tiago. — Conseguiu conversar com ela?
— Consegui.
— Deu certo? Claro que deu, olha essa sua cara de felicidade! Os olhinhos estão até brilhando!

Chris apenas sorriu empolgado, sem dizer nada.

Capítulo 16

Seguiam o combinado. No colégio eram desconhecidos. Fora dali, se viam pelo menos três vezes por semana. Tudo caminhava bem, estavam felizes. Tiago sabia que o amigo vivia um momento bom e partilhava isso com ele, mesmo que Chris falasse pouco sobre Clara. Quem diria que Chris se apaixonaria por uma garota com aquele perfil! Chris contou a Tiago que a via fora da escola, de vez em quando, mas não contava os detalhes. Sempre fora muito reservado com relação à sua intimidade, não gostava de se expor e muito menos de expor a garota com quem estava. Sabia que a turma era cruel e ligeira para rotular as meninas e não queria ser o responsável por nada disso. Chris apenas obrigou Tiago a guardar segredo, afirmando que não queria a zoação da turma por estar saindo com a doidinha da escola. Tiago prometeu ficar calado.

Certo dia, no recreio, Jéssica resolveu voltar a dar em cima de Chris. Era verdade, eles já haviam namorado, mas fora por pouco tempo e no ano anterior. Contudo, ela nunca o esquecera totalmente. Ele era o garoto mais bonito da escola e, em sua cabeça, deveriam ficar juntos. Christopher assistia ao jogo de basquete da outra turma. Jéssica sentou ao seu lado.

— E aí, sumido?!

— E aí, Jéssica!

— Vai à festa do Heitor?

— Acho que sim — Chris manteve os olhos fixos no jogo.

— Por que a gente não vai junto? Tem um tempão que a gente não fica.

— Acho que vou levar outra pessoa.

— Quem? — intrometeu a menina.

— Não sei ainda.

Ela ficou inquieta e o abraçou.

— Vamos nós dois? Estou com saudades.

Christopher pensava em Clara.

— Já disse que vou com outra pessoa, mas ainda não resolvi.

— Tá bom, tá bom, não precisa ficar estressado. Você se faz de difícil, mas eu sei que ainda gosta de mim — disse ela o beijando na boca.

Ele foi surpreendido, mas fora um beijo rápido, impossível de se esquivar. Chris olhou para os lados verificando se Clara havia visto aquela cena patética.

De volta à sala, algumas provas foram devolvidas com a nota e Christopher percebeu que fora mal em todas.

— Droga!

— Perdeu média em qual? — perguntou Tiago.

— Em todas! — disse Christopher levando a mão à cabeça.

— Se liga, Chris, você tá acumulando notas baixas, vai acabar se dando mal —alertou Tiago.

— Meu boletim vai ser todo vermelho, tenho certeza.

— Vai ter de estudar, pegar uma aula particular — ponderou Tiago.

— Não posso sobrecarregar minha mãe com a despesa de um professor partiçular.

— Podemos estudar juntos, mas não garanto muita coisa.

Ao telefone, Chris compartilhou com Clara seu problema.

— Puxa, Clara, minhas notas estão péssimas. Nunca fui de tirar nota boa, mas sempre conseguia recuperar. Só que agora a coisa tá ficando feia.

— Fala de Matemática?

— Matemática, Português, Física, Química, Geografia... O que eu vou fazer?

— Estudar, oras.

— Eu tento, mas não consigo me concentrar.

— Eu te ajudo, você quer?

— Mesmo? Quero sim, lógico!

— Podemos começar amanhã.

— Tá marcado! Prometo ser um bom aluno — brincou ele.

Chris foi até à casa dela e, sentados à mesa, estudaram juntos. Leram os textos, refizeram alguns exercícios, Clara esclareceu algumas dúvidas de Chris e depois ele fez um resumo no caderno. A matéria havia se acumulado e precisariam marcar outros dias para continuarem.

Passaram a estudar algumas tardes. Geralmente ele ia à casa dela. Clara era disciplinada e não permitia que se distraíssem com beijos e afagos. Certo dia, ele a convidou para ir até seu apartamento. Era uma cobertura com piscina em um prédio chique perto da escola.

— Eu vou, mas é para estudar!

— Eu sei, eu sei, relaxa — tranquilizou-a Chris.

Quando Clara chegou, o porteiro a anunciou e, em seguida, autorizou sua entrada. Christopher abriu a porta e a abraçou. Clara se deparou com a mãe dele, bem arrumada, loira de salão, sorrindo. Ficou apreensiva.

— Essa é minha mãe, Lilian.

— Olá, senhora, obrigada por me receber.

— Obrigada você por estar ajudando o Chris. Esse namoro tem feito muito bem pra ele, as notas melhoraram e ele está mais quieto.

— Mãe! — repreendeu-a o filho.

— Você é linda! — elogiou Lilian.

— Se soubesse que a conheceria, teria me preparado melhor — disse Clara, envergonhada pelo *All Star* furado.

— Que é isso, Clara, fique à vontade!

Lilian se retirou e Christopher levou Clara para o andar de cima. Instalaram-se em uma mesa grande.

— Por que não me avisou que ela estaria aqui?

— Por que você ia ficar com vergonha e não ia querer vir.

— Que história é essa de namorada?

— O que queria que eu dissesse? Que a gente fica de vez em quando, que a gente se gosta, mas que ninguém pode nos ver juntos? Fala sério!

— Poderia ter dito que eu era uma amiga, uma colega de sala.

— Minha mãe sabe que eu me amarro em você.

— Sabe? — Clara apertou os lábios, enrrubecida.

— Sim.

Tiraram os livros e cadernos das mochilas e prepararam o material que iriam precisar. Começariam por História naquele dia.

— Esse é seu pai? — indagou ela apontando uma foto.

— Sim.

— Ele era bonito.

— Minha mãe o amava muito. Ela foi durona quando ele morreu. Ele deixou esse apartamento pra gente e alguma renda, mas ela tinha parado de trabalhar pra cuidar da gente e custou a conseguir trabalho de novo. Passamos aperto. Estou doido para trabalhar para poder ajudá-la com as despesas.

— Logo você entra na faculdade e consegue um estágio.
— Tomara!

A garota admirou Chritopher.

— Isso é muito legal, sabia?
— Isso o quê?
— Você pensar em sua mãe, se preocupar em ajudá-la.
— É minha obrigação, não é?
— Mais ou menos — ela meneou a cabeça. — Poucos garotos pensam assim como você.
— Só que os outros têm um pai. Eu não.
— Mesmo assim, Christopher, na nossa idade a galera está preocupada em ir para baladas e curtir a vida. Poucos se preocupam em ajudar na renda de casa e assumir responsabilidades. Você é um bom filho.
— Nem tanto — ele tentou ser modesto.
— E é um homem com muitas virtudes.

Chris olhou em seus olhos, surpreso.

— Virtudes?
— É claro! — ela sorriu, afetuosa, fazendo um carinho no rosto dele. — É generoso, alegre, decidido, zeloso com sua família, e o que mais me impressiona é a sua modéstia. Realmente pensei que você fosse soberbo. Mas você não é.

Nunca ninguém, além de sua mãe, havia ressaltado tantas qualidades importantes sobre ele.

— Dizem que para saber se o cara é um bom partido, devemos observar como ele trata a mãe. Isso diz muito a respeito dele e de seu caráter — Clara comentou.
— Nesse caso, eu fui aprovado?
— Sim. Com certeza.
— Eu amo a minha mãe, quero que ela seja feliz. Quero cuidar dela e protegê-la.
— E o seu irmãozinho? Como enfrentou a perda?

— O Rafa... Ele era pequeno, mal se lembra do meu pai. Ele é doido com a mamãe, um grude. Nós dois nos damos bem, ele me trata como um herói.

— É uma grande responsabilidade.

— Eu sei. Minha mãe vive me dizendo isso.

— Eu gostaria de ter um irmão. Às vezes, me sinto muito sozinha. Tenho uma amiga, vizinha minha, frequentamos a casa uma da outra, mas nem sempre ela está disponível.

— A Ariana?

— É.

— Você não tem mais amigos?

Ela pensou um pouco antes de responder. Colocou a mão no queixo, verificando sua lista mental de nomes.

— Colegas, conhecidos... Não chegam a ser amigos.

— E seu pai? Você se dá bem com ele?

— Sim, nos damos bem. Mas não temos muito assunto. Ele é muito fechado.

— Então, você tem a quem puxar — riu ele carinhosamente.

Ela estreitou os olhos, fazendo careta e mostrando a língua para ele.

— Eu sou seu amigo — afirmou Chris.

— É... Você é — Clara assentiu com um gesto de cabeça.

— Sou?

— Você é o meu melhor amigo, Christopher — ela fez um carinho em seus cabelos.

Ele a abraçou, contente com a declaração dela.

Estudaram a tarde toda, sem parar nem mesmo para lanchar. A mãe de Chris levou para eles suco e biscoitos, que eles beliscaram sem desgrudar os olhos dos livros.

— Eu estou cansado — disse Chris, espreguiçando-se.

— Acho que já deu por hoje.

— Fizemos um bom trabalho, não acha?

— É o começo de um bom trabalho. Precisamos continuar. A semana de provas logo vai chegar e precisamos nos preparar melhor.

— Eu sei. Vamos dar uma volta?

— Agora?

— É. Vou tomar um banho e a gente vai.

— Aonde quer ir?

— Podemos ir a uma lanchonete, comer alguma coisa, bater um papo. Depois eu te levo em casa.

— Tá, pode ser — ela levantou o polegar, fazendo um "joia".

— Você me espera tomar um banho?

— Está bem.

— Fica lá no meu quarto assistindo televisão.

— Lógico que não, vou esperar lá embaixo na sala.

Clara desceu as escadas e sentou no sofá. Olhava as fotos em cima dos móveis. Chris tinha sido uma criança muito bonita.

— Está aí sozinha? Vou me sentar aqui com você — disse Lilian, sorridente.

— Não se preocupe comigo, senhora Lilian, o Chris já vai descer — Clara ajeitou-se no sofá, endireitando a coluna.

— Obrigada pelo que está fazendo pelo meu filho. Esse é um ano crucial na escola e ele estava indo muito mal. Eu já estava preocupada. Pensei em pagar aulas particulares para ele, mas nosso orçamento está tão apertado... Quando ele me disse que você o ajudaria, eu fiquei muito aliviada. As últimas provas foram bem melhores.

— Essa é uma parte da vida que a gente fica com a cabeça cheia de outras coisas além da escola. Às vezes, é difícil nos dedicarmos aos estudos.

— Eu sei. Mas Chris estava andando com uma turma complicada. São muito soberbos e arrogantes. Chris estava ficando como eles. Ele sempre foi um garoto educado e carinhoso. Mas estava mudando. Acho que nestas festas há muita bebida e, Deus me livre em pensar em outras drogas!

— Não se preocupe, senhora Lilian, o Chris não mexe com estas coisas.

Lilian levantou as mãos para o céu.

— Graças a Deus!

— Ele vai se dar bem na vida, com certeza. É muito inteligente!

Lilian observou a garota. Começava a entender porque o filho gostava tanto dela.

— Ele gosta muito de você, sabia?

— Gosta?

— Muito! Nunca o vi tão apaixonado antes.

— Isso logo passa.

Lilian enrugou a testa, achando estranha aquela resposta.

— Por que diz isso?

— Com todo o respeito, eu não quero me iludir quanto ao nosso relacionamento. Ele é um garoto muito bonito, inteligente, tem muitos amigos e amigas. Estamos juntos agora, mas logo ele vai para a faculdade, vai conhecer outras pessoas. Eu vou ser passado.

Lilian pousou as mãos no colo, incomodada.

— Você não gosta dele?

Clara ficou constrangida em ter aquela conversa com a mãe de Chris.

— Não sei se ele vai gostar de eu falar estas coisas com a senhora.

— Clara, somos mulheres, não se preocupe!

A menina respirou fundo.

— É muito fácil se apaixonar por ele, senhora Lilian. Muitas garotas da escola também gostam dele. Eu não sou a mais bonita, nem a mais atraente.

— O que isso tem a ver?

— Acho que garotos como ele acabam namorando garotas mais importantes.

— Você acabou de dizer que ele é inteligente.

— Ele é — assentiu Clara.

— Então, como pode dizer que ele vai preferir outra garota mais importante?

— Mais bonita.

— Clara, você é linda! Não se subestime. Você é muito importante para Chris. Ele gosta muito de você. Não passou pela sua cabeça que, de todas as garotas que gostam dele, ele gosta justo de você?! E pelo pouco que eu sei, não foi fácil te conquistar. Ele não quer outra garota, Clara, ele quer *você*. Não fique pensando no futuro. Acho que você está com medo de sofrer por amor. Mas isso é inevitável. Todo mundo que ama, acaba sofrendo de alguma forma. Mas não podemos nos privar de sermos felizes por causa do medo. Veja o meu caso, sou viúva agora e estou sofrendo, mas eu fui feliz com o meu marido, muito feliz. Se eu soubesse que isso aconteceria, ainda assim teria me casado com ele, porque nos amamos muito enquanto ele estava ao meu lado.

— Ele era um homem muito bonito.

— Ele era lindo, Clara, o Chris se parece muito com ele. Eu fiquei perdidamente apaixonada. Nos conhecemos em uma festa e eu achei que ele nunca olharia para mim. Mas no dia seguinte ele me ligou, pediu meu telefone para uma amiga em comum. Eu fiquei extasiada.

— Ele te convidou para sair? — a menina ficou sorridente.

— Essa história é muito engraçada.

— Me conta — Clara virou o corpo para dar mais atenção à Lilian.

— Você não vai acreditar.

— Vou sim.

Lilian fechou os olhos por alguns instantes, recordando-se da primeira vez que havia se encontrado com o marido.

— Ele me ligou e me convidou para ir a um casamento. Eu aceitei na hora. Comprei um vestido novo, fui ao salão, arrumei o cabelo, fiz maquiagem. Queria estar deslumbrante. Se fosse alguém da família dele ou algum amigo, eu teria de estar muito bem apresentável. Ele me buscou em casa, me lembro como se fosse hoje — ela apertou os olhos, sorrindo. — Ele estava de terno cinza, uma gravata listrada, de barba feita, perfumado, cabelos bem penteados. Desceu do carro e abriu a porta para eu entrar. Me disse que eu estava maravilhosa. Entramos na igreja de mãos dadas e nos assentamos em um banco mais atrás. Foi um casamento lindo! A noiva estava perfeita. Quando acabou, entramos na fila dos cumprimentos, para abraçar os noivos. Foi então que perguntei a ele quem eram os noivos e quem ele conhecia daquele casamento. Sabe qual foi a resposta dele?

— Nem imagino.

— Ele não conhecia ninguém.

— Ninguém? Nem os noivos? — a meninda arregalou os olhos.

— Não — Lilian sorria. — Ele me contou que me viu na festa e ficou apaixonado, queria me levar para sair de qualquer jeito, mas não tinha dinheiro. Então, ouviu na igreja que teria um casamento e me convidou para ir. Disse que não poderia esperar ter dinheiro para marcar um encontro, pois eu era muito bonita e outro rapaz poderia passar na frente e me roubar dele.

— Meu Deus, que história! — Clara sorria, incrédula.

— Ainda não terminou. Depois de cumprimentar os noivos, fomos convidados para a recepção. E nós fomos. Foi uma festa de arromba e eu tinha caprichado tanto na produção que era uma das mais elegantes da festa. Com certeza pensaram que eu era alguém importante, pois frequentemente vinham nos perguntar se estávamos sendo bem servidos e se estávamos gostando. Comemos, dançamos, conversamos... Nos divertimos muito e fomos embora de madrugada. Quando ele me deixou em casa, pediu um beijo e eu dei. Depois disso, começamos a namorar e dois anos depois ele me pediu em casamento.
— Essa sim é uma história de amor.
— Sim, tivemos uma grande história de amor.
Clara ainda sorria quando Chris desceu as escadas.
— O que estão conversando?
— Sua mãe acabou de me contar como conheceu o seu pai.
— Se não fosse minha mãe a me contar, eu não acreditaria.
— Inédito! — riu Clara.
— Vocês vão sair? — perguntou Lilian.
— Vamos dar um passeio, volto cedo — respondeu Chris.
— Tudo bem. Volte mais vezes, Clara.
— Sim, senhora. Obrigada.

Capítulo 17

Era o dia da apresentação de um trabalho que a professora de português havia pedido. A proposta consistia na elaboração de um texto livre, cujo gênero havia sido sorteado. Clara deveria fazer um poema. Ela gostava de escrever e já havia rascunhado muitos poemas durante a sua vida. Não teve grande dificuldade para realizar a tarefa e, como a professora seria a única a ler, Clara escreveu sobre algo que realmente estava sentindo, deixando as palavras fluírem, tentando criar rimas. Christopher fora sorteado para elaborar uma narração. Ele tinha dificuldades em produção de texto. Tinha uma ortografia satisfatória, mas era pouco criativo em matéria de inventar histórias.

Para a surpresa de todos, a professora, antes de recolher, sorteou algumas pessoas para lerem seus textos e dentre elas estava o nome de Clara.

— Leia seu texto, Clara.

A garota ficou pálida, jamais pensou que teria de ler em voz alta aquele poema.

— Professora, eu não quero ler.

— Vamos, não tenha vergonha, faz parte da avaliação — afirmou a professora de maneira enérgica.
— Por favor, não me faça ler! — implorou Clara.
— Vamos, Clara, pare de choramingar.
"Droga", pensou Clara.
E ela leu:

Não sei se há alguém para me ouvir
Talvez eu é que não saiba dizer
A verdade é tantas vezes tão triste
Que me perco no que devo ou não fazer

As sombras do passado
Me fazem recordar
Tudo aquilo que tive de esquecer
Simplesmente para não enlouquecer

Não importa a qual doutrina você pertença
O que importa é o mal que causamos
A dificuldade que temos de perdoar
Mesmo aqueles que mais amamos

Ver-te ou pensar em ti
Faz meu coração falhar uma batida
Mas meu coração pertence muito mais
Aquele que me deu à vida

Sinto muito ser imperfeita
Gostaria de possuir o saber
Mas talvez seria menos direita
Em tudo aquilo que devo aprender

Planejo o bem de certas formas
Na incerteza da realização
E todos os dias da minha vida
Quero você em meu coração.

Clara acabou de ler e baixou os olhos, enrrubecida. Chris sorriu discretamente, achou bonito aquele poema. Prestou bastante atenção, pois nunca ouvira Clara se expressando daquela maneira. Ele tentava interpretar os versos, Clara falava da mãe, de Deus, do passado e... De Chris. Era isso mesmo? Será que Clara o amava?

— Muito bem, Clara. O próximo é... — continuou a professora.

A professora foi chamando um por um dos alunos sorteados. Menos da metade da turma teve a oportunidade de ler, pois logo bateu o sinal para o recreio. Clara saiu depressa da sala e foi para o seu canto predileto, escutar música e ler um livro que acabara de comprar. Queria esquecer aquela situação constrangedora. Ela sabia que Chris tinha ouvido tudo e sentia-se envergonhada!

Sentada embaixo de uma árvore, distraída com a música que ouvia, não percebeu quando Jéssica se aproximou com mais duas amigas. Christopher conversava com Tiago e outros colegas ao longe.

— A Jéssica não deixa a doidinha em paz — comentou um deles rindo.

Christopher olhou com raiva.

— Quem você pensa que é? — disse Jéssica, agressiva.

Clara tirou um dos fones do ouvido.

— Tá falando comigo?

— Tem mais alguma idiota aqui? — debochou Jéssica olhando para os lados teatralmente.

— Estou vendo três — Clara retribuiu o deboche.

— Acha que porque está sentando do ladinho dele vai conseguir conquistá-lo? Ele nunca olharia para alguém como você.

— Ele quem? — o coração de Clara disparou ao pensar que Jéssica soubesse de algo.

— Você sabe, o Chris.

— Ora, Jéssica, dá um tempo. Se você não consegue segurar o seu namorado, não bota a culpa nos outros.

— Ainda bem que sabe que ele é meu namorado — Jéssica bateu a mão no peito possessiva. — Então, é bom que fique longe dele. Eu ouvi os versinhos ridículos que você escreveu e vi o jeito que olhou para o Chris. Está a fim dele, é? Tenho pena de você, ele acha você horrorosa. Não quero mais que você se sente perto dele.

— Não sento ali porque quero, Jéssica, me deixa em paz!

— Então pede a professora para trocar você de lugar comigo.

— Pede você!

— Não estou pedindo, estou mandando.

— E desde quando você manda em mim? — Clara já estava perdendo a paciência.

— Desde quando eu tenho poder para tornar a sua vida aqui na escola intolerável. — Jéssica sorriu maquiavélica.

— Isso ela já é, pode ter certeza.

— Pode ficar bem pior — disse Jéssica, entornando o seu suco no colo de Clara e molhando seu livro novinho.

Clara se levantou, no impulso, mais preocupada com o livro do que com o uniforme. Jéssica e as outras riram. Christopher arregalou os olhos, não sabia como deveria agir naquela hora. Queria defender Clara, mas ao mesmo tempo tinha de manter sua promessa de ficar longe dela na escola.

— Por que fez isso? — perguntou Clara, irritada.

— Para você provar do meu veneno — declarou Jéssica.

— Não sei como você consegue ter amigas e um namorado, como te suportam? — Clara estreitou os olhos, balançando a cabeça.

— Ah, eles me amam. Tanto que eu fui a primeira a ser convidada para a festa do Heitor. E você nem convidada foi.

— Oh, céus! Acho que vou chorar! — satirizou Clara levando as costas da mão à testa.

— Chora mesmo, pois eu vou com o Chris, enquanto você vai ficar em casa chupando dedo — disse ela gargalhando.

— E eu com isso?! — bufou Clara se afastando.

Jéssica correu e a empurrou com força pelas costas, Clara caiu no chão e seu livro voou longe.

— Vai rolar porrada! — comentou Tiago, apreensivo com a possibilidade.

Muitos alunos correram para perto de onde as garotas estavam. Clara sentiu raiva. Contudo, sabia que deveria se controlar e sair logo dali antes que a supervisora ou algum funcionário visse a confusão. Se fosse em outra época, ela já teria esmurrado a cara de Jéssica, mas Clara agora tentava ser diferente, controlar seus impulsos. Prometera ao pai que se esforçaria. Numa situação daquelas certamente ela seria punida, enquanto Jéssica e suas amiguinhas sairiam ilesas e vítimas da história. Clara tinha ralado um pouco as mãos no cimento devido à queda. Ela fechou os olhos e fez uma breve oração, pedindo a Deus calma.

— Sua imbecil, levanta! — gritou Jéssica.

Clara estendeu o braço, pegou o livro no chão, deitou-se de barriga para cima, colocou um dos braços atrás da nuca como um travesseiro, abriu o livro e continuou a ler de onde tinha parado, como se nada tivesse acontecido. Jéssica ficou furiosa e chutou o livro das mãos dela, lançando-o longe. Clara a encarou, Jéssica tinha um ar de escárnio. Teve vontade de lhe dar uma pancada para tirar aquele sorriso falso da cara dela. Seu sangue fervia. Foi então que Tiago e Christopher chegaram para interromper a confusão.

— Para com isso, Jéssica, já chega! — disse Chris.

Tiago pegou o livro. Estendeu a mão à Clara e a ajudou a se levantar.

— Você viu o que ela fez, Chris?! — simulou Jéssica.

Christopher afastou Jéssica. Clara bateu a mão no uniforme, se limpando da areia e da poeira.

— Está tudo bem? — perguntou Tiago.

— Sim. Valeu! — disse Clara pegando o livro das mãos dele e se afastando.

A aula continuou muito tensa. Clara não olhava na cara de Chris. Na verdade, não olhava na cara de ninguém. Odiava estar ali, no meio daquele bando de hipócritas. Seu desejo era se levantar e ir embora. Ela não era palhaça e não queria servir de assunto para os fofoqueiros que certamente já espalhavam pela escola a notícia do episódio do recreio.

Chris observava a mão esfolada dela e queria beijá-la, cuidar dos ferimentos, gritar para todo mundo que quem mexesse com ela iria se ver com ele. Quando o sinal bateu, Clara já estava com o material arrumado e saiu rápido da sala. Jéssica, em contrapartida, foi até Chris.

— Obrigada por me defender daquela esquisita. Que horas me pega em casa hoje à noite?

— Te pegar? — O garoto deu um passo para trás.

— Pra festa, se esqueceu?

— Eu não vou te pegar pra ir a festa nenhuma. Não ouviu o que eu disse? Cai na real, nós dois não temos mais nada em comum. Vê se me esquece! Eu não vou mais ficar com você, para de se humilhar desse jeito! — disse ele saindo, deixando-a boquiaberta.

Capítulo 18

Chris curtiu as duas primeiras horas da festa e logo se embriagou. O barulho era muito alto e os vizinhos chamaram a polícia. Todo mundo saiu depressa, se espalhando pela rua. Christopher saiu rapidamente de carro com outros dois rapazes. Passaram pelo centro para deixar um deles em um bar onde rolava música eletrônica.

Coincidência, ação do destino, provisão divina, armadilha... Difícil classificar o fato de Christopher avistar Clara saindo daquele mesmo bar e parando no ponto de ônibus, acompanhada de um rapaz. Chris sentiu a ira subir-lhe à cabeça.

— Vou descer aqui também, a gente se vê — disse ele aos amigos, saindo do carro meio cambaleante.

Ele andou em direção aos dois, sem pestanejar. Clara conversava com o garoto. Ela usava uma calça jeans e uma blusa azul escuro, a maquiagem mais carregada do que o habitual. Levava na palma de uma das mãos um curativo por conta do ferimento feito de manhã. Ela não sorria, mas o rapaz sim.

— O que faz aqui com esse cara? — Chris rastejou a voz.

Clara o olhou com estranheza. Não esperava vê-lo por ali.

— Christopher? Não era pra você estar na festa lá do menino? — perguntou ela.

— Deu polícia, a coisa sujou, saí fora. E quem é esse cara? — Chris encarou o garoto.

— Eu vou nessa, Clara, a gente se vê — falou o rapaz se afastando ao perceber o ciúme de Chris.

— Espera aí, não foge, não —resmungou Chris, alterado.

— Você bebeu? Estava dentro daquele carro? O motorista também bebeu? Estão malucos! Não podem dirigir alcoolizados! — repreendeu-o Clara.

— Deixa de ser certinha! Sabia que eu estaria naquela festa, por isso aproveitou pra sair com outro cara, não é?

— Ei, não fala assim com ela! — interviu o rapaz, se reaproximando.

— Fica na sua, senão quebro sua cara — ameaçou Chris, apontando o dedo para o menino.

— Quem você pensa que é? Dá o fora daqui! — ordenou o rapaz, ficando nervoso.

Antes que Clara pudesse apaziguar a situação, Chris enfureceu-se e, sem pensar, deu um soco no rosto do rapaz, que cambaleou.

— Vai à merda, seu otário, a garota é minha! — bradou Chris.

— Christopher! O que está fazendo? — assustou-se Clara, colocando-se entre os dois rapazes. — Por favor, não briguem. Ele é só um colega, não é nada do que você está pensando. Deixa de ser babaca!

O rapaz endireitou o rosto e levou a mão na boca, que sangrava um pouco.

— Oh, céus, você está sangrando, me desculpe por isso. Que vergonha! — desesperou-se ela.

— Vem comigo e deixa esse imbecil aí, não vou deixar ele encostar a mão em você — o rapaz segurou a mão dela.

— Ele não fará isso, pode ir, me desculpe. Não briguem, por favor — ela soltou a mão do colega.

— Ele está bêbado, não se preocupe, não vou revidar. Tem certeza de que quer ficar?

— Sim, pode ir — assentiu Clara.

— Você é quem sabe — disse o rapaz, encarando Chris e se afastando.

Chris estava arrependido pelo que havia feito, era um amigo de Clara e ele não tinha o direito de fazer uma cena daquelas.

— Me desculpe, eu achei que você estava com ele.

— Eu já disse que ele é só um colega, conheci na antiga escola. Você é um babaca! Por que bateu nele?

— Eu fiquei com ciúmes.

Ele se aproximou e tentou beijá-la.

— Você está bêbado, sai pra lá! — ela o empurrou.

— Qual é, Clara, vai me rejeitar? — Chris indignou-se.

— Você pode ficar com quem quiser, mas eu não?!

— Do que está falando? — indagou ele ficando sério.

— Acha que eu vou pegar baba daquela cretina?

— Baba de quem? Não viaja! — ele balançou a cabeça.

— A escola inteira sabe que você foi à festa com Jéssica Monteiro — Clara desenhou um semicírculo com as mãos.

— Isso é conversa fiada! Não fica com ciúme. É mentira da Jéssica, ela saiu espalhando isso, mas não fui à festa com ela, fui sozinho.

— Ciúmes, eu? — a garota levou a mão ao peito. — Desde quando você me deve satisfação?

— Desde quando você é minha namorada secreta — disse ele cambaleando.

— Não sou sua namorada, você não me deve satisfação! — ela falou de maneira enérgica.

— Clara, eu já pedi desculpas por ter batido no seu amigo. Eu não fui à festa com ninguém. Por que continua agressiva?

Ela o olhou naquele estado lastimável e sentiu-se triste. Lembrou-se do pai e de como ele bebia e ficava fora de si na época em que sua mãe fugiu. Lembrou-se também de ter dito à mãe de Chris que ela não precisava se preocupar com o filho envolvido em bebedeiras.

— Porque eu detesto gente bêbada! — praguejou ela.

— E eu detesto gente chata! — revidou ele irritado.

— Então, some da minha frente e me deixa em paz.

— Ótimo! Farei isso — disse ele dando as costas e indo embora.

Clara chegou em casa, tomou um banho e foi dormir. Tentou não pensar em Chris. Não queria sofrer por amor e fazer papel de boba. Queria mesmo era se formar logo e sair daquele colégio, ir embora para sempre.

No dia seguinte, sábado, era a festa junina da escola. Chris acordou com ressaca e ele detestava se sentir assim.

— Tinha me esquecido de como isso é ruim — resmungou consigo mesmo.

Tomou uma ducha gelada e tentou melhorar a expressão para que sua mãe não descobrisse que ele havia se embriagado na festa da noite anterior. Ao se sentar à mesa de café, tomou um hidrotônico que estava na geladeira, o qual costumava levar à academia. Não conseguiu comer quase nada.

— Bom dia, meu filho.

— Bom dia, mãe.

— Seu irmão já está lá embaixo brincando, pronto para ir à festa junina da escola. Você vai?

— Não sei, estou desanimado — ele fez uma careta.

— Por quê?

— Eu ia para ver a Clara, mas ontem à noite nós brigamos.

— Brigaram? Por quê? — Lilian franziu o cenho.

O rapaz apoiou os cotovelos na mesa e segurou a cabeça, abatido.

— Mãe, você acha que eu sou um cara legal?

— Com certeza, Chris, você é um menino ótimo. É inteligente, carinhoso, sincero...

— Acho que a Clara não enxerga tudo isso em mim.

— Por que diz isso? — Lilian sentou à mesa, diante do filho.

— Eu sinto que ela está sempre na defensiva. Na mesma hora que estamos bem, conversando numa boa, discutindo alguma ideia ou apenas namorando, ela de repente fala alguma coisa negativa, como se não acreditasse que eu gosto dela de verdade. Às vezes, chego a crer que a Clara pensa que eu estou brincando com ela e que a qualquer momento eu vou terminar tudo e partir para outra.

— Você já conversaram sobre isso?

— Mais ou menos. Eu perguntei por que ela não consegue confiar em mim.

— E o que ela disse?

— Cada dia ela fala uma coisa. Um dia ela diz que vai tentar, no outro diz que não consegue. Um dia exalta minhas qualidades, no outro fala mal dos meus amigos e me inclui no bolo. Ela é muito complicada! Eu tento ser legal, mas ela é uma garota difícil de ser agradada.

— Você gosta dela? — Lilian pousou o rosto na mão.

— Gosto, mãe, gosto muito. A senhora nem imagina o quanto!

— Talvez eu possa imaginar... E por que gosta dela?

— Ela é interessante e autêntica. Gosto de conversar com ela. Nos tornamos amigos, eu gosto de contar as coisas para ela e escutar sua opinião. Ela me faz pensar em coisas que eu nunca tinha pensado antes.

Lilian refletiu um pouco antes de responder.

— Em qualquer relacionamento, meu filho, independente da idade ou do grau de compromisso que temos, sempre encontraremos defeitos e qualidades positivas na pessoa que amamos. Além disso, o convívio sempre traz situações boas e outras desagradáveis, como, por exemplo, as brigas. O desafio é administrar tudo isso e avaliar se estamos fazendo bem ou mal um ao outro. No caso de um casamento isso é bem mais sério, já que o divórcio é algo tão triste e danoso. Mas em um namoro como o seu, você tem mais facilidade de desistir e colocar um ponto final. No seu caso e da Clara, você acha que estão fazendo bem ou mal um ao outro?

— Mais bem do que mal.

— Pense nos pontos positivos.

Chris olhou através da janela.

— Eu me sinto mais feliz, eu gosto de ficar perto dela, nos divertimos juntos, somos amigos. Ela me ajuda muito com os estudos e minhas notas melhoraram. Eu acho que mudei um pouco, para melhor, porque ela me fez enxergar algumas coisas que eu não conseguia ver antes e assim posso corrigir os meus erros.

— Isso é muito bom. E como acha que ela se sente a seu respeito?

— Eu acho que ela se sente impotente — Christopher deu um suspiro.

— Como assim?

Ele mirou novamente o rosto da mãe.

— Acho que, no fundo, ela não queria namorar comigo, mas gosta de mim e não consegue dizer não.

A mãe de Chris ficou intrigada com aquela declaração do filho.

— Por que acha isso?

— Por que ela fica tensa, mãe, parece que fica se controlando o tempo todo para não parecer apaixonada demais e fazer papel de boba.

— Ela faria papel de boba se demonstrasse os sentimentos por você?

— Lógico que não, mãe, mas ela é complicada, eu te falei. A cabeça dela é difícil de entender. Fica dizendo que eu logo vou esquecer o que sinto por ela, que vou acabar a descartando, que vou trocá-la por outra — ele balançava a mão no ar, impaciente.

— Você deu motivos para ela pensar dessa forma?

— Naquela festa, se lembra que eu te contei que ela me pegou com outra?

— Sim.

— Mas depois disso não fiquei mais com ninguém. Além disso, ela já pensava assim antes.

Lilian levantou as sobrancelhas e indagou:

— Não será por causa da fama que você tem?

— De galinha? — ele deu um pequeno sorriso.

— Sim — assentiu Lilian.

Ele deu de ombros.

— Pode ser, mas eu estou jogando limpo com ela.

— Você acha que ela gosta mesmo de você?

— Tenho certeza — afirmou ele com um gesto de cabeça.

— Por quê?

Lilian estava instigando o filho a pensar. Não queria dar respostas prontas. Chris era maduro o suficiente para tentar compreender a namorada.

— Pela maneira como ela me olha e fala comigo, pelo jeito que ela me trata quando está tudo bem e ela está tranquila, pela forma como conversamos e discutimos ideias. Ela me faz sentir bem. Me faz sentir importante.

— E você com certeza é importante para ela. Talvez por isso ela tenha tanto medo de te perder.

Chris fixou os olhos na mãe e permaneceu em silêncio. Queria ouvir atentamente o que ela dizia, pois confiava que faria uma boa avaliação da situação. Ela sempre fazia!

— Você me contou que ela perdeu a mãe daquela forma triste e que acompanhou de perto o sofrimento do pai. Pode ser que isso a faça ter medo de ser abandonada também e acabar sofrendo por amor como o pai.

— Pode ser isso mesmo, ela já falou algumas coisas nesse sentido. Parece sempre desconfiar do amor.

— Outra coisa que reparei, no tempo que a conheço, é que ela tem uma autoestima muito baixa.

— Isso é a pura verdade, mãe! Você acertou na mosca! — ele bateu uma mão na outra. — Eu nunca conheci uma pessoa assim! Ela parece não confiar no seu taco! Vive dizendo que é feia, que não é atraente, que as outras são melhores e mais bonitas que ela. Uma viagem!

— Sim, ela falou coisas desse tipo para mim aquele dia que conversamos aqui em casa.

— Não sei de onde ela tirou essas ideias! Ela é linda!

— Isso foi sendo construído, Chris. Pode ter vindo dos amigos e das pessoas que a cercavam, pode ter alguma coisa a ver com a história da mãe, pode ser por que ela realmente não se acha bonita e isso a incomoda demais... Tudo o que você pode fazer é orar por ela. Além de fazer elogios sinceros e ajudá-la a sentir-se valorizada. Coisas assim são melhor trabalhadas por um terapeuta e levam tempo. Sentindo-se feia, e você sendo muito bonito, logo vê todas aquelas garotas perto de você e se sente ameaçada. Por isso pensa que mais cedo ou mais tarde...

— Eu vou desistir dela e me interessar por outra — completou o garoto.

— É.

— Eu disse que ela é complicada!

Ele suspirou e balançou a cabeça. Por que tinha de ser tão difícil? Por que a namorada simplesmente não esquecia todos os maltratos que sofrera na escola e o medos que sentia? Por que não confiava em Chris e entregava seu coração totalmente?

— Quando Clara disser coisas assim, acho que você deve relevar, deixar entrar num ouvido e sair no outro. Seja sincero e mostre o quanto gosta dela e o quanto ela é importante para você. E ore por ela, para Deus abrir o coração dela e tirar essas coisas negativas. Cada pessoa é de um jeito, todo mundo tem defeitos. A Clara não é exceção. Acho que você também pode reparar na maneira como fica diante das outras meninas, para ver se está se comportando como um garoto que tem namorada ou como um garoto solteiro e galinha.

— Credo, mãe! — ele mordeu um biscoito.

— Eu sei muito bem como você é com as garotas, não sou cega.

— Isso foi antes, mãe.

— Antes de quê?

— Antes de eu conhecer a Clara.

A mãe sorriu achando bonita a forma como o filho estava apaixonado por aquela menina.

— Bom, eu vou levar seu irmão à festa, se resolver, nos encontre lá.

— Está bem, mãe.

Clara não queria participar de nada e resolveu não ir. Preferia dormir até mais tarde. Seu pai trabalharia até a noite e ela ficaria o dia todo sozinha. Estava acostumada. Entretanto,

Ariana, sua vizinha e amiga, foi até sua casa sem avisar. Ela era sempre bem-vinda.

— Ainda está dormindo? — perguntou Ariana.

— Hoje é sábado! — Clara deu de ombros.

— Se esqueceu da festa junina, Clara?

— Da minha escola? Eu não vou.

— Mas você me convidou lembra? Sabe que eu amo festas juninas, você tem de me levar.

— Fala sério? Aquele povo chato da escola vai estar lá e depois da surra que eu levei ontem daquela cretina, certamente, vão rir de mim.

— Você não levou surra nenhuma! — Ariana revirou os olhos. — Aquela menina nojenta só fez uma ceninha. Foi até engraçado o jeito como você evitou a briga. Vamos! Vai ter pé-de-moleque, cocada, caldo de feijão, pipoca, algodão doce, canjica... Eu quero ir, eu preciso ir, eu tenho de ir, por favor... Por favorzinho!

— Tá bom, tá bom, já me convenceu. O que eu não faço por você! — Clara levantou as mãos, rendendo-se.

— Obrigada, você é minha melhor amiga! — Ariana deu um beijo no rosto dela.

— Eu sei disso.

— Então, vai se arrumar logo!

As duas chegaram por volta de nove e meia da manhã. A escola estava toda enfeitada com bandeirinhas. Barraquinhas de comida e brincadeiras estavam espalhadas pelo pátio. Na quadra, aconteciam as apresentações de dança de quadrilha. Cada turma havia ensaiado e se preparado durante as aulas de Educação Física.

— Sua turma vai dançar?

— Sei lá! — Clara levantou os ombros, desinteressada.

— Você não quis?

— Eu não, tá doida? E pagar mico?!
— Ai, Clara, você é cheia de frescuras!
— Vamos jogar alguma coisa?
— Vamos, primeiro a pescaria e depois a boca do palhaço.

As duas compraram fichas e se divertiram. A brincadeira da pescaria envolvia uma vara, com um barbante amarrado e na ponta um clipe em forma de anzol. O jogador tinha que conseguir, com essa ferramenta, pescar um peixe de papelão. Aquele que conseguisse ganhava um brinde. Clara e Ariana pescaram cada uma o seu peixe. Os brindes de Clara foram estalinhos e os de Ariana, chicletes. Clara brincou com Ariana jogando os estalinhos no chão. Quando eram crianças, aquilo era motivo de muita algazarra. A brincadeira da Boca do Palhaço consistia em um boneco de palhaço com a boca bem grande, dentro da qual o jogador deveria acertar bolas de meia. Cada jogador teria direito a três tentativas e tinha de conseguir acertar pelo menos uma bola. Ariana não acertou nenhuma, mas Clara acertou as três.

— Nossa, você tem mira! — exclamou Ariana.
— Foi sorte.

Clara ganhou uma cadernetinha cor-de-rosa, para anotar recados.

— Toma, fica pra você — disse ela a Ariana.
— Não, amiga, é seu.
— É muito rosa pra mim, Ariana. Fica pra você.
— Tá bom. Obrigada!

Assistiram um pouco da dança, depois foram até as barraquinhas para Ariana comer as guloseimas que tanto queria.

— Ele está aqui? — Ariana perguntou.
— Não o vi ainda — Clara percorreu mais uma vez os olhos pelo pátio.
— Ai, Clara, estou curiosa para ver esse tal de Christopher.

— Não sei se ele vem.

— Você não perguntou?

— Outro dia ele falou que viria, mas ontem mal nos falamos e ainda por cima brigamos.

— Brigaram? Por quê? — Ariana arregalou os olhos.

— Ele me encontrou por coincidência na rua, depois veio pra cima de mim chapado e cheirando a cerveja. Dei um fora nele.

— Pobrezinho, Clara! Você é má!

Clara fez uma careta.

— Pobrezinho nada. Ele me viu conversando com um colega e partiu pra cima do menino.

— Bateu nele? — Ariana colocou a mão na boca, estarrecida.

— Sim, deu um soco na cara dele.

— Gente! Que barraco!

Com os olhos entristecidos, Clara comentou:

— Além disso, fiquei sabendo que ele foi à festa com aquela nojenta da Jéssica. Eu não ia pegar baba dela!

— Deve ser mentira, ele já disse que não quer nada com essa garota.

— Eu sei, ele disse que é mentira, mas na hora eu estava com raiva. A Jéssica fez aquela palhaçada de manhã e o Chris ficou lá parado assistindo. Quando resolveu intervir, foi ela quem ele segurou. Quem me ajudou a levantar foi outro cara. Depois correu o boato que eles iam à festa juntos. E a gota d'água foi ele bater no meu colega e depois tentar me beijar com aquele bafo de cerveja.

— Você tem de parar de ser tão rabugenta. Está ficando igual ao seu pai. Desse jeito, ninguém vai aguentar namorar você. Tem hora que seu humor é péssimo. Para de ser tão esquentadinha. Se fosse o contrário você iria gostar?

— Como assim? — Clara ergueu os olhos.

— Se você tivesse bebido e fosse beijá-lo e o Christopher te cortasse, você iria gostar?

— Não.

— Então! Se estão juntos, ele pode querer te beijar, não?

— Eu não sou obrigada a beijá-lo na hora que ele quiser! — ela cruzou os braços, teimosa.

— Mas pode ser mais educada quando disser "não". Tem de tratá-lo melhor, Clara. Esse foi um dos motivos de seu pai ter perdido sua mãe, você me disse que ele a tratava muito mal algumas vezes.

— Você está ultrapassando o limite, Ariana, vamos mudar de assunto.

— Toma, come um pé-de-moleque pra adoçar a boca — Ariana colocou o doce na boca da amiga.

Clara comeu.

— A Jéssica é aquela ali, olha! — Clara apontou discretamente.

— Qual?

— Aquela de vestido de quadrilha vermelho comendo pipoca.

— Nossa, ela é mesmo linda! — Ariana admirou.

— Eu te disse.

— Por que será que o Chris não quis saber mais dela?

— Deve ser porque ela é irritante.

Ariana soltou uma gargalhada.

— Olha lá, é ele! — anunciou Clara, desviando o olhar, nervosa.

— O Chris? — Ariana ficou eufórica.

— Sim, acabou de chegar com alguns garotos, lá na entrada.

— Qual deles?

— O de blusa amarela.

— Mentira! — a garota ficou de boca aberta.

— É ele.

— Mas você disse que ele era gato.

— Não achou? — Clara ficou confusa.

— Gato? Ele é lindo, perfeito, maravilhoso! Não acredito que está namorando esse cara!

— Não estamos namorando — ela riu, sem graça.

— Clara, minha amiga, ele é capa de revista, você está brincando?

— Eu disse que ele era bonito.

— Mas o seu gosto sempre foi meio duvidoso. Caramba!

Clara soltou os cabelos e ajeitou os fios, tentando ficar mais bonita.

— É, mas agora para de olhar.

— Não dá, estou hipnotizada!

— Para de olhar!

— Ele está vindo pra cá.

— Está vindo? Para de olhar, Ariana! — Clara quase perdeu o fôlego.

— Ele está vindo pra cá mesmo.

Chris se aproximou das duas e comprou um pé-de-moleque. O olhar dele se cruzou com o de Clara, mas ela se virou.

— Oi, Clara. Que bom que você veio — disse ele.

— Oi — ela se recusou a olhar pra ele.

— Sua mão está melhor?

— O quê? Minha mão? — ela olhou para a escoriação na palma da mão. — Ah, sim. Nem estava me lembrando disso.

— É sua amiga? — perguntou ele.

— Oi, sou Ariana, amiga da Clara. Somos vizinhas.

— Ah, então você é a famosa Ariana?!

Chris e Ariana apertaram as mãos.

— Sou famosa?

— A Clara fala muito de você.

— Fala bem, eu espero — riu Ariana, olhando para a amiga.

— Muito bem. Com certeza! Aceitam um pé-de-moleque?

— Acabamos de comer um, obrigada — falou Clara. — Vamos, Ariana!

— Ei, não faz assim — sussurrou ele.

Clara o olhou de tal maneira que ele entendeu que não seria possível conversar ali.

— Sim, claro, o velho combinado — resmungou ele.

— Combinado não sai caro — retrucou Clara.

Ariana apertou a mão dela, lembrando-a de ser mais doce com aquele garoto.

— Está tudo bem, Chris! A gente se fala depois, pode ser? — disse Clara com a voz mais agradável.

— Posso te ligar?

— Pode.

Ele meneou a cabeça, despedindo-se.

Capítulo 19

Depois que foram embora, as duas amigas almoçaram juntas na casa de Clara e ficaram a tarde toda arrumando as unhas, pintando os cabelos, comendo, ouvindo música e batendo papo.

Eram muito amigas desde pequenas. Ariana tinha se mudado para a vizinhança quando Clara tinha nove anos. Ela era um ano mais nova do que Clara. A família dela era composta pelo pai, a mãe e três filhas. Ariana era a mais nova. Uma das irmãs já era casada e morava em outra cidade. A outra irmã estava na faculdade e planejava fazer pós-graduação fora do país.

Clara e Ariana brincavam juntas, andavam de bicicleta e conversavam bastante. A intimidade foi sendo estabelecida com o tempo até que se tornaram, como elas mesmas diziam, quase irmãs. Quando Clara entrou na adolescência, a amizade ficou um pouco estremecida por um breve período. Clara começou a se meter em brigas e a se comportar como uma garota um tanto quanto problemática, e isso assustou Ariana. Quando Clara apareceu com os cabelos tingidos num tom de vermelho vivo, Ariana levou um baita susto.

— Meu Deus, o que você fez com o seu cabelo, Clara?
— Pintei, ué. Gostou?

— Ficou bonito, mas o que as pessoas vão dizer?

— Não estou preocupada com o que as pessoas vão dizer.

— Seu pai não brigou com você?

— Me deu uma surra, mas eu não estou nem aí. O cabelo é meu e eu pinto da cor que eu quiser. Se ele me torrar muito a paciência, pinto de verde. Aí sim, ele vai ficar louco.

— Você não faria isso.

— Duvida?

— Não, Clara. Assim está bonito. Melhor que verde.

Ariana preocupou-se com a amiga. Ela parecia agir de maneira inconsequente, como se quisesse afrontar alguém. Foi difícil convencer sua mãe de que Clara não estava usando drogas. Clara percebeu o afastamento da amiga.

— O que houve, Ariana? Eu magoei você?

— Não, por quê?

— Você está estranha. O que está acontecendo?

— Clara, você está usando drogas?

— Eu? — assustou-se Clara. — De onde você tirou essa ideia?

— Sei lá, você está meio maluca.

— Meio maluca como?

— Pintando cabelo, se metendo em brigas, discutindo com seu pai...

— Poxa, Ariana, você está me julgando?

— Não. Eu... Só estou preocupada. Você sempre foi tão certinha.

— Eu nunca fui certinha... Você não quer ser mais minha amiga?

— Claro que eu sou sua amiga, Clara, somos irmãs, se esqueceu? Só estou preocupada e minha mãe fica me fazendo perguntas sobre você. Você não tem conversado muito comigo, parece que está me escondendo as coisas.

Clara a abraçou.

— Não estou escondendo nada.

— Não está andando com uma turma da pesada, está?

— Não tem turma nenhuma, Ariana, só as pessoas do colégio e você.

Ariana sorriu e disse:

— Sua maluquice é de nascença mesmo, né?!

As duas riram e se abraçaram.

***

O telefone tocou por volta das quatro da tarde daquele sábado junino. As duas estavam com os cabelos molhados de tinta e enrolados numa touca.

— Alô — atendeu Clara.

— Sou eu — disse Chris com a voz em tom grave.

— Oi — disse ela apreensiva. A voz dele parecia séria. Será que ele estava ligando para dar um fora nela de vez? Não seria surpresa, depois dos últimos acontecimentos. Se fosse isso, tudo bem, ela não se rastejaria como a Jéssica. Nem por ele, nem por ninguém.

— Me desculpa por ontem — disse ele.

— Desculpar? — ela ficou admirada.

— Fui um grosso e um babaca. Estava bêbado, fiquei te enchendo a paciência e ainda por cima agredi o seu colega.

— Tudo bem. Eu vi que estava tonto. Me desculpa por ter te tratado mal. Eu fiquei com raiva por causa dos boatos e...

— Eu fui à festa sozinho!

— Eu sei, você já disse. Eu acredito.

Ariana percebeu que era Chris e fez uma cara animada. Ficou prestando atenção na conversa.

— Senti sua falta na festa, eu não devia ter ido.

— Não tem problema, você gosta destas festas, deve aproveitar — amenizou Clara.

Ariana sorriu e fez um sinal de "joia" aprovando a maneira calma como Clara estava tratando o garoto. Clara sorriu e fez sinal para Ariana ficar quieta.

— Vamos sair hoje à noite? — convidou Chris.

Clara já havia combinado de ir ao shopping com Ariana e o namorado dela.

— Já combinei de sair com uma amiga. Aquela que você conheceu hoje.

— Leva ele também — cochichou Ariana.

— Ela vai com o namorado. Você poderia ir com a gente, mas sempre tem conhecido lá da escola no shopping.

— Que se danem os conhecidos. Não vou ficar escondendo que amo você — disse ele sem pensar, e logo se seguiu um silêncio.

— Você me ama? — gaguejou ela extremamente surpresa. Seu coração parecia que iria sair pela boca. Seu corpo ficou todo adormecido e uma alegria imensa invadiu todo o seu ser.

Ariana sorriu e arregalou a boca e os olhos.

— Amo! — respondeu ele com firmeza.

— Como sabe que isso é amor? — perguntou Clara, meio engasgada.

Ariana revirou os olhos e deixou os ombros caírem. Como Clara era complicada!

— É o sentimento mais forte que eu já tive até hoje.

Clara ficou ainda mais apaixonada. *Como era possível ele dizer que a amava?* Aquilo mais parecia um sonho, uma história romântica que se lê em livros. Na vida real seria muito improvável que ele a amasse. Mas ele amava. Havia dito isso. Um garoto dizendo que a amava. E ainda por cima um garoto como Chris.

Christopher se encontrou com Clara, Ariana e o namorado dela. Foram ao shopping, ao cinema, lancharam, olharam vitrines, jogaram fliperama. O namorado de Ariana era muito bacana e Christopher fez amizade com ele. Muitos filmes bons estavam passando. Por coincidência, todos eles eram aficionados por cinema e combinaram de repetir o passeio outras vezes.

À noite, no alpendre da casa de Clara, Chris a abraçava, despedindo-se.

— Meu pai vai chegar logo — disse ela.

— Eu sei, já estou indo. Vai sonhar comigo?

— Acho que vou sonhar com aquele sangue todo dos assassinatos do filme, credo!

— Nossa! Você não consegue ser romântica! — ele fez uma careta.

Ela sorriu e o beijou.

— Falei sobre você naquele poema, isso não conta?

— Bem que eu desconfiei... Quero uma cópia, para eu guardar.

— Quer mesmo?

— Lógico!

Beijaram-se. Seguiu-se um breve silêncio antes que Chris falasse novamente.

— Você sabe que eu posso fazer com que a Jéssica pare de te amolar.

— Não se meta nisso, eu sei me defender — disse Clara, de forma branda.

— Tem certeza?

— As férias já estão quase aí e depois vão faltar apenas alguns meses. O fim do ano chegará depressa e eu ficarei livre dela.

— Não é certo o que ela está fazendo com você. Você fica indefesa diante daquelas garotas.

— Isso é só uma impressão, Christopher. Eu não quero revidar. Como você disse, se eu fosse um homem e ela também, provavelmente resolveríamos nossas diferenças no braço. Mas somos garotas e tudo o que ela quer é me aborrecer.

— Se fosse comigo, eu já tinha partido pra pancada. Mas meninas não brigam assim, não é?!

— Eu não quero brigar de jeito nenhum, Chris. Já disse a você que eu tenho um passado, me meti em encrenca na outra escola. Prometi ao meu pai que esse ano ele não teria problemas comigo.

— Mas eu não aguento mais ver aquelas babacas te agredindo e ficar quieto.

— Pense naquilo como um teatro. Eu estou encenando ser fraca e não poder reagir. E elas acreditam que são fortes e que podem acabar comigo. Assim eu vou levando.

— Como você pode suportar isso? — ele suspirou, balançando a cabeça.

— O que eu deveria fazer? Conversar com ela? Levar um papo cabeça? A menina mal enxerga um palmo diante do nariz! — Clara abriu os dedos e encostou o polegar no nariz.

— É, tem razão, conversar com ela seria perda de tempo. Mas eu poderia falar alguma coisa.

— E aí ela ficaria furiosa por você estar defendendo a baranga da sala... E iria me perseguir ainda mais quando você não estivesse por perto. Eu não preciso de um guarda-costas. Fica na sua.

— Tudo bem. Só não quero que pense que eu não estou nem aí.

— Eu não vou mais pensar isso, agora sei o que você pensa.

— E também sabe o que eu sinto.

— É, eu sei — ela sorriu.

— Você gosta de mim, não gosta?

— Gosto, gosto muito.

Eles se abraçaram forte e se despediram.

No dia dos namorados, Clara queria fazer algo que deixasse Chris feliz. Ariana estava certa, ela estava sendo muito chatinha. Não queria que Chris pensasse mal dela. Além disso, ele a tratava muito bem e ela queria que ele se sentisse especial. Ele dissera que a amava e ela acreditava ser verdade. Christopher não mentiria sobre aquilo. Clara também o amava, apesar de tentar dominar o que sentia. Foi então que se lembrou de uma conversa que haviam tido e, com a ajuda de uma pesquisa rápida, conseguiu uma boa ideia.

— Alô.

— Oi, Chris, sou eu.

— Oi, Clara. Estava pensando em você. Você não quer rotular o nosso lance, mas hoje é dia dos namorados e acho que devemos comemorar.

— Tem razão.

— Mesmo? — ele pensou que teria de convencê-la daquela ideia.

— Eu queria levar você a um lugar, mas é surpresa.

— Hummm, que lugar? — perguntou ele, com malícia.

— Para, seu bobo, não é nada disso que você está pensando.

— Eu? Não estou pensando em nada — fingiu ele.

— Sei!

— Uma surpresa é?

— Podemos nos encontrar às sete horas em frente ao *Parque Municipal*?

— No centro? Sim, podemos. Estarei lá.

— Vá bem bonito.

— Terno e gravata? — brincou ele.

— Nem tanto. Um pouco menos.

— Chique assim? O que você está tramando?

— Você vai ver.

No horário marcado se encontraram. Chris a cumprimentou com um beijo apaixonado.

— Trouxe uma coisa para você — disse ele, sorrindo.

Clara pegou o pequeno embrulho e abriu. Era uma correntinha, folheada a ouro, delicada, com um pingente de flor.

— Que lindo, Chris. Eu amei!

— Gostou mesmo?

— Muito! Coloca em mim?

Chris colocou a correntinha no pescoço dela.

— Meu presente está aqui no meu bolso. Vamos?

— Aonde vamos?

— Vem comigo.

De mãos dadas, caminharam alguns metros até ao *Palácio das Artes*, importante ponto turístico e centro cultural de Belo Horizonte. Muitas pessoas bem vestidas estavam por ali. Entraram na fila. Estava na cara que era algum espetáculo ou evento parecido. Entraram no teatro e tomaram seus assentos.

— O que é? — perguntou Chris, curioso.

— Calma, você vai ver.

— Estou ansioso — ele esfregou uma mão na outra.

— Os ingressos foram caros, então esse é o meu presente.

Chris sorriu e beijou o rosto dela.

— Obrigado.

— Para não ficar com as mãos vazias, eu escrevi um bilhete pra você — completou ela, entregando-lhe um envelope azul. Chris o abriu, desdobrou o papel que estava lá dentro e leu o que ela havia escrito.

"Christopher,

Quando entrei em nossa sala de aula pela primeira vez, foi inevitável não ver você. Mesmo de relance, seu rosto ficou em minha memória e eu passei a aula toda resistindo a olhar para trás para te ver mais uma vez. Todas as vezes que você vinha conversar comigo eu sentia um frio na barriga e um grande medo de trair os meus princípios e me deixar cair em seus braços. Eu nunca havia visto um garoto mais bonito e charmoso e isso me deixou pirada. Eu esperava um tipo de comportamento da sua parte o qual eu abominava, mas, ao contrário, você sempre me tratou com respeito e gentileza e isso fazia de você ainda mais perfeito. Eu tentava encontrar defeitos em você, características negativas, mas não conseguia. E, então, naquela noite no show, quando você se aproximou, eu tinha certeza de que se você me pedisse um beijo eu não conseguiria dizer não. Orei para que você não pedisse. Mas você pediu. E foi o melhor beijo da minha vida. Com você têm sido os melhores beijos, a melhor companhia, a melhor amizade e os melhores dias da minha vida. Ao seu lado, este tem sido um ano bom. Talvez o melhor até agora. Você me surpreende todos os dias e me mostra o quanto eu sou falha em julgar as pessoas antes mesmo de conhecê-las. Você me ensinou que o amor é verdadeiro e gostoso, que a felicidade é bem melhor quando é partilhada e que a vida pode ser doce quando nos sentimos especiais. É assim que você me faz sentir, especial. Espero que, ao meu lado, você também possa sentir-se assim, porque você é muito especial para mim e o meu coração está repleto de você, todos os dias. Obrigada,

Clara."

Chris dobrou o papel, sorrindo e a beijou. Ele se sentia transbordar de felicidade.

— Obrigado. Vou guardar com carinho.

O sinal anunciou que o espetáculo iria começar. As pessoas fizeram silêncio, as luzes focaram o palco e a cortina se abriu. Chris abriu um largo sorriso e seus olhos brilharam ao ver um homem de fraque, segurando um violoncelo, cercado por outros instrumentistas. Era um concerto e o violoncelo era o instrumento principal da noite. Chris sentiu-se especial por ela ter se lembrado daquela antiga conversa em que ele dividira seu sonho com ela. Não havia presente melhor. Magnífico! Esplêndido!

Capítulo 20

As férias de julho chegaram. Christopher foi para a casa de uns primos, em Brasília. Ele, sua mãe e seu irmão sempre iam à capital nacional visitar os parentes. Chris gostava daquela cidade. Era bem diferente de todas as que ele conhecia. Quando, na escola, os professores explicavam sobre a história da construção da nova capital e da interiorização do Brasil, aquilo para Chris fazia bastante sentido e o interessava. Ele já havia pesquisado por conta própria as questões políticas e geográficas sobre o assunto e, não fosse pela mãe e pelo irmão e agora, por Clara, ele gostaria de morar no Distrito Federal. Talvez não no Plano Piloto, pois sabia que o custo de vida ali era elevado, mas em alguma cidade satélite, uma que tivesse boa infraestrutura e que fosse perto de onde os parentes moravam. Pensava em prestar vestibular lá, na Federal, com certeza. Mas sabia que para morar longe da mãe teria de ter dinheiro para ajudá-la a o sustentar.

Chris gostava da maneira como a cidade havia sido desenhada, de como o seu comércio se distribuía e como o trânsito se organizava. Era certo que, com o passar dos anos, os problemas de tráfego se intensificariam, mas o trânsito funcionava ali melhor do que em outras cidades grandes que ele conhecia. O que mais chamava atenção de Chris eram os monumentos, o Senado, a Esplanada dos Ministérios, as embaixadas, o Palácio da Alvorada. Aquele jovem sentia-se mais perto do restante do mundo, no centro do país, onde eram tomadas decisões importantes, onde trabalhavam pessoas de nacionalidades diferentes. Isso deixava Chris curioso e com sede de conhecimento.

Clara foi visitar a avó no Espírito Santo. Numa cidade chamada Vila Velha. Era uma cidade litorânea onde Clara ia, pelo menos, uma vez por ano. Como ela conhecia poucos jovens por ali, ficava mais dentro de casa, fazendo companhia para a avó, matando a saudade e, às vezes, muito raramente, convencia a velhinha a dar um passeio na orla, caminhar um pouco, tomar um sol, mas nunca a entrar na água. Sua avó preferia contemplar o mar a molhar o corpo.

Apaixonados, Chris e Clara telefonavam um para o outro todos os dias. Diziam estar aproveitando a viagem, curtindo a família. Mas a verdade era que ambos estavam melancólicos, tomados pela saudade, e isso se refletia não só na mente e no coração, mas também no corpo físico, que doía no peito. Sentiam calafrios e experimentavam, repentinamente, uma vontade de chorar sem razão aparente.

Sentada, no fim de tarde, em umas pedras à beira mar, Clara assistia ao pôr do Sol e, sozinha, em silêncio, pensava em Chris. Sentia sua falta. Sentia saudades do seu corpo, dos seus beijos, da sua voz, do seu cheiro. Mas acima de tudo sentia falta da sua companhia, do tempo que passavam juntos conversando, abraçados, estudando, lendo coisas bonitas um para o outro. Ele era carinhoso e sua companhia era sempre agradável.

Clara gostava muito de visitar sua avó paterna. Ela era uma senhora bondosa, amava muito a neta e fazia de tudo para agradá-la. Clara, apesar de curtir a liberdade que tinha vivendo com o pai, gostava de sentir-se cuidada pela avó, que se preocupava com os horários de alimentação, vigiando para que Clara comesse na hora certa e da maneira saudável.

— Comeu direitinho, minha filha, coma mais, você está muito magrinha. Não está de regime, não é?

— Não, vovó, já estou satisfeita, obrigada.

Augusto era filho único e seu pai já havia falecido, portanto Clara passava as férias todas com a avó só para si. Às vezes, Augusto também ia, mas não permanecia mais do que uma semana. Não conseguia ficar muito tempo parado e acabava encurtando suas férias para poder voltar ao trabalho.

— O que você tem, minha filha? Está doente? — perguntou a avó colocando a mão na testa de Clara. — Não está com febre.

— Estou bem vovó.

— Por que está tão caladinha? Aconteceu alguma coisa?

— Não — suspirou Clara.

A avó a observou com atenção.

— Já sei o que você tem — sorriu ela. — É amor.

Clara a olhou, espantada.

— Sei que é. Está pensando no broto, não é? — perguntou a avó. Clara sorriu, tímida.

— Me conta, minha filha.

Clara passou a tarde contando para a avó sobre as coisas bacanas que tinha vivido com Chris.

— Ele parece ser um rapaz de bem. Espero que você seja feliz. Queria tanto que seu pai também encontrasse um amor. Aquele cabeça dura!

À noite, Clara ligou para Chris.

— Alô — um estranho atendeu.

— Gostaria de falar com o Christopher, por favor.

— Um momento.

— Clara? — Chris pegou o telefone.

— Oi, Christopher. Sou eu.

— Oi, gata. Estava esperando você ligar. Estou com saudades.

— Mesmo?

— Não paro de pensar em você.

— Eu também. O que tem feito por aí? — ela enrolava o fio do telefone no dedo.

— Futebol, shopping, barzinho... E você?

— Minha avó está decidida a me engordar. Me faz comer o dia todo.

— Tem ido à praia?

— Só para caminhar, está fazendo frio. Aqui é bonito. Não sei como você ainda não conhece o litoral do Espírito Santo. Muitos mineiros vêm pra cá.

— Algum mineiro em especial? — Chris indagou.

— O quê?

— Você entendeu... Algum garoto?

— Você sabe que não.

— Olha lá, não vá me trocar por outro!

— Que ideia!

— Não acredito que você vai passar seu aniversário longe de mim — lamentou Chris.

— É, está chegando.

— Faz um pedido.

— Um pedido?

— É, diga um desejo, quem sabe se realiza?!

— Quero uma Ferrari.

Ele deu uma gargalhada.

— Não, vai, estou falando sério. Deseje uma coisa menos impossível.

— Queria que a minha mãe não tivesse ido embora, que ela e meu pai pudessem se acertar.

— Ou pelo menos que ele pudesse ser feliz de novo.

— É... Isso também seria bom.

— E pra você?

— Você é o gênio da lâmpada? — riu ela, esfregando o telefone.

— Sim, você tem direito a três desejos. Dois já foram, falta um.

— Queria abrir meus olhos de manhã e ver você.

— Verdade?

— Verdade.

— Você deve gostar muito de mim para gastar seu último desejo comigo.

— Seu bobo.

— Vou sonhar com você.

— Eu também.

Capítulo 21

A semana passou depressa. O dia seguinte seria aniversário de Clara e ela achou estranho Chris não ligar para ela na noite anterior. Resolveu ligar para ele, mas um rapaz disse que ele não estava. Clara foi se deitar triste e logo adormeceu.

Christopher chegou à rodoviária de Vila Velha no início da manhã. Passara o dia e a noite viajando. Percorreu um longo caminho e estava cansado. Mas também estava animado e ansioso para ver Clara. De posse do endereço, que havia conseguido com Ariana em segredo, pegou um táxi e se dirigiu para a casa da avó de Clara. Primeiro bateu no portão e, em seguida, tocou a campainha. Minutos depois uma senhora apareceu.

— Sim?

— Bom dia, sou amigo de Clara, hoje é aniversário dela e vim entregar um presente. Desculpe-me chegar tão cedo, mas é que eu vim de longe.

— Ah, meu filho, que bonito! Entre — a senhora colocou as mão em suas costas conduzindo-o para dentro da casa.

Entraram pela sala.

— Venha, deixe a mochila aí no canto, deve estar com fome, quer tomar um banho?

— Ela já acordou?

— Ainda não.

— Eu queria me preparar antes de ela acordar. Se não for incomodar a senhora.

— Ah, você é o broto? Está muito bonito, rapaz, ela vai gostar muito da surpresa. Se apresse, pois ela não dorme até tarde.

— Sim, senhora.

Chris tomou um banho, se perfumou, lavou e penteou os cabelos. Ao sair do banheiro a avó de Clara o convidou para assentar-se à mesa e fazer um lanche. Bolo, pães, manteiga, queijo, leite, suco. Uma mesa farta! Conversaram um pouco, Chris contou para ela sobre seus planos para o vestibular e de como Clara o havia ajudado a estudar e melhorar as notas. Um barulho no corredor interrompeu-os e o coração de Chris acelerou as batidas.

— É ela? — cochichou ele.

— Sim, está se levantando — respondeu a senhora.

— Vovó? — chamou Clara.

— Arrume-se antes de vir até a cozinha, Clara, estou com visitas — avisou a avó.

Clara voltou para o quarto, tirou o pijama e colocou uma roupa simples, prendeu os cabelos, lavou o rosto e escovou os dentes. Quem seria tão cedo assim? Ela cruzou o corredor e entrou na cozinha. Um pequeno embrulho para presente estava sobre a mesa.

— Onde está sua visita, vovó?

— Abra o presente, minha filha, deixaram para você esta manhã. Feliz aniversário, meu bem! — disse a avó abraçando-a.

— Pra mim, vovó? De quem é?

— Não sou xereta. Abre logo!

Clara abriu o presente. Era um livro de Jack London que ela estava doida para ler. Contava a história de um lobo chamado Caninos Brancos[8]. Só podia ser de Chris, ele era o único com quem ela havia falado sobre sua vontade de ler aquele livro. Não era um livro fácil de encontrar, ele devia ter se esforçado.

— De quem é, minha filha?

— De um amigo.

— Amigo?

— Um amigo muito especial, vovó — sorriu ela.

— Ele parece gostar de você, para mandar um presente assim, logo cedo.

— A senhora acha?

— Sim. Você não?

— Ai, vovó, eu acho que sim, mas ele é muito bonito — a menina suspirou. — Tem muitas meninas que querem namorá-lo.

— E o que isso tem a ver?

— Eu não tenho nada de mais...

— Não seja boba! De onde tirou essa ideia de que não tem nada de mais?

— Mas ele é lindo, vovó, é forte, alto, a senhora nem imagina...

— Imagino sim, mas ele também deve pensar o mesmo sobre você. Você é linda!

— Fico pensando que vai aparecer outra pessoa e ele vai acabar se esquecendo de mim — ela olhou para o livro em suas mãos, pensando no que Chris deveria estar fazendo àquela hora.

— Eu nunca me esquecerei de você, gata — disse Chris saindo de trás da porta e falando ao ouvido dela.

Clara levou um baita susto e se virou.

— Christopher?

---

8 LONDON, Jack. *Caninos Brancos*. São Paulo: Martin Claret, 2003.

— Feliz Aniversário!

Clara olhou para ele, boquiaberta, olhou para a avó, que sorria e tornou a olhar para Chris.

— Eu... Não acredito... Como? Você...

— Dá licença de eu beijar sua neta?

— Tudo bem — consentiu a avó sorrindo e balançando a cabeça. — Jovens! — disse a si mesma.

Chris a abraçou e a beijou.

— Você é linda, Clara, eu te amo.

— Você é doido! Como veio parar aqui?

— De ônibus, ué.

— Mas é muito longe!

— Nem tanto...

Ela sorria, ainda bastante surpresa.

— Venham os dois, assentem-se e venham tomar café — ordenou a avó.

Sentaram à mesa junto com a senhora.

— Obrigada pelo livro e pela surpresa. Estou feliz. Parece que estou sonhando, ainda estou boba.

Chris sorriu, segurando a mão de Clara.

— Vai ficar quantos dias, Christopher? — perguntou a avó.

— Três ou quatro, depende do valor do albergue. Ainda tenho de olhar isso.

— Albergue? Que é isso?

— Uma pousada para estudantes.

— Pousada? De jeito nenhum, olha o tamanho dessa casa! — a avó abriu os braços. — Ficará conosco, sem dúvida! Pode ficar quantos dias quiser, desde que sua mãe saiba onde está. Ligue depois para ela avisando que chegou bem.

— Sim, senhora, obrigado.

Por quatro dias Chris e Clara não se desgrudaram. Andavam para cima e para baixo de mãos dadas, conhecendo os lugares. Visitaram a cidade vizinha Vitória e a fábrica de chocolates que lá havia, conheceram alguns pontos turísticos. Clara ajudava a avó com a louça e com a limpeza da casa, Chris também tentava ajudar, apesar de ser bem desajeitado com serviços domésticos. À noite, despediam-se e cada um ia dormir em um cômodo. A avó de Clara colocou um colchão em seu quarto e pediu que Clara dormisse ali.

— Para que isso, vovó?

— Você sabe para que, mocinha! Se tiverem um bebê, não será por negligência minha.

— Vovó! Que horror!

— Horror não, minha filha, uma criança é uma bênção de Deus, mas tem de ser na hora certa.

Clara achava engraçada a maneira como sua avó lidava com alguns assuntos.

Sentados na orla, abraçados, observavam o horizonte.

— O pôr do Sol é muito bonito. Nunca tinha parado para ver — comentou Chris.

— Nunca? — Clara o encarou, perplexa.

— Não — ele negou com um gesto de cabeça.

— Que é isso, Chris?! Isso é absurdo!

Ele fez um carinho no rosto da namorada.

— Aprendi a gostar de muitas coisas com você.

— Isso é bom? — a garota indagou.

— Claro que é.

— Ainda não acredito que você está aqui — ela deitou a cabeça no ombro dele.

— Vai ver você está sonhando desde aquele dia em que falou seus desejos ao telefone.

Ela sorriu apaixonada.

— Por que você não consegue acreditar que eu amo você?

— Eu acredito — Clara afirmou inclinando a cabeça com um leve sorriso.
— De verdade?
— De verdade.
— Então por que perece estar sempre desconfiada de mim?
— Você está cismado! — ela olhou em outra direção.
— Sabe que não.
— Conhece aquela música romântica do Renato Russo? — Clara aparentemente desviou o assunto.
— Qual?
— Vento no Litoral[9].
— Não, não me lembro.
— Tem aqui no meu som, quer ouvir?
— Quero.

Clara ligou colocou a música e deu os fones a Chris. Ele pegou um e colocou no ouvido, entregando o outro a ela.
— Vamos ouvir juntos — sugeriu ele.

Clara pegou e colocou em seu ouvido também. Chris concentrou-se na letra.

"(...)Agora está tão longe, vê
A linha do horizonte me distrai
Dos nossos planos é que tenho mais saudade
Quando olhávamos juntos na mesma direção
Onde está você agora além de aqui dentro de mim?"

Afinal o que aquela música tinha a ver com Clara? Será que ela estava tentando lhe dizer alguma coisa?

"(...) Já que você não está aqui

---

[9] RUSSO, Renato; VILLA-LOBOS, Dado; BONFÁ, Renato. *Vento no Litoral*. Em Legião Urbana. Álbum V. Brasil: EMI, 1991.

O que posso fazer
É cuidar de mim
Quero ser feliz ao menos
Lembra que o plano era ficarmos bem."

Chris olhou nos olhos de Clara. Ele tinha entendido. Ela tinha medo de perdê-lo. Tinha medo de se apaixonar e depois sair ferida assim como a personagem daquela música. Assim como seu pai havia sido ferido quando sua esposa o deixou. Ele se lembrou da conversa que havia tido com a mãe, as análises de Lilian estavam corretas.

— Clara... Eu não tenho nenhuma experiência sobre esses assuntos do coração. Nunca sofri por amor. Talvez eu tenha feito algumas garotas sofrerem. Não como nesta música, pois nunca tive nenhum relacionamento sério com ninguém. Mas... É mesmo muito confuso pensar que um casal possa se amar tanto no início, fazer planos, dedicar-se um ao outro e, depois, perder tudo isso. Parece que o tempo vai destruindo aquilo que os mantém unidos, que certamente não é só o amor. Pelo pouco que me lembro dos meus pais juntos, tenho a certeza de que não era só um sentimento que os mantinha ligados, mas o amor na forma de respeito, de cuidado, de responsabilidade, de diálogo, de amizade. Eles eram muito amigos. Acho que por isso minha mãe ficou tão triste, ela não perdeu somente o marido, mas ela perdeu também seu melhor amigo — ele fez uma pausa, olhando para o horizonte. — Ela conta a história deles, o namoro, o casamento, a chegada dos filhos, as lutas, as alegrias... Eu gosto de ouvir. Sempre quis viver um casamento assim como o que eles tiveram. Mas como eu disse, não sei do que estou falando...

— Continua — Clara tocou em seu braço com carinho.

— Suas lembranças sobre seus pais certamente são bem diferentes das minhas. Seu pai é um homem que sofreu muito por amor e, pelo que você me conta, esse amor praticamente o destruiu por dentro, a ponto de ele não conseguir amar outra mulher. Ele se fechou. Mas pensando na letra da música, a vida passa, ficam as lembranças. O cantor diz que, já que a pessoa que ele ama não está com ele, o que ele pode fazer é cuidar de si e ser feliz, pois o objetivo é que ambos fiquem bem. Ao mesmo tempo em que ele está cantando isso, tendo consciência de que precisa seguir em frente, o sofrimento é inevitável.

— Nossa, Christopher...

— Acho que é disso que você tem medo.

— Medo, eu? — Clara ficou surpresa.

— De sofrer por amor como esse cara da música. De alguém te fazer sofrer como seu pai sofreu.

— Você está indo fundo demais nessa interpretação — ela passou a mão nos cabelos, enrolando-os em um coque.

— Você tem medo de confiar em mim e de se entregar ao que temos. Tem medo de eu ir embora, de eu te fazer sofrer.

— Não viaja! — disse ela com os olhos marejados.

— Não tenho como competir com isso, Clara. O que importa é que estamos juntos agora, estamos felizes, temos um ao outro, eu estou aqui, vim para te ver, para te deixar feliz, para matar a saudade... Você me escreveu um poema, me ensinou a ler Machado de Assis. Me fez enxergar coisas para as quais eu estava cego, acreditou em mim e deixou eu me aproximar de você mesmo sendo hostilizada pelos meus amigos. Me fez enxergar como a arrogância poderia fazer de mim um babaca, me mostrou o pôr do Sol, me mostrou essa música... Essas são as lembranças que teremos. Hoje penso que você é a mulher da minha vida e quero passar o resto dos meus dias com você, casar, ter filhos, uma família...

— Você pensa isso?
— Penso. Você não pensa?
— Sim. Mas é improvável — ela olhou para o chão.
— Por quê?
— Somos muito novos.
— Não vamos nos casar hoje. Estamos falando do futuro.
— Mas é muito tempo.
— E algo com certeza dará errado nesse meio tempo...
— Eu não disse isso — ela levantou os olhos, encarando-o.
— Mas é o que você pensa. É como se sente, não é?
— Eu só não quero me iludir imaginando um conto de fadas. Felizes para sempre não existe.
— Mas existe a felicidade, Clara — ele segurou delicadamente o rosto dela com as duas mãos. — Você não pode viver sua vida esperando a hora que as coisas irão acabar. Não sabemos o que pode acontecer. Você pode se cansar de mim, conhecer outra pessoa, se mudar para um lugar bem longe, um de nós pode morrer...
— Não fale assim — ela afastou o rosto.
— Não podemos prever o futuro, Clara. O futuro a gente mesmo é quem faz. Para que nosso amor tenha chances no futuro, precisamos olhar na mesma direção, como a música diz.
— Nós estamos olhando.
— Não, não estamos. Eu amo você! Você é a única garota que eu amo e a única que eu quero. Quero sonhar, fazer planos, viver, confiar, me entregar. Quero você cem por cento.
Um silêncio se seguiu.
— Você entende?
— Sim — respondeu ela com sinceridade, deixando cair algumas lágrimas.

— O que pensa sobre tudo o que eu disse? — ele passou os dedos na maçã de seu rosto, enxugando-as.

— Confesso que tenho receios e que tentei não amar você. Mas...

— Fala!

— Eu amo.

Chris sorriu e a abraçou.

— É burrice viver pensando no que pode dar errado, você tem razão. Coisas boas e ruins sempre vão acontecer na nossa vida, não há como evitar. E se algum dia você for embora... Pelo menos teremos as lembranças.

Chris beijou-a nos lábios.

— Eu me lembrarei do primeiro dia de aula, quando te vi entrando na sala. Acho que foi amor à primeira vista.

— E eu me lembrarei desses últimos quatro dias, da surpresa que você me fez, foi perfeito.

Abraçaram-se e se beijaram, apaixonados.

Capítulo 22

O mês de julho passou bem rápido. Mas para Chris parecia ter demorado uma eternidade. Na segunda-feira, ele chegou mais cedo à escola, pois queria ver sua garota. Estava reunido com os amigos colocando o papo em dia. Cada um contava sobre suas experiências daquelas férias.

— E você, Chris, pegou quantas?
— Eu? Ninguém.
— Qual é? Você? Não acredito!
— Não encontrei ninguém que valesse à pena.
— Para valer a pena basta ser gostosa e ter seios bem grandes!

Todos riram.

Clara chegou e Chris logo a viu. Seus olhares se encontraram e riram discretamente um para o outro. Durante a aula, Chris não parava de olhar para ela. Como havia sentido saudade daqueles longos cabelos vermelhos! À tarde, ele foi à casa dela. Quando ele chegou, ela abriu a porta e um largo sorriso.

— Oi.

Ele não respondeu, apenas a beijou forte e a abraçou tentando, naquele abraço, matar toda a saudade que havia sentido naqueles infindáveis dias de julho. Sentaram-se na sala, para ouvir música e conversar.

— Eu estou acabando de ler o livro que você me deu — contou ela.

— Gostou? — indagou Chris.

— Sim.

— Eu li também, comprei um para mim.

— Fala sério! — ela fez um biquinho.

— Estou falando.

— Então me diz, sobre o que é o livro? — duvidou ela.

— Sobre um lobo que acaba sendo domesticado.

— Só isso?

Christopher beijou o rosto de Clara e tocou em seus cabelos.

— O Caninos Brancos me lembrou você.

— Eu? — intrigou-se ela.

— Sim. Ele é bonito, diferente dos outros, único, é disciplinado e inteligente, mas ao mesmo tempo é rebelde e feroz. Mesmo quando está rodeado de pessoas e companheiros de jornada, ele se sente sozinho e nunca confia em ninguém totalmente. Ele tinha um relacionamento forte com a mãe, mas foram separados. Depois de um tempo ela teve outros filhos e não o reconheceu mais. Caninos Brancos, apesar de ficar insatisfeito com aquela situação, seguiu sua vida sendo forte e sobrevivendo aos obstáculos. Tinha dificuldades de fazer amigos e era invejado, sofrendo ataques dos outros cães. Mas isso não o abalava, só o deixava ainda mais feroz e mais forte. Mas, por fim, ele aprende o que é o amor e permite amar e ser amado, e isso faz dele um ser melhor e mais feliz.

Clara estava com os olhos cheios de lágrimas. Chris continuou:

— A maneira como o autor descreve as paisagens e as ações do animal são de uma precisão... É como se eu pudesse enxergar cada centímetro daquelas terras geladas, mesmo nunca tendo estado lá, e cada movimento das personagens. Não consigo explicar direito. Mas é uma obra prima. Alguns sentimentos e conflitos que Caninos Brancos passa, parecem ser humanos. Posso até me identificar com alguns.

— É mesmo uma bela obra — disse ela engasgada e, após um breve momento em silêncio, completou. — Ainda bem que eu não sou mais solitária, porque agora tenho você.

— E eu tenho você.

Clara o beijou apaixonadamente.

Capítulo 23

Chris e Clara se falavam ao telefone:

— Hoje à noite vou jogar futebol na quadra sintética lá perto da escola. Você quer ir? — perguntou Chris.

— Não — Clara negou o convite.

— Só vão os garotos, Luciano, Tiago... O Tiago já sabe que estamos juntos.

— Vou ficar em casa. Não se preocupe.

— Tem certeza? Se quiser posso ficar com você.

— Claro que não, vá jogar bola com seus amigos. Nada a ver.

Chegando à quadra, Chris cumprimentou os amigos, apertando a mão de cada um.

— Fala, galera!

— E aí. Chris! Vamos acabar com esses caras ou não vamos? — brincou Igor apertando a mão do colega.

— Claro! Oito a zero! Cadê o Tiago?

— Lá no vestiário. Está boladão com alguma coisa — Igor apontou o dedão por cima do ombro.

Chris foi até o vestiário.

— Fala, Tiago!

— E aí, Chris?! — Tiago parecia bem preocupado.

— Que cara é essa? Aconteceu alguma coisa?

— Você nem imagina!

— O que foi? Posso te ajudar? — Chris se aproximou do amigo.

— Acho que ninguém pode me ajudar.

Christopher nunca havia visto o amigo tão sério e chateado.

— Fala logo, estou ficando preocupado.

— Estou perdido! — Tiago apoiou os braços nas pernas, olhando para o chão.

— Por quê, cara? — Chris ficou tenso.

— Você não pode contar pra ninguém.

— Qual é, Tiago, fofoca é coisa de menina!

— Não sei o que fazer — o rapaz parecia desnorteado.

— Não me diga que se apaixonou nestas férias?! — descontraiu, Christopher.

— A parada é séria, Chris — disse ele com os olhos úmidos, sentando no banco.

— O que aconteceu? — Chris parou de rir e assentou-se ao lado do amigo.

Tiago falou quase num sussurro:

— Eu vou ser pai.

— O quê? — Chris assustou-se tremendamente.

— Isso mesmo que você ouviu — uma lágrima escorreu no rosto do garoto.

— Mas como?

— Já se esqueceu de onde vêm os bebês?

— Mas... Você não se preveniu?

— Tipo o quê?

— Camisinha, pílula...

— Eu uso camisinha... Mas nem sempre — o garoto enxugou o rosto com as costas da mão.

— Quem é a garota?

— Lembra daquela gatinha que eu peguei na festa da menina do Primeiro Ano?

— Aquela festa em que a Clara me flagrou com outra?

— Sim.

— Lembro mais ou menos. Você dormiu com ela?

— Não naquele dia, mas depois saímos algumas vezes. Ficamos juntos. Com o tempo a coisa ficou morna e a gente se afastou.

— Você não usou camisinha?

Tiago estava constrangido. Se levantou e começou a andar de um lado para o outro.

— Não — confessou o rapaz.

— Caramba! Ela não usava pílula?

— Sei lá, cara! — Tiago levantou os braços, nervoso.

— Não perguntou a ela?

— Você já fez essa pergunta para a Clara?

Chris ficou em silêncio. Ele nunca havia conversado com Clara sobre aquele assunto.

— Não — respondeu por fim.

— Não pensei que a garota fosse tão burra — Tiago reclamou.

— Só ela? Você também deveria ter se cuidado!

— Ah, Chris, vai me dizer que você e a Clara nunca fizeram sem camisinha?!

— Não — Christopher balançou a cabeça.

— Nunca?

— Eu e a Clara ainda não fizemos...

— O quê? Como não? Por quê? — aquilo era algo inconcebível para Tiago.

— Apenas não rolou — Chris ficou inibido.

— Mas tem um tempão que estão juntos. Que é isso, Chris! — Tiago reprovou a atitude de Chris.

— Eu não quero apressar as coisas, Tiago. Eu gosto dela e nos damos muito bem. Isso pode estragar tudo.

— Sexo? Estragar tudo? Do que está falando? — o rapaz soltou uma risada.

— Eu e a Clara ainda estamos nos conhecendo, somos amigos, temos muita coisa para fazer juntos.

— E quando o clima esquenta? O que você faz? — ele olhou desconfiado para Christopher.

— Rola uns amassos, mas como não estamos dispostos a chegar aos finalmentes, a gente arranja alguma coisa para se distrair.

Tiago deu uma breve gargalhada.

— Qual é a graça? Isso é normal — defendeu-se Chris.

— Eu sei que é normal, mesmo assim estou impressionado por você não ter levado ela para a cama ainda. Por que esperar?

— Por que não? — Chris encarou o amigo.

— Porque somos homens, a carne é fraca.

— Isso é bobagem! Eu não me sinto fraco. Quando faço alguma coisa é porque quero e decidi fazer, e não porque fui fraco e não consegui me controlar.

— E daí não se controlar? Temos de aproveitar a vida.

— Olhe bem a sua situação, Tiago. A sua falta de controle, no que deu? Você não se cuidou, preferiu curtir o momento e agora está com um problemão para resolver.

Tiago baixou os olhos e rendeu-se:

— Dessa vez você me pegou.

— Não quis te ofender.

— Não, você não ofendeu. É a verdade. Você está certo — confessou Tiago, de cabeça baixa, sentando novamente.

— Me desculpe, não quis jogar nada na sua cara.

— Nem pensei em bebê, Chris, eu estava amarradão — Tiago apoiou a cabeça na mão.

— Caramba!

— Caramba? Bota caramba nisso! O que é que eu vou fazer? Não tenho dinheiro, meus pais vão me matar!!! E a garota está desesperada, me ligou chorando, disse que a mãe dela ainda não sabe. E disse que o pai dela também vai querer acabar comigo.

— Cara, que situação! O que faremos? Temos de pensar.

— Ela me contou que pensou em tirar.

— O bebê? — Chris assustou-se.

— É.

— E o que você falou?

— Que não podemos fazer isso, que eu não sou assassino e que vou ficar do lado dela. Prometi que vou ser um bom pai e que vamos resolver tudo juntos. Mas falei isso tudo da boca pra fora, para ela ficar calma. Na verdade, estou maluco com essa notícia e realmente não sei o que fazer.

— Calma. Vamos pensar. O que há para fazer? — refletiu Chris, ficando de pé.

Tiago o olhava, esperando uma solução mágica para tudo aquilo.

— Vamos arrumar um emprego pra você — disse Chris, girando nos calcanhares.

Tiago o ouvia atentamente. Chris continuou:

— Você arruma um emprego e começa a ganhar sua grana. Mesmo que não for muito, já é um começo para ajudar nas despesas da garota com médico e todas as coisas que vão precisar.

— Não vou conseguir ganhar mais do que um salário mínimo.

— Mas é melhor do que nada. Pelo menos vai ter uma grana sua. Vai pedir dinheiro para os seus pais?

— Não, de jeito nenhum!

— Conta primeiro para o seu pai, depois para a sua mãe, e só depois para os pais dela.

— Meu Deus! — Tiago sentia medo. — Meu pai vai me matar!

— Eu vou com você — Chris pousou a mão no ombro dele.

— Vai onde?

— Contar para o seu pai.

— Não! Valeu, mas... Vou ter de encarar essa sozinho.

— Tem certeza?

— Tenho. Se eu te levar junto é capaz de ele ainda me chamar de covarde.

— Amanhã a gente sai cedo para procurar emprego. Mata aula e sai rodando a cidade.

Tiago pensava em silêncio, maquinando todas aquelas informações.

— Liga para a garota mais vezes.

— Para quê?

— Para manter ela informada, para ela não pirar e não fazer uma besteira.

— Tem razão. Hoje eu liguei para ela mais cedo e pedi para ficar calma, que eu não iria sumir nem deixar ela sozinha. Convidei ela para sair para conversarmos direito.

— E aí? — perguntou Chris.

— Ela concordou. Espero que tenha ficado mais tranquila, numa boa.

— Você fez certo. Vamos jogar uma bola pra você esfriar a cabeça?

— Não sei se vou conseguir.

— Claro que vai, relaxa...

Tiago se levantou, acompanhando o amigo para fora do vestiário.

— Poxa, Chris, que furada... Você tem noção da idiotice que eu fiz?

— Tiago... O que dizer? Vocês vacilaram... Aconteceu...

— Cara, eu só tenho dezessete anos! — o garoto deu um tapa na própria testa.

— Doideira, eu sei... — Chris também estava assustado com tudo aquilo.

— Não fala sobre isso com ninguém.

— Eu já sei, já sei. Não conto pra ninguém, fica tranquilo.

— Mas talvez... — Tiago parou de caminhar e pensou um pouco.

— O quê? — Chris ficou imóvel.

— Talvez você possa contar para a Clara.

— Para a Clara? Pra quê?

— Pede pra ela uma opinião, ela é garota, entende das coisas de garota... Se eu estou assim, imagina a Alessandra!

— Tá, eu falo.

— Ela não é fofoqueira é?

— Nem um pouco — Christopher balançou a cabeça.

— Ótimo. Pergunta o que ela acha dessa história toda.

— Vamos lá jogar bola. Esquece isso um pouco — Chris passou o braço nos ombros dele.

— Vamos nessa.

Ao chegar em casa, Chris tomou um banho, jantou e ligou para Clara. Estava apressado em falar com ela. Não conseguia parar de pensar em Tiago e em toda aquela história de bebê. Pegou o telefone sem fio e se fechou no quarto.

— Oi.

— Oi, Christopher, tudo bem? Como foi o jogo?

— Foi legal.
— O que foi? Parece estranho.
— Posso te fazer uma pergunta?
— Pode.

Christopher pigarreou antes de falar:
— Você usa pílula?

Clara surpreendeu-se com a pergunta.
— Que papo é esse, Christopher? Por que está falando isso?
— Um amigo meu engravidou uma menina.
— A camisinha furou?
— Não, eles não usaram.

Silêncio.
— Clara, você precisa ir ao médico e perguntar para ele sobre essas coisas. A camisinha só não é totalmente confiável. Seu pai conversa com você sobre isso?
— Não muito. É difícil falarmos sobre assuntos tão delicados assim.
— Por isso você deve ir ao ginecologista. Com um médico poderá tirar suas dúvidas e receber as orientações que você precisa.
— É... Eu vou. Vou todo ano. Mas eu ainda sou virgem.

— Mesmo assim, Clara, você precisa se cuidar — insistiu o garoto.
— Eu me cuido, Christopher — defendeu-se Clara.
— Promete que vai ao médico?

Clara não viu outra alternativa a não ser concordar com o namorado. Ele parecia realmente alarmado.
— Eu prometo, Christopher. Mas e seu amigo, como está?
— É o Tiago.
— O Tiago? — ela levou um susto. — Sério? Meu Deus! Ele só tem dezessete anos!

Tiago se levantou, acompanhando o amigo para fora do vestiário.

— Poxa, Chris, que furada... Você tem noção da idiotice que eu fiz?

— Tiago... O que dizer? Vocês vacilaram... Aconteceu...

— Cara, eu só tenho dezessete anos! — o garoto deu um tapa na própria testa.

— Doideira, eu sei... — Chris também estava assustado com tudo aquilo.

— Não fala sobre isso com ninguém.

— Eu já sei, já sei. Não conto pra ninguém, fica tranquilo.

— Mas talvez... — Tiago parou de caminhar e pensou um pouco.

— O quê? — Chris ficou imóvel.

— Talvez você possa contar para a Clara.

— Para a Clara? Pra quê?

— Pede pra ela uma opinião, ela é garota, entende das coisas de garota... Se eu estou assim, imagina a Alessandra!

— Tá, eu falo.

— Ela não é fofoqueira é?

— Nem um pouco — Christopher balançou a cabeça.

— Ótimo. Pergunta o que ela acha dessa história toda.

— Vamos lá jogar bola. Esquece isso um pouco — Chris passou o braço nos ombros dele.

— Vamos nessa.

Ao chegar em casa, Chris tomou um banho, jantou e ligou para Clara. Estava apressado em falar com ela. Não conseguia parar de pensar em Tiago e em toda aquela história de bebê. Pegou o telefone sem fio e se fechou no quarto.

— Oi.

— Oi, Christopher, tudo bem? Como foi o jogo?

— Foi legal.
— O que foi? Parece estranho.
— Posso te fazer uma pergunta?
— Pode.

Christopher pigarreou antes de falar:

— Você usa pílula?

Clara surpreendeu-se com a pergunta.

— Que papo é esse, Christopher? Por que está falando isso?
— Um amigo meu engravidou uma menina.
— A camisinha furou?
— Não, eles não usaram.

Silêncio.

— Clara, você precisa ir ao médico e perguntar para ele sobre essas coisas. A camisinha só não é totalmente confiável. Seu pai conversa com você sobre isso?

— Não muito. É difícil falarmos sobre assuntos tão delicados assim.

— Por isso você deve ir ao ginecologista. Com um médico poderá tirar suas dúvidas e receber as orientações que você precisa.

— É... Eu vou. Vou todo ano. Mas eu ainda sou virgem.

— Mesmo assim, Clara, você precisa se cuidar — insistiu o garoto.

— Eu me cuido, Christopher — defendeu-se Clara.
— Promete que vai ao médico?

Clara não viu outra alternativa a não ser concordar com o namorado. Ele parecia realmente alarmado.

— Eu prometo, Christopher. Mas e seu amigo, como está?
— É o Tiago.
— O Tiago? — ela levou um susto. — Sério? Meu Deus! Ele só tem dezessete anos!

— Pois é — suspirou Chris.
— Como ele está?
— Está mal, perdido. Não sabe o que fazer.
— Quem é a garota? É lá da escola também?
— Não, ele a conheceu numa festa.
— Puxa vida, que situação! — lamentou a garota.
— O que acha que ele deve fazer?
— A primeira coisa é arrumar um emprego, mesmo se for para ganhar pouco.
— É, foi isso que eu disse a ele também.
— E a garota precisa ir ao médico, fazer o pré-natal e tudo.
— Pré-natal?
— É, Christopher, ela tem de ter um acompanhamento médico, tem exames que precisam ser feitos, ultra-som, algumas mulheres precisam tomar vitaminas para correr tudo bem na gravidez... Ela precisa ir ao médico.
— Eu não sabia — Chris sentou no chão, recostando-se na cama.
— Nunca ouviu falar de ultra-som?
— Já, mas achei que era só para saber o sexo do bebê.
— Claro que não, é para saber um montão de outras coisas. E não é só um, às vezes precisa fazer mais de um.
— Puxa vida! Isso deve ser caro!
— Dá pra fazer pelo sistema de saúde pública.
— Ele está com medo de contar para os pais.
— Imagino. Se fosse meu pai, iria me matar — Clara apertou o próprio pescoço, simulando enforcamento.

Chris olhou para um porta-retratos onde havia uma fotografia dele com Lilian.

— Acho que minha mãe ia ficar chateada, mas iria me apoiar.

— A menina deve estar doidinha. A cabeça dela deve estar a mil.

— Você acha?

— Imagina, saber que está esperando um bebê e que não tem estrutura nenhuma para cuidar dele. Pensa você, se preocupando com festas, futebol e faculdade e, de repente, precisa se virar para cuidar e sustentar uma criança!

— Perco até a respiração só de pensar.

— É ainda mais difícil para a mulher que fica grávida, engorda, ganha estrias, depois tem de passar noites em claro, amamentar, trocar fraldas, lavar, passar, cozinhar...

— É *punk*!

— Por que será que não usaram camisinha?

— Não sei, na hora devem ter se esquecido. Acontece.

— Você já fez sem camisinha?

— Não.

— Nunca?

— De jeito nenhum — enfatizou ele.

Clara ficou em silêncio.

— Está duvidando? — perguntou Chris, contrariado.

— Não, só fiz uma pergunta.

— Eu já te disse o que eu penso sobre o sexo.

— Eu sei, mas de qualquer forma a informação e a prevenção precisam estar sempre bem esclarecidas.

— Por isso estou dizendo para você ir ao médico, para se cuidar, perguntar o que tem vontade de saber, zelar pela sua saúde.

— Você está certo...

— Estou muito preocupado com o meu amigo.

— Eles vão se acertar, o Tiago e a namorada. Daqui um ano ou dois vai estar tudo nos eixos de novo.

— Você acha?

Clara observou o pai de longe, que assistia televisão na sala, entretido.

— Sim. Quando minha mãe foi embora, no início era um terror, mas depois nos acostumamos.

Chris olhou para outra fotografia, nessa ele estava com o pai e com o irmãozinho.

— É, quando meu pai morreu também foi assim. Ainda penso nele e, às vezes, fico triste. Mas a gente vai se acostumando com a ausência da pessoa.

— Somos absorvidos pelo cotidiano, pelos pensamentos sobre outras coisas... E as lembranças ficam misturadas e diluídas. No caso do Tiago será mais legal, pois terá vida e não morte. Um bebê fofo, que vai crescer e encher as pessoas de alegria.

O rapaz sentiu-se melhor depois de ouvir as palavras otimistas da namorada.

— Amanhã não vamos à aula — contou Chris.

— Vai matar?

— Sim. Vamos rodar para procurar um emprego pra ele.

— Eu vi uma placa naquela loja de computadores, estavam precisando de vendedor.

— Aquela perto da escola? Vou lá amanhã, vamos ver.

— Se precisar de ajuda, me fala.

— Beleza, a gente se fala!

— Até amanhã.

— Clara...

— Quê?

— Eu te amo.

— Eu também.

Tiago e Chris rodaram o bairro da escola e depois foram para o centro da cidade. Pararam apenas para almoçar. No fim da tarde, estavam exaustos de tanto andar e distribuir currículos.

— Amanhã de tarde a gente sai de novo.
— Chris, você é um amigo de verdade, obrigado.
— Não se preocupe, está fazendo a coisa certa, tudo vai se ajeitando com o tempo.
— Eu espero que sim — Tiago apertou os olhos e suspirou.
— Tenho certeza que alguém vai te ligar.
— Entregamos muitos currículos, eu também acho.

Alguns dias depois, uma loja de peças de carro ligou para Tiago, precisavam de um vendedor. Tiago fez a entrevista e marcou os exames médicos de admissão, logo começaria a trabalhar. Pegaria serviço às 13 horas e ia até quase às 21 horas.
— Acho que agora já posso contar para o meu pai.
— É, não dá para esperar mais.
— Sabe quando se ofereceu para ir comigo? — recordou Tiago.
— Sim.
— Estava falando sério?
— Lógico.
— Eu estou com medo.
— Quer que eu vá?
— Acha que será muita covardia da minha parte?
— Não se perturbe com isso, Tiago, somos só eu, você e seu pai, ninguém vai ficar te ridicularizando.
— Eu vou marcar e te falo.
— Beleza!

Quando Chris chegou ao restaurante combinado, Tiago e o pai já estavam sentados à mesa e a conversa entre eles parecia tensa. Pararam de falar quando Chris se aproximou. Tiago tinha os olhos marejados e o semblante do pai dele parecia carregado.
— Oi Chris — cumprimentou Tiago.

— Olá, Christopher — disse o pai de Tiago apertando a mão de Chris. — Esta notícia que o Tiago está me dando é mesmo chocante. Você é um amigo de verdade, tendo coragem de vir aqui enfrentar isso junto com ele. Minha vontade era de quebrar a cara desse meu filho descabeçado.

Chris ficou em silêncio. Tiago já havia contado tudo.

— Que história é essa de arranjar emprego? Na reta final para o vestibular? Ficaram malucos?

— Não é justo o senhor arcar com as despesas de um filho que fui eu quem fez — justificou Tiago.

— Não é justo você jogar no lixo o investimento que eu fiz em você todos esses anos pagando escola particular. O objetivo é você passar em uma boa faculdade e ter uma profissão que pague melhor do que o salário de um vendedor de peças. Não que não seja uma profissão digna, mas você sempre quis o vestibular, tem falado em engenharia há um bom tempo...

— Me desculpe, pai, eu fiz uma burrada.

— Não há nada que eu possa falar agora, Tiago, as consequências disso você vai colher ao longo do tempo. O que eu posso fazer agora é ajudar você a passar por isso. Mas não espere que eu vá passar a mão em sua cabeça. Vamos contar para a sua mãe e depois para os pais da garota. Não sei que tipo de família é a dela, mas espero que possamos conversar todos juntos e resolver de forma civilizada. Claro que se o pai dela quiser te matar eu e o Chris teremos de entrar em ação...

Tiago olhou para o pai. Ele estava fazendo graça? Sim, estava. Aquilo era um sorriso no rosto dele? Sim, era um sorriso.

— Eu te amo, meu filho, o que mais posso dizer? — disse o pai dele com os olhos cheios de lágrimas.

Tiago o abraçou. Chris ficou feliz por ter dado tudo certo.

Na escola, Tiago contou a Chris que sua mãe havia chorado muito ao saber da notícia, assim como a mãe de Alessandra. Mas, que o pai dele e o pai dela conseguiram conversar e manter os ânimos contidos. Perguntaram para Tiago e Alessandra se eles queriam se casar e a resposta dos dois foi negativa. Mal se conheciam, nem mesmo se amavam, não queriam se casar. Tiago concordou em desistir do emprego da loja e se concentrar no vestibular. Depois que estivesse na faculdade, voltaria a trabalhar. Alessandra, que era um pouco mais velha que Tiago e já estava na faculdade, continuaria morando com os pais e fazendo seu curso enquanto desse, mas certamente teria de entrar com algum tipo de licença quando o bebê nascesse. Depois tentariam colocar a criança em uma escolinha no período da tarde, horário em que ela fazia faculdade. Esses eram os primeiros passos. Não sabiam até onde aquele planejamento todo daria certo. Mas, de tudo isso, Tiago tinha uma certeza: ele teria de passar naquele vestibular de qualquer maneira.

— Preciso me juntar a vocês!
— Quem?
— Você e a Clara. Estudar junto com vocês. Você está se dando bem nas provas. Eu preciso estudar para passar nessa droga de vestibular!
— Sim, pode vir, eu vou marcar lá em casa para ficar melhor. Aparece lá hoje às 14 horas. Leva o seu material.
— Ela não vai se importar?
— Não, ela é gente boa.
— Valeu, cara!

Os três passaram a estudar juntos. Tiago entendeu rapidamente o porquê de Chris ter se apaixonado pela doidinha da sala, ela era uma garota genial. Tinha personalidade forte, era bonita e divertida. Às vezes, tinha umas reações meio exageradas e ficava tensa, mas até isso era legal nela. Não era uma garota artificial e fútil, era autêntica e sincera. E era gata, muito gata. Tiago e Clara ficaram amigos também. Clara admirava a amizade que Chris tinha com ele.

— Ainda não te agradeci por ter aceitado me ajudar, Clara.

— Que é isso, Tiago, estamos ajudando um ao outro, eu também preciso estudar.

— Me desculpe se pisei na bola com você lá na escola.

— Você não fez nada.

— Pois é, mas ser neutro nem sempre é uma coisa boa. Eu deixei aquelas garotas avacalharem com você e até achei graça. Não vou mais fazer isso — prometeu Tiago.

— Deixa isso pra lá. Eu sei me virar — Clara garantiu.

— Se aquelas garotas mexerem com você de novo, eu e o Chris vamos virar o bicho.

Chris ficou sério. Sabia que aquela não era uma conversa que agradava sua namorada.

— Quando começamos a conversar o que foi que combinamos, Tiago? — Clara ficou séria.

— Que eu ia fingir que não te conheço lá na escola.

— E é isso o que você vai fazer. Não se esqueça — Clara pousou a mão sobre a de Tiago.

— Qual é, chega disso, ninguém tem nada a ver com a vida de vocês — Tiago bateu na mesa de leve. — Chega lá amanhã e dá um beijão na boca do Chris. A galera vai pirar!

Clara respirou fundo:

— Eu não quero isso.

— E por que não? — Tiago a encarava.

— Por que eu conheço bem aquele tipo de garota, e se ela souber que eu estou com o Chris, vai querer acabar com a minha raça.

— E aí você dá uma coça nela — Tiago fechou o punho e socou o ar.

— E aí serei presa e expulsa da escola, como aconteceu comigo no ano passado — Clara soltou a caneta na mesa.

Chris olhou para Clara, surpreso. Ele não sabia daquela história. Então, era isso que tinha acontecido com Clara no outro colégio?

— Que história é essa? — perguntou Chris.

— Vamos mudar de assunto!

— Qual é, Clara, conta aí — insistiu Tiago.

— Já tem um tempo que eu não faço isso, que estou me controlando, mas... Normalmente eu me meto em brigas — ela se recostou na cadeira.

— De pancada? —espantou-se Tiago.

— É — Clara desviou os olhos.

— Clara "Tyson", é isso aí! — como sempre, Tiago levava tudo na brincadeira.

— Cala a boca, Tiago, deixa ela falar! — repreendeu Chris.

— Eu não vejo mérito nisso, mas na hora perco a cabeça, me descontrolo e parto pra cima. No ano passado, tinha uma garota que me perseguia. Ela se achava a melhor em tudo, e ela era boa em muita coisa mesmo. Não sei por que me via como rival. Mas teve um dia que ela conseguiu me tirar do sério, começou a falar um tanto de baboseiras e colocou o nome da minha mãe no meio... Eu fiquei cega de raiva e avancei nela. Foi uma briga feia. Quebrei o braço da menina. Ela foi parar no hospital. Os pais dela deram queixa na polícia e eu e meu pai fomos parar na delegacia. A diretora da escola me expulsou. A culpa caiu toda em cima de mim e a bonitinha ficou de vítima. Ninguém quis saber quem começou, ou o motivo da briga. A verdade é que eu era a louca violenta e ela era a garotinha frágil agredida. Foi mesmo bom vê-la com o braço engessado sem coragem nem mesmo de olhar na minha cara, tive paz o resto do ano, mas causei problemas para o meu pai e eu não quero mais fazer isso. Se eu bater na Jéssica, vai ser a mesma coisa. Eu não vou fazer isso. Meu pai se esforça para eu ter uma vida boa, e ele confia em mim. Não vou trair a confiança dele.

Tiago e Chris estavam sérios. Era uma história surpreendente.

— Foi mal, eu não sabia. Esquece o que eu disse — falou Tiago, constrangido.

Chris ficou calado.

À noite, no alpendre da casa de Clara, Chris tocou no assunto.

— Por que não me contou essa história antes?

— Pra quê falar disso?

— Me ajuda a te entender.

— Mudou alguma coisa no que você pensava sobre mim?

— Confirmou uma desconfiança que eu tinha.

— Qual?

— Que você não era frágil o bastante para deixar a Jéssica pisar em você. Que com certeza você estava evitando confrontá-la. Eu só não sabia o porquê. Agora entendo o seu medo em assumir que nos conhecemos e o motivo por me fazer ignorá-la lá na escola. Não é medo dela, mas medo do que você é capaz de fazer e as consequências disso.

Clara ficou em silêncio.

— Eu nunca vi uma briga de garotas. Não deve ser algo nada bonito — brincou ele.

— Qual é, vai ficar me zoando?

— Só queria entender de onde vem tanta raiva. Alguém como você, que pensa, diz e escreve coisas tão bonitas, capaz de sentir tanto amor por mim, pelo seu pai, pelos amigos. Como pode ao mesmo tempo sentir tanta raiva?

— Eu não tenho esta resposta.

— Talvez devesse trabalhar isso.

— Se alguém falasse mal da sua mãe ou do seu pai, você conseguiria deixar pra lá?

— Talvez.

— Se dissessem que sua mãe é uma vagabunda e que seu pai não prestava, você deixaria pra lá?

Chris sentiu raiva daquelas palavras.

— Não.

Chris entendeu o que Clara sentia. Era difícil ouvir alguém difamar uma pessoa que amamos, ainda mais no caso de Clara, já que a verdade sobre a mãe dela era tão delicada.

— Me desculpe, agora eu entendi. Não é fácil segurar a raiva — admitiu Chris, abraçando-a.

— Não se preocupe, não sinto tanta raiva da Jéssica assim, é até engraçado o jeito como ela disputa comigo. Não me importa que ela vença, desde que eu e meu pai possamos sair ilesos.

— Você está certa.

Chris estreitou Clara em seus braços, pousando o queixo em sua cabeça. Aspirou o aroma dos cabelos dela. Ele queria proteger Clara de qualquer coisa que pudesse magoá-la e aquela situação o deixava impotente. Começou a desejar que o ano terminasse logo e ficassem livres dos inimigos.

Capítulo 24

Chris estava empolgado naquela tarde. Deitado no colo da namorada, ele alertou:

— Meu aniversário é amanhã.

— Eu sei, Christopher, acha que eu vou esquecer? — Clara passou a mão nos cabelos dele, sorrindo.

— Minha mãe está organizando uma festinha para a minha família, em uma pizzaria.

— Mesmo? Que legal!

— Quero que você vá.

— Eu?

— Claro, como convidada de honra — afirmou ele.

— Ah, que vergonha, Christopher, toda a sua família estará lá — ela cobriu o rosto com as mãos.

— E daí?

— Vou ficar sem jeito.

— Nada a ver. Você vai comigo, prometo não te deixar sozinha. Minha mãe também falou para eu te convidar — ele se levantou para a olhar nos olhos.

— Falou?

— Falou. Como posso comemorar meu aniversário sem a minha gata? — Chris deu um beijo estalado em seu rosto.

Clara sorriu, envaidecida. Chris era sempre tão gentil, ela não poderia recusar aquele convite. Ele ficaria muito chateado se ela não fosse. E também, depois de tudo o que ele fez para ela em seu aniversário, ir à festa dele era o mínimo que ela podia fazer.

— Me passa o endereço da pizzaria – pediu Clara.

— Eu te pego na sua casa – ofereceu Chris.

— Não, eu te encontro lá – recusou ela.

Clara não sabia que roupa usar. Jeans ou vestido? Cabelos presos ou soltos? Ligou para a sua melhor amiga.

— Alô?!

— Ariana, preciso de você, é uma emergência!

— O que foi, o que aconteceu?

— Hoje é aniversário do Christopher e vai ter uma festa.

— Nossa, que susto, achei que tinha acontecido alguma coisa ruim — Ariana ficou aliviada.

— Você não está entendendo, a família dele toda vai estar lá. Eu não sei que roupa usar.

— Estou indo.

Ariana desligou o telefone e instantes depois bateu à porta de Clara, que estava enrolada na toalha, desnorteada.

— Calma, mulher! Relaxa. Onde vai ser a festa?

— Em uma pizzaria.

— Então, pode ser um jeans.

Ariana vasculhou o armário da amiga.

— Toma, coloca essa blusa com essa jaqueta. Aí você coloca aquele colar de capim dourado e tudo certo.

Clara se vestiu e olhou-se no espelho.

— Ficou ótima. Agora vamos dar um jeito nesse cabelo — disse a amiga.

Ariana, de posse do secador e outros utensílios, deixou o cabelo de Clara mais liso em cima e ondulado nas pontas. Depois passou nela uma maquiagem leve, com sombra lilás claro nos olhos e gloss marrom nos lábios.

— Gloss, Ariana? — Clara fez uma careta.

— Claro, é festa de família, não pode carregar na maquiagem. Está linda, chega de olhar no espelho!

Clara confiava na amiga. Ela tinha tino para estas coisas de moda e beleza.

— E o presente? — perguntou Ariana.

— Meu pai vai trazer.

— Seu pai? — a garota arregalou os olhos.

— É, pedi que ele comprasse uma camisa pólo.

— Você é doida, pediu seu pai pra comprar o presente do seu namorado?

— Eu não sei escolher estas coisas, meu pai tem um ótimo gosto, vive trazendo roupas para mim. Falei que era para um amigo.

— Eu já vou, depois você me conta como foi.

— Obrigada por me ajudar, não sei o que faria sem você — Clara a abraçou, levando-a até a porta.

— Seria uma baranga sem noção — replicou Ariana.

As duas riram.

Augusto chegou do serviço com uma sacola na mão.

— Clara!

— Oi, pai, boa noite — disse Clara beijando o pai no rosto.

— Trouxe o que me pediu. Aí está! — Augusto entregou a ela uma sacola.

— Obrigada. É linda, gostei — disse ela olhando a camisa.

— O papel de presente está aí dentro.

— Ótimo, pai, obrigada.

— Você está namorando este garoto? — Augusto encarou a filha.

Clara arregalou os olhos, surpreendida.

— Que garoto?

— Não se faça de boba, esse para quem você vai dar a camisa.

— Ele ainda não me pediu para namorar, mas estamos saindo.

— Não vai me contar sobre isso? Quem é ele? — indagou Augusto, sentando na poltrona.

— Ele é da minha escola... Da mesma sala — disse ela, também sentando no sofá, de frente para o pai.

— É um bom garoto?

— Sim, ele é.

— E gosta de você?

— Acho que sim.

— Gosta ou não gosta? — Augusto levantou as palmas da mão para cima esperando uma resposta mais completa.

— Gosta, pai, gosta muito.

— Você gosta dele?

— Sim, eu gosto — Clara inclinou a cabeça e esboçou um sorriso.

— Está certo. Há quanto tempo estão juntos?

— Há alguns meses.

— É muito tempo para alguém da sua idade. Ele trabalha?

— Ainda não, fará vestibular no fim do ano, assim como eu.

— Mas isso não impede ninguém de trabalhar.

Parecia um interrogatório como nos seriados policiais que Augusto assistia.

— O senhor quer que eu trabalhe?

— Não, você não, quero que estude e entre na faculdade.

— É a mesma coisa, pai.

— É... Tem razão — ele passou a mão no rosto. Sentia ciúmes da filha.

— Por que está preocupado com isso agora? Nunca se incomodou com os meus amigos.

— Porque você está grande agora, já tem dezoito anos, não quero que faça escolhas das quais poderá se arrepender.

— Fala de namoro?

— Falo de namoro, de sexo, de filhos, de doenças, de casamento, de perder o seu tempo com quem não merece.

— O Christopher é um garoto legal, pai, vai gostar dele.

— Eu espero que sim. Venha, vou te levar à festa — disse ele se levantando e pegando as chaves do carro.

— Vai me levar? — ela deu um pulo.

— Eu posso? — Augusto levantou as sobrancelhas.

— Pode. Mas não precisa.

— E vai de quê? De ônibus? Não! Você está muito bonita para andar de ônibus. Vamos!

Clara embrulhou o presente e entrou no carro com o pai. Ela deu o endereço.

— Ele me explicou, mas eu não entendi direito.

— Eu sei onde é — afirmou Augusto.

Chegaram à pizzaria.

— Obrigada, pai.

— Eu vou te buscar, me diga o horário. Amanhã tem aula, não se esqueça.

Era uma situação inusitada. O pai dela não costumava fazer aquele tipo de coisa. Ele estava com ciúmes dela, ou preocupado de ela desviar o caminho da pizzaria para outro lugar.

— Pode ser às dez — falou Clara.

— Tudo bem.

— Tchau, pai.

— Quero que chame o Christopher aqui — disse ele com autoridade.

— Chamar? Pra quê? Pai, por favor, não precisa disso — a menina ficou tensa.

— Calma, minha filha, só quero conhecê-lo e dar os parabéns. Vá chamá-lo! Eu não vou entrar, não seria elegante.

Clara ficou apreensiva. Entrou na pizzaria muito preocupada com o que seu pai queria falar a Chris. Ela não fazia a mínima ideia, nunca havia passado por isso. Christopher a avistou e veio ao seu encontro, abraçando-a.

— Oi, gata, você está linda! Venha, vou te apresentar a minha família.

— Chris...

— O que foi? — ele percebeu que ela estava aflita. — O que aconteceu?

— Meu pai está lá fora e mandou eu te chamar.

— Seu pai?

Uma sensação terrível de medo tomou conta de Chris. Ele sentiu as pernas bambas e o coração saltitar com mais força.

— O que ele quer? Ele descobriu alguma coisa? Que eu fui até sua casa enquanto ele não estava?

— Não, Christopher, ele não falou nada sobre isso, disse que quer te conhecer e te dar parabéns. Deixa, eu falo pra ele que...

— Não! Eu vou lá! Não sou covarde! Enfrento qualquer coisa por você.

— Foi mal, Chris, não queria te colocar nessa situação.

— Mais cedo ou mais tarde eu ia ter de conhecê-lo mesmo.

— Ele é tranquilo, não precisa ter medo.

Chris saiu da pizzaria e se aproximou do carro. Augusto abriu a porta e se levantou, aproximando-se.

— Boa noite, senhor Augusto.

Era um rapaz muito bonito e causou em Augusto uma boa impressão.

— Você é o Christopher?

— Sim, senhor. Vamos entrar, é o meu aniversário, o senhor também está convidado.

— Não, obrigado, feliz aniversário, meu jovem — Augusto apertou a mão do garoto. — Só vim trazer a Clara. Vocês estudam juntos?

— Sim, senhor, na mesma sala. Clara é uma aluna muito inteligente e aplicada.

— E você, também é? — o homem levantou a cabeça laçando um olhar arguidor.

— Não chego nem aos pés dela, mas temos estudado juntos. A aprovação no Terceiro Ano já está certa, o foco agora é o vestibular.

— Isso é bom, muito bom. Sua família está aí?

— Na festa? Sim, senhor, minha mãe, meu irmãozinho e alguns parentes.

— Onde está o seu pai?

Clara baixou a cabeça, lamentando o pai ter tocado naquele assunto.

— Meu pai já morreu, senhor, faz algum tempo.

— Entendo, sinto muito. Bom, eu só queria conhecê-lo e dar os parabéns.

— Sim, senhor, obrigado. Espero que possamos nos conhecer melhor e que eu possa conquistar sua confiança.

Aquelas palavras foram importantes, era um jovem inteligente e astuto aquele Christopher.

— Por que quer conquistar a minha confiança?

— Por que eu amo a sua filha e quero pedir sua permissão para namorá-la.

— Quando decidirem sobre isso, você pode me procurar, podemos conversar e assistir a uma partida de futebol. Você gosta de futebol?

— Sim, senhor.

— Ótimo, ótimo... Bom, divirtam-se. Até logo, minha filha — Augusto acenou.

— Tchau, pai.

Augusto entrou no carro, acenou mais uma vez e se foi. Chris se virou para Clara e suspirou aliviado.

— Ufa! Estou suando frio!

— Você se saiu bem — riu Clara.

— Acha mesmo?

— Sim, relaxa, vamos entrar — ela fez uma breve massagem nos ombros dele. —Agora é a minha vez de passar perrengue e conhecer seus parentes, um por um.

— Essa também será uma prova de fogo! — Chris deu um sorriso, passando o braço pelos ombros de Clara e entrando na pizzaria abraçado a ela.

Capítulo 25

Era um fim de tarde nublado. Chris já havia tentado falar com Clara várias vezes, mas ela não atendia o telefone. Ela estava chateada com alguma coisa, ele vira isso em seu semblante magoado durante a aula. Será que ele tinha pisado na bola de novo? Tentou se lembrar de alguma coisa que havia feito de errado, mas não conseguia pensar em nada. Contudo, ela sorrira para ele na hora de ir embora, despedindo-se, isso era um indício de que o problema não era com ele. Geralmente, quando brigavam ou outra coisa acontecia que a deixava aborrecida com ele, ela virava o rosto e evitava olhar em seus olhos. Eram cerca de cinco horas quando finalmente Clara atendeu ao telefone:

— Alô.
— Oi, sou eu.
— Oi, Christopher. Eu ia te ligar.
— Ia?
— Sim, eu fui ao médico essa tarde, não estava aqui, depois tive de passar no laboratório e na farmácia para comprar uns remédios. Acabei passando no centro para comprar algumas coisas que eu estava precisando.
— Você foi ao médico? Está tudo bem?

— Sim, é só uma sinusite. Vou tomar antibiótico e logo fico boa.

— Você não me contou nada.

— Eu não queria te preocupar. Sabia que era coisa simples.

— Mas você tem de seguir o tratamento direitinho, senão o problema pode ficar mais grave.

— Eu sei, vou fazer tudo certo.

— Por isso estava triste hoje de manhã? Sua voz ainda parece melancólica.

— Não, é outra coisa, mas também é bobagem.

— Posso ir aí para conversarmos, se você quiser.

— Não, meu pai vai chegar logo.

— Vamos a outro lugar então! — insistiu o garoto.

— Estou desanimada — ela suspirou.

— Vamos, Clara, se não quiser falar sobre isso tudo bem, só quero te ajudar, não satisfazer minha curiosidade. Podemos sair só para nos ver, matar a saudade.

— Tudo bem.

Encontraram-se num bar que costumavam ir sempre, localizado num tradicional bairro da cidade chamado *Savassi*. O bar tinha uma decoração rústica e a música era boa. Finalmente maior de idade, Clara aproveitou para pedir uma bebida forte, o que espantou Chris. Ele nunca a tinha visto beber aquele tipo de coisa. Ele pediu um suco.

— Vai mesmo beber isso? — perguntou ele.

— Estou a fim de esquecer algumas coisas — confessou Clara.

— Isso com certeza não vai te ajudar.

— Relaxa.

— Olha, porque não vamos para outro lugar? Vamos comer alguma coisa, ao invés de ficar aqui bebendo. Que tal uma pizza?

— Tem certeza?

— Você vai querer beber mais, eu também, a noite pode ser boa se ficarmos sóbrios e num lugar mais família.

Clara se recostou na cadeira e olhou o rosto daquele lindo garoto.

— Família... Acho que nunca vou saber o que é isso.

— Não diga bobagens. Você tem o seu pai e a sua avó.

— É... Tenho minha avó... — suspirou ela.

— E agora tem a mim.

Ela sorriu, com os olhos marejados:

— Você me surpreende sabia?

— Por quê? — questionou ele.

— Não sei explicar, mas me sinto bem quando estou com você, me sinto... importante.

Chris sorriu e se levantou.

— Você é importante. É a minha gata e o meu amor. Não vou deixar você encher a cara por causa disso que está te deixando triste. Vem, vamos nos divertir e conversar.

Chris a segurou pela mão e saíram abraçados, deixando para trás as bebidas alcoólicas. Foram para uma pizzaria próxima dali. Enquanto aguardavam o pedido, bebericavam refrigerantes e conversavam.

— Quer se abrir comigo? — perguntou Chris.

— Quer mesmo me ouvir?

— Com certeza.

Ela se ajeitou na cadeira, tomando fôlego.

— Meu pai me contou uma coisa muito chata ontem.

Chris prestava atenção.

— Ele me contou que, há alguns anos, mais ou menos sete anos, minha mãe apareceu lá em casa para me ver.

— Sério? — Chris ficou admirado.

— Você acredita?

— Confesso que fiquei surpreso.

— Ele me contou que ela bateu à porta numa tarde de domingo, mas eu não estava em casa, só o meu pai. Eu estava na casa de uma colega da escola. Ela disse que estava com saudades de mim, que sabia que muitos anos tinham se passado, mas que pensava em mim todos os dias e que queria muito me ver. Ele disse que ela praticamente implorou.

— Caramba!

— Mas sabe o que ele fez? — continuou ela, segurando o choro.

— O quê?

— Ele a escorraçou.

— Não pode ser!

— Mas foi isso mesmo que ele fez. Disse que ela havia nos feito sofrer muito e que eu havia demorado para superar a partida dela. Que naquele momento eu estava bem e não pensava mais nela e que ela seria uma egoísta se tentasse me ver novamente, pois eu ficaria infeliz e vê-la não me faria bem algum.

— Meu Deus!

— Foram argumentos bem convincentes para fazê-la ir embora definitivamente e não voltar nunca mais. Ele nem ao menos perguntou para ela onde eu poderia a encontrar ou se havia um número de telefone que eu pudesse ligar. Ele simplesmente a mandou embora.

— Por que ele te contou isso só agora?

— Sei lá! Devia estar com a consciência pesada. Começamos a conversar sobre ela e então ele me contou. Depois disso discutimos feio e não estamos nos falando.

— Amor, eu não sei o que dizer — Chris apertou os lábios chateado.

— Não foi justo o que ele fez. Se ele a odeia e não quer vê-la nem pintada de ouro, isso não significa que eu não queira também. Ele foi egoísta e pensou somente em si mesmo — algumas lágrimas rolavam pelo seu rosto. — Eu queria vê-la, saber como ela está, conversar com ela, perdoá-la, ter algum tipo de contato. Ela é minha mãe!

— Eu também pensaria como você.

— Eu não a odeio. Sei que ela pisou na bola quando nos abandonou. Mas eu queria saber como ela é de verdade, o jeito dela, os pensamentos, os sonhos que tinha. Queria fazer perguntas para entender o que a fez ir embora, o que a fez deixar o meu pai e... o que a fez me deixar também. Por que ela não me levou junto? Mães não abrem mão de seus filhos tão facilmente.

— Tanto que ela voltou para te ver.

— Pois é. Eu pensava que ela havia ido embora e não se lembrava mais de mim, não pensava em mim e nem se preocupava. Nunca houve nenhum telefonema, ou carta ou visita... Mas ela foi, foi uma vez. E meu pai a mandou embora. Como ele teve coragem? E se ela quisesse voltar para ele? E se quisesse mais uma chance? Ele a teria recebido, Chris, eu tenho certeza. Tudo o que ele mais queria era tê-la de volta. Mas como foi por mim e não por ele que ela voltou, então ele a puniu. Ele a privou de me ver, a mandou embora e a impediu de ver a filha que tinha abandonado. Isso foi como um castigo. Na cabeça dele, minha mãe tem de carregar esse remorso para sempre. Ele foi cruel, Chris, com ela e comigo. Eu não merecia isso. Posso não ser uma filha ideal, mas não sou tão má assim. Meu pai sabia que eu queria vê-la, que eu ficaria feliz, que tudo o que eu mais queria era que ela voltasse para me ver. Mas não deixou isso acontecer.

Clara falava pausadamente, com a voz firme, seu choro era silencioso e magoado. Um choro que doía no coração de Chris. Aquele tipo de choro era mais doloroso do que uma choradeira escandalosa. Chris via nos olhos de sua garota uma mescla de tristeza, decepção, injustiça, cólera, saudade e amargura. Clara teve de lidar com o sumiço da mãe a vida toda, sem saber seu paradeiro e sem ter respostas para as suas perguntas. E agora descobria que tivera uma chance de amenizar aquela perda, mas que o próprio pai, em quem Clara confiava, com quem ela dividia aquele fardo, de quem ela cuidava e a quem talvez ela mais respeitasse e temesse, sim, esta mesma pessoa, havia se comportado mal. Aquilo soava como uma traição. Clara fora traída pelos dois, pai e mãe, era assim que ela se sentia.

— Você quer que eu te ajude a procurá-la? — Chris pousou a sua mão sobre a dela.

— Minha mãe?

— É. Podemos procurá-la.

Clara enxugou os olhos, surpresa.

— Nunca pensei nisso antes.

— Por que você achou que sua mãe não queria ser encontrada. Mas agora sabe que ela não está se escondendo de vocês.

— É... Faz sentido. Mas como podemos fazer isso?

— Não deve ser algo impossível.

— Eu tenho alguns dados dela e um documento antigo com uma foto.

— Pode demorar muito tempo, mas a gente vai tentando. Quem sabe um dia dá certo?!

Clara sorriu. Não colocaria seu coração naquela difícil tarefa de investigação, mas seria interessante bancar a detetive.

— Por favor, não fica triste assim — pediu ele, abraçando-a.

— Eu vou ficar bem. Eu sempre fico bem — respondeu ela.

Caminharam até a casa dela. A noite estava bonita e Chris queria ficar mais um tempo ao lado de Clara. Ficaram abraçados no alpendre, sentindo o calor e o perfume do corpo um do outro. Beijaram-se com paixão e a intensidade aumentou gradativamente.

— Você quer entrar? — convidou ela.

— Tem certeza? Seu pai não vai achar ruim?

— Ele saiu de última hora para uma reunião de emergência lá no trabalho. Entra só um pouquinho.

— Tudo bem — concordou Chris.

Estavam com sede por causa da caminhada. Foram até a cozinha para tomar água, mas logo retomaram os beijos e abraços. Chris a recostou na parede e deslizou suas mãos pelo pescoço, costas e cintura de Clara. Ela tocou o peito de Chris e também o seu abdome, beijou-o nos lábios, no rosto e no pescoço, respirando seu perfume. O coração de ambos estava acelerado, assim como sua respiração. Sabiam aonde aquilo ia dar.

— Chris...

— Eu sei, eu sei... — disse ele se afastando, respirando fundo.

— Me desculpe. Eu não queria te provocar — disse ela, constrangida por tê-lo convidado a entrar e, talvez, dado a entender alguma segunda intenção.

— Clara, que é isso?! — disse ele sorrindo. — Vem cá! — Chris a abraçou. — Não há joguinhos entre nós dois, eu confio em você e sei que é sincera. Você não precisa se justificar. Você não quer e pronto. Isso basta. Um dia será a hora certa.

— Ou não — riu ela.

— Nem que eu tenha de me casar com você! — ele correspondeu à brincadeira.

Com um sorriso apaixonado, a garota passou os braços pela cintura de Chris.

— Nos casaremos antes ou depois da faculdade?

— Durante — ele a envolveu com seus braços também. — Terei um bom estágio, poderei bancar nossa casa e ainda por cima ajudar minha mãe.

— Não viaja, Christopher! — Clara percebeu que ele estava levando o assunto a sério.

— Por que, viagem? Você não quer se casar comigo? — perguntou ele, abraçando-a sedutoramente.

— Está me pedindo?

— Não oficialmente, mas estou.

Ela sorriu.

— Você se casaria comigo? — perguntou ele.

— Se eu gostasse de você o tanto que eu gosto agora... Sim.

Chris sorriu e a beijou com carinho.

— Eu também — disse ele.

— Ainda quer aquele copo de água?

— Quero. Essa conversa me deixou com mais sede.

Clara o serviu. Sentaram-se à mesa para beber a água enquanto conversavam sobre a faculdade.

— Você conseguiu amadurecer aquela ideia sobre a música? — a garota indagou.

— Eu pensei bem, não vai rolar. Farei engenharia mesmo, ou arquitetura, estou em dúvida. Vou deixar a música como hobby. E você? Vai fazer Letras mesmo?

— Estou indecisa. Acho que não.

— Mas você é tão boa nessa área!

— Não sou tão boa assim. Gosto de ler e escrever, mas não seria uma boa professora.

— Mas há outras áreas na Letras.

— É, mas geralmente as pessoas acabam em sala de aula e esse não é o meu perfil. — ela balançou a cabeça, decidida.

— Está brincando?! Você é uma professora nata.

— Até parece!

— É sério! Você explica bem, gosta de estudar, tem paciência em ensinar e tirar dúvidas, gosta de debater. Até o seu mau humor se encaixa num perfil de professor.

— Nem todos os professores são mal humorados — ela soltou uma gargalhada.

— A maioria. Pelo menos os nossos são.

— Alguns são sérios e pegam pesado. Mas é porque querem que os alunos possam ir bem no vestibular.

— Pois eu acho que você deve fazer algo que possa se sentir feliz.

Ela pousou a cabeça numa das mãos, apoiando o cotovelo na mesa.

— Puxa, é tão difícil!

— É, tem razão. Escolher uma profissão dentre tantas! — concordou o rapaz.

— Eu pensei em Direito.

— Você gosta de ler, escreve e argumenta bem... São características interessantes para quem quer fazer Direito.

— Poderia trabalhar na sua empresa de engenharia — sonhou Clara.

— Seria perfeito. Além de ser minha esposa, ainda trabalharíamos juntos! — sorriu ele, fazendo-lhe carinho no rosto.

Nesse instante, ouviram o barulho da porta e, antes que pudessem se levantar da cadeira, Augusto entrou na cozinha.

— Pai?! — Clara sentiu o coração palpitar.

Visivelmente surpreso com a presença de Chris, Augusto tentou ser educado.

— Boa noite, minha filha. Boa noite, Christopher.

Chris, constrangido, levantou-se e estendeu a mão para ele.

— Boa noite, senhor Augusto.

O pai de Clara apertou-lhe a mão.

— Eu já estava de saída — disse Chris, com a garganta seca e o coração disparado.

— Não precisa ir embora só porque eu cheguei, sente-se, continuem conversando.

— O senhor disse que chegaria mais tarde — disse Clara.

— Alguns funcionários estavam ausentes e tivemos de adiar a reunião para amanhã. Veio a calhar, pois terei tempo de tomar um banho e assistir ao jogo.

— Jogo? — perguntou Chris, interessado.

— Sim, do Brasil.

— É hoje?

— Sim, daqui a pouco.

— Puxa, eu me esqueci! — o menino levou a mão na cabeça recordando-se da data.

— Que é isso? Um jogão!

— Eu sei, eu sei... Me atrapalhei com as datas, achei que era amanhã. Eu vou para casa assistir.

— Por que não fica e assiste conosco? — convidou Augusto.

Chris olhou para Clara, sem saber o que responder.

— Clara não está nem aí para futebol, vai assistir só se você ficar. Mas ela é pé quente. Toda vez que vê jogo comigo, o nosso time ganha.

Chris sorriu, Clara também, apesar de ainda estar muito ressentida com o pai.

— E aí, o que me diz? — inquiriu Augusto.

Chris não sabia a resposta, teve vontade de ficar, mas não queria desagradar sua garota.

— Eu... Não sei — disse ele olhando para ela, esperando sua aprovação.

— Quer ficar? — perguntou ela.

— Eu não quero incomodar.

— Não vai não, se meu pai está convidando é porque está tudo bem. Fique! — sorriu ela.

— Tem certeza?

— Sim — ela confirmou.

— Então tá.

— Ótimo, vou tomar meu banho e já desço — avisou Augusto.

— Vou preparar sua janta, pai — falou Clara.

— Comamos todos juntos! Podemos pedir uma pizza, o que acham? — sugeriu Augusto.

— Nós acabamos de lanchar, pai, mas podemos tomar refrigerantes.

— Certo.

Passaram aquele resto de noite os três juntos na sala de televisão, torcendo e comentando assuntos triviais. Augusto realmente era um homem de poucas palavras, mas se esforçou para ser agradável com o namorado da filha.

O jogo terminou com o Brasil saindo vitorioso. O placar fora de 2x0. Logo em seguida, Chris despediu-se apertando a mão de Augusto e agradeceu o convite. Clara o levou até a porta e despediram-se sem se tocar.

— A gente se vê amanhã — disse ela.

— Tá. Boa noite.

— Tchau.

Ao fechar a porta, Clara foi para a cozinha lavar a louça. Seu pai tomava mais um gole de refrigerante.

— Eu gostei dele, é um bom rapaz — comentou.

Clara esfregava um prato com uma bucha amarela. A água da torneira escorria em um filete.

— Obrigada por ser legal. Ele é importante para mim — disse ela.

— Eu sei. Sei que gosta muito desse garoto. Espero que sejam felizes.

Um silêncio se seguiu antes que Augusto criasse coragem de perguntar o que queria.

— Vocês estão se cuidando?

— Pai! Por favor! — a garota arregalou os olhos ao imaginar o que o pai estava querendo dizer.

Clara terminou de enxaguar os pratos e fechou a torneira, pegando um pano para enxugá-los.

— Esse é o meu papel — Augusto colocou o copo sob a mesa.

— Não, não é — ela balançou a cabeça.

— Sua mãe não está aqui para conversar sobre isso com você.

— Mas eu já aprendi o que preciso na escola e a vovó também já conversou comigo sobre isso.

— Só não faça nenhuma besteira — falou o homem, com a voz severa.

— Eu não farei, confie em mim.

— Eu confio.

Augusto sabia que era ele quem tinha decepcionado Clara, e não o contrário. Por mais que ela desse trabalho, ele sabia que podia confiar na filha.

— Quando vai me perdoar pelo que eu fiz? — perguntou ele, olhando para baixo.

— Não se preocupe, já passou — ela guardou os pratos no armário.

— Eu sei que ainda está chateada.

— Mas vai passar.

— Eu fui egoísta, me perdoe.

— Tudo bem pai, eu sei que o senhor quer o meu bem — a menina o encarou.

— Eu quero mesmo. É tudo o que eu mais quero.

— Só me prometa que, se um dia ela voltar, vai me deixar vê-la.

— Com certeza, Clara, foi estupidez minha, eu não agiria daquela forma novamente.

Clara sorriu, enxugando as mãos no pano de prato.

— Vou me deitar, boa noite.

— Boa noite, minha filha.

Augusto ficou só, sentado à mesa da cozinha, mergulhado em seus pensamentos. Clara estava crescendo e se tornando uma mulher. Uma mulher bonita e inteligente. Desejava que ela fosse feliz e que seu coração jamais fosse partido como o dele fora um dia. Havia no mundo muitos sofrimentos terríveis, mas o "sofrer" por amor era um dos mais difíceis de lidar. Augusto amava a filha e sabia que havia cometido muitos erros com ela. Impedi-la de ver a mãe foi algo ruim e ele se arrependeu por ter feito isso. Mas estava arrependido também por não conseguir ser mais carinhoso e amigo. Clara já era grande o suficiente para fazer as malas e ir embora, e ele não queria ser abandonado mais uma vez. Ele precisava controlar o nervosismo quando ela o desobedecesse. Augusto havia apanhado muito do pai na infância, e achava que aquela era a forma correta de ensinar Clara a ser gente. Mas, no fundo, sabia que essa não era a melhor maneira de criar uma filha. Prometeu a si mesmo que jamais encostaria a mão nela de novo. Estava decidido a mudar e a abrir seu coração. Se esforçaria para ser uma pessoa mais agradável e compreensiva para o bem de Clara, e para o bem dele próprio. Estava cansado de sentir raiva. Precisava perdoar Juliana, onde quer que ela estivesse, e seguir a vida de uma vez por todas.

Capítulo 26

Passeando juntos pelo Parque Ecológico, Clara e Chris seguiam uma trilha de bromélias que dava para uma área de piquenique. Estenderam uma pequena toalha amarela e sentaram-se. Tiraram das mochilas alguns pães e frutas e uma jarra térmica com suco. Chris trazia consigo o violão.

— Aqui está bom? — perguntou Chris.
— Sim, esta sombra foi feita para nós dois — respondeu Clara. — Sabe, eu nunca tinha feito um piquenique antes.
— Não?
— Não — ela confirmou com um gesto de cabeça.
— Eu costumava fazer com os meus primos, quando éramos crianças, no terreno do vovô. Minha avó fazia as guloseimas. Nunca mais comi um bolo tão gostoso quanto o bolo de cenoura que ela fazia.
— Eu sei fazer bolo de cenoura.
— Com calda de chocolate?
— Isso mesmo.
— É uma das minhas comidas prediletas.
— É bom saber, farei para você. Mas não quero competir com o da sua avó.

Ele sorriu e a abraçou, beijando-lhe a testa. Acomodaram-se na grama, ao redor dos alimentos, Chris tirava fotos.

— Toca pra mim — pediu Clara.

Ele tirou o violão da capa, afinou um pouco, pensou alguns instantes e tocou algumas músicas de bandas conhecidas por eles, as quais Clara gostava de ouvir em seu inseparável sonzinho portátil.

— Sua voz é bonita, Clara.

— Você acha?

— Estou falando sério. Você é afinada. Já cantou em algum lugar?

— Além do chuveiro? Não!

Ele achou graça.

— Você também toca e canta bem, amo ouvir você tocar.

— Poderíamos ensaiar um dueto.

— Olha bem pra mim — ela apontou para si mesma. — Acha que eu cantaria em público?

Ele pensou e sorriu.

— Está bem, eu desisto. Seria bastante improvável — Chris passou a língua no lábio inferior.

Clara ponderou um pouco antes de entrar em outro assunto.

— Sabe aquela célula que você disse que costumava ir com sua mãe?

— Sei — disse Chris.

— Você tem ido?

— Fui há umas três semanas.

— Eu queria ir. Acha que tem problema? — indagou Clara.

— Claro que não, você será muito bem vinda.

— O grupo não é fechado, só para amigos? — ela serviu um pouco de suco para ele.

— Nada a ver — Chris deu uma golada no seu suco. — Além disso, você é minha amiga. Podemos levar convidados. Na verdade a intenção é sempre levar mais pessoas, para que possam ouvir mais sobre Jesus.

— Eu fiquei pensando nisso ontem. Fiquei curiosa para conhecer.

— Você vai gostar, o pessoal é legal.

— Se lembra da nossa conversa sobre a verdade e sobre Deus?

— Na aula de Filosofia? Claro que eu me lembro.

— Ontem eu estava viajando nessas coisas — Clara deu uma mordida no pão de queijo. — Eu ficaria muito chateada se não descobrisse a verdade, se ficasse de fora. Não sou burra. Tenho a capacidade de entender qualquer que for a verdade, pelo menos nas doses que os seres humanos aguentam. Não quero perder meu tempo nessa vida com futilidades e não ter o mais importante.

— Você nunca foi fútil.

— Mas acho que estou gastando tempo com muitas coisas sem valor. Que não me aproximam de Deus.

— Eu sei como se sente — Chris olhou para o céu, como se procurasse por algo. — Tem dia que eu paro e penso que vivo o cotidiano sem me dar conta de que a vida é muito mais do que imaginamos.

— Então... Essa sensação é muito intrigante. É como se fosse aquele filme Matrix[10], como se vivêssemos uma ilusão, tudo isso aqui, casa, escola, comer, trabalhar, diversão, relacionamentos... — Clara abriu os braços apontando para todas as direções. —Mas, na verdade, se pudéssemos enxergar ao nosso redor e ver o sobrenatural, descobriríamos que é tudo muito maior e mais complexo.

---

[10] WASHOUSKI, Lana; WASHOUSKI, Andy. *Matrix*. Filme. EUA: 1999. 136 min.

— Ou mais simples — os olhos dele se encontraram com os de Clara.

— Como assim?

— Tipo assim, a morte. Quando meu pai morreu, o mundo parecia ter desabado sobre nossas cabeças, tudo ficou ruim e amargo. Parecia que uma nuvem cinza pairava sobre minha casa e minha família. O luto para nós ocidentais é uma coisa muito apavorante e desesperadora. E muito complexo. Mas... Tem dia que eu penso que se soubéssemos toda a verdade, de onde vimos, para onde vamos e o que estamos fazendo aqui, entenderíamos que a morte é apenas uma parte da nossa história, uma parte pequena, uma passagem ou algum tipo de transformação. Porque veja só, se existe a Vida Eterna, a morte não é nada. É uma coisa simples, assim como crescer, comer, aprender coisas novas, assim como um bebê começa a andar os primeiros passos. É algo simples, que acontece assim, de repente.

— Vocês já conversaram sobre morte na célula? Já fez perguntas para aquelas pessoas?

— Já, muitas vezes. Não só eu, todo mundo faz perguntas e todos nós podemos falar. Às vezes a pergunta de um é uma dúvida que outros também têm.

— O que eles te falaram sobre a morte?

— Falaram sobre a morte de Jesus. Que foi morte de cruz, como bem sabemos. Mas que ele não ficou morto, mas ressuscitou. E não ressuscitou só o espírito, ressuscitou todo, corpo, alma e espírito. Que os discípulos tocaram nele e comeram com ele. E que todos, desde o primeiro até o último ser humano, também vão ressuscitar um dia. E, acreditando ou não, ficaremos diante de Jesus e de seu trono e nos ajoelharemos diante Dele e confessaremos que Ele é o Senhor.

— Nunca ouvi falar disso — ela negou com um gesto de cabeça.

— Nunca? — Christopher ficou estarrecido.

— Não.

— Nunca assistiu àqueles filmes sobre a vida de Jesus?

— Já, mas não tinha entendido direito essa coisa de ressurreição. Achei que era tipo um fantasma que voltava do além.

Chris achou divertido o que ela disse.

— Não ria — pediu ela.

— Desculpa — ele levou a mão à boca tentando segurar o riso.

— Você acredita nisso?

— Na ressurreição? — Chris ficou sério.

— É.

— Não de todo o coração, mas eu quero acreditar, porque viver para sempre é o meu sonho. Só de pensar que depois da morte tudo acaba e a gente deixa de existir me dá arrepios. Eu gosto de existir.

— Eu também. Acho que não acaba não. Não é possível! Demoramos tanto para aprender as coisas e no fim tudo desaparece? Não tem lógica!

— Quer ir amanhã?

— Na célula? — ela pensou um pouco antes de responder.

— Quero.

— Te busco na sua casa, às 19h — ele combinou.

— Não, me dá o endereço que eu te encontro lá.

— Por quê? Vamos juntos!

— Não quero dar trabalho para a sua mãe indo lá me pegar na porta de casa.

— Nada a ver, Clara, ela vai gostar. Ela fica muito feliz quando leva um convidado.

— Fica?

— Muito.

— Então tá.

Comeram fartamente e curtiram o fim de tarde conversando e ouvindo músicas com os fones de Clara.

Às 19h, Chris buscou Clara em casa, juntamente com seu irmão e sua mãe. Clara entrou no carro cumprimentando todos. Chris deixou o irmão ir no banco da frente, para se assentar com Clara atrás.

— Fico feliz que tenha vindo, Clara — disse Lilian. — Você vai gostar do pessoal.

— Obrigada pela carona — agradeceu Clara, sorrindo.

Chegaram ao local. A reunião era em um apartamento na Zona Oeste da cidade. Foram muito bem recebidos pelos anfitriões.

— Olá, pessoal! — cumprimentou Joana, dona da casa. — Sejam bem vindos. Lilian querida!

— Oi, Joana — saudou Chris.

— Oi, Chris, que bom vê-lo. E esse mocinho? Está cada dia maior — disse ela afagando a cabeça de Rafael. — E você deve ser a Clara. Que bom tê-la conosco, sinta-se à vontade — disse abraçando Clara.

Entraram no apartamento, Lilian entregou uma vasilha à Joana e as duas foram para a cozinha. Algumas pessoas já estavam por ali, reunidas na sala de visitas, sentadas nos sofás e em almofadas no chão. Chris as cumprimentou, apresentando Clara, que estava tímida. Sentaram-se os dois numa poltrona larga. Joana veio segurando uma bandeja e oferecendo suco de melancia às visitas. Estava refrescante e doce.

— Quanto tempo não bebo suco de melancia! — sussurrou Clara a Chris.

— Está bom, não está?

— Sim, muito bom.

Aguardaram mais alguns minutos até que outros chegaram e se aconchegaram. Clara ficava em silêncio, ouvindo a conversa das pessoas. Outros dois jovens estavam ali e contavam a Chris algumas novidades. Chris estava acostumado com o silêncio de Clara na presença de estranhos. Ela era simpática e não demonstrava desconforto, sorria como se fizesse parte da roda de conversa e ouvia as pessoas, prestando atenção nelas, mas ficava boa parte do tempo calada.

— Boa noite, meus amigos, que bom ver todos aqui novamente! — um homem começou a falar. Joana sentou ao lado dele. Eram marido e mulher, e os donos da casa. — Meu nome é Roberto. Temos aqui alguns visitantes, sejam bem-vindos. Esta é Clara, namorada de Chris, e este é Vicente, nosso sobrinho. Temos falado nestas últimas reuniões a respeito de relacionamentos e vimos na semana passada sobre como é importante que tenhamos amigos e façamos o bem um ao outro. É sempre bom ter amigos reunidos aqui na nossa casa e melhor ainda quando trazem os seus amigos também. Antes de começarmos a lição, vamos orar.

Todos baixaram a cabeça e fecharam os olhos. Clara, de olhos abertos, endireitou seu corpo respeitosamente.

— Deus, estamos diante de Ti para colocar em suas mãos esta reunião, as nossas vidas e o nosso coração. Obrigado porque o Senhor permitiu que todos nós estivéssemos aqui hoje, para ouvir a sua Palavra e conversar sobre Você. É muito bom compartilhar o Seu amor com os irmãos e queremos aprender mais sobre Ti a cada dia. Abençoe nossa noite, esse tempo que estaremos aqui, abençoe nossas vidas, fala ao nosso coração e nos guia, Pai, porque sem Você nada somos. Te amamos, Senhor. Em nome de Jesus nós oramos, amém.

Todos disseram amém. Clara também disse. Roberto prosseguiu:

— Hoje vamos falar um pouco mais sobre o nosso relacionamento com Deus. Quem trouxe a Bíblia pode abrir em João, capítulo 3, verso 16. Temos algumas Bíblias aqui para quem quiser emprestado.

Chris pegou uma e procurou pelo texto indicado. Demorou um pouco a encontrar, enquanto outros já tinham aberto.

— Achei — disse Chris, mostrando a página à Clara.

— Pode ler para a gente, Chris?

— Eu? Posso... João 3:16, "Porque Deus amou o mundo de tal maneira, que deu o seu filho unigênito, para que todo aquele que Nele crê não pereça, mas tenha a vida eterna".

— Muito bem. Aqui na minha versão, com palavras mais simples está assim: "Porque Deus amou o mundo tanto, que deu o seu único Filho, para que todo aquele que nele crer não morra, mas tenha a vida eterna." O que vocês entenderam desse verso? Quem quer compartilhar?

Uma moça levantou a mão.

— Sim, Paula.

— Eu entendo que aqui fala sobre Jesus, porque Ele é o Filho de Deus. E que Deus o mandou para morrer na cruz em nosso lugar. Portanto, não há mais morte para nós, porque Jesus já morreu por nós e por isso teremos a Vida Eterna.

— Mas todas as pessoas morrem — falou um rapaz.

— Mas este texto não fala da morte física, mas da morte espiritual — Paula explicou.

— Como assim?

— Se cremos em Jesus, teremos a vida eterna depois dessa vida carnal.

— É isso?

— O que acham? — Roberto estimulou o debate.

— Acho que ela está certa, está falando de uma morte além da morte do corpo físico.

Outro convidado contribuiu para a conversa:

— Para os cristãos funciona assim, acreditamos na Salvação e na Vida Eterna e acreditamos que só alcançamos estas coisas se acreditarmos e seguirmos Jesus. Pois a Bíblia fala que Ele é o Caminho, a Verdade e a Vida.

— E a Bíblia fala que Deus, Jesus e o Espírito Santo são três em um, de forma que Jesus sempre existiu, mas vivia no Reino dos Céus e deixou o seu trono e a sua glória para vir à Terra como ser humano, entender como vivemos e o que sentimos, nossas fraquezas, paixões e limites. E então morreu na cruz para pagar pelos nossos pecados. E depois ressuscitou. E aí, todo aquele que acreditar em Jesus será salvo.

— Mas basta só acreditar? — desafiou Roberto. — Acreditamos em tanta coisa que não nos acrescenta em nada!

— Acreditar de verdade. De todo o coração e de todo o entendimento.

— E viver essa verdade, colocá-la em prática no nosso dia a dia.

A cabeça de Clara dava voltas. Ela tentava entender o que aquelas pessoas estavam tentando explicar, mas algumas coisas não faziam sentido. Aquelas pessoas pareciam estar anos luz de Clara em relação ao entendimento sobre as coisas de Deus.

— Vamos por parte — disse Roberto. — Deus sempre existiu e sempre vai existir, por isso Ele é eterno. Deus criou os homens a sua imagem e semelhança. Mas nós desobedecemos, pecamos e fazemos o mal. Às vezes contra nós mesmos, às vezes contra os outros. O que é o pecado? É toda transgressão da lei, tudo aquilo que fazemos que desagrada a Deus ou mesmo quando deixamos de fazer a coisa justa. Diante disso sabemos que, por mais que tentemos ser pessoas boas e corretas, sempre acabamos pecando, mesmo contra nossa vontade. Pois pecado não é só o que fazemos, como também se pensamos ou sentimos algo mau. Alguém aqui nessa sala acha que nunca pecou?

Ninguém se manifestou. Roberto continuou:

— A Bíblia diz em Romanos 3: 10, 23 que "não há justo, nem um sequer. Pois todos pecaram e carecem da glória de Deus". E em Romanos 6: 23 fala que o "salário do pecado é a morte". Portanto, se todos pecamos, todos morreremos. Essa morte, como a Paula disse, não significa simplesmente a morte do corpo, mas a separação entre nós e Deus, porque Deus não habita no meio do pecado. E assim temos um problema: somos pecadores e iremos morrer e ficar longe de Deus para sempre.

Clara arregalou os olhos, sentindo temor. Algumas pessoas baixaram a cabeça, outras sorriam amigavelmente.

"Como podem sorrir diante de uma notícia dessas?", pensou Clara.

— Será que há uma solução para esse problema? — perguntou Roberto.

"Tem de haver", disse Clara a si mesma.

— Chris, leia novamente o verso que eu te pedi.

Chris leu. Alguma coisa começou a despertar no coração de Clara. Aquilo tudo começou a fazer sentido.

— Então, a solução para o pecado e a morte não é outra coisa a não ser Jesus. Se pecamos, devemos morrer. Mas Deus nos ama tanto que preferiu morrer em nosso lugar, através de Jesus, que é o Filho de Deus. Jesus foi o único ser humano que nunca pecou em toda a sua vida. E mesmo assim Ele morreu, e morte de cruz. Naquele momento, os pecados de toda a humanidade caíram sobre Ele e Ele foi castigado. O castigo que nos traz a paz. Ele foi o Cordeiro sacrificado. O sacrifício de Jesus na cruz possibilitou então nossa reconciliação com Deus e, mesmo morrendo no corpo, teremos a Vida Eterna e viveremos para sempre com Deus, no Reino de Deus, sendo filhos Dele e, portanto, herdeiros. Em Romanos 8:1, fala que "agora, pois, já nenhuma condenação há para os que estão em Cristo Jesus". E em João 1:12 diz que "a todos quantos o receberam, deu-lhes o poder de serem feitos filhos de Deus, a saber, os que crêem no seu nome". Isso quer dizer que, todos os que acreditarem em Jesus e o receberem como seu único Senhor e Salvador, serão feitos filhos de Deus.

— Mas Jesus não permaneceu morto, não é? — perguntou uma mulher.

— Não, porque Ele ressuscitou. Os Evangelhos contam como foi, por exemplo, os capítulos 20 e 21 de João. E em Atos conta o testemunho de Paulo sobre a ressurreição de Jesus. Em Lucas 24:5 um anjo fala às mulheres que vão ao sepulcro de Jesus dizendo "por que buscais entre os mortos aquele que vive? Não está aqui, mas ressuscitou!". Paulo pergunta ao rei, em Atos 26: 8, "julga-se coisa incrível entre vós que Deus ressuscite os mortos?". Nós sabemos, meus amigos, que nada é impossível para Deus e que uma das suas promessas, talvez aquela em que mais depositamos nossa esperança, é a ressurreição e a Vida Eterna não só de Jesus, mas de todos nós.

O grupo continuou conversando sobre tudo aquilo e era um tema maravilhoso. Clara estava impressionada em quanto tudo aquilo tinha significado para ela. Lembrou-se de algumas coisas que Ariana havia tentado lhe ensinar, mas seu coração parecia estar endurecido. Naquela noite, ali na célula, Clara se sentia diferente. Ao ouvir todos aqueles ensinamentos, sentia entusiasmo e seu coração alegrava-se com as boas novas.

Terminaram com uma oração. Roberto disse que, quem quisesse, poderia fazer um pedido em seu coração e todos oraram uns pelos outros. Clara pensou em sua mãe e pediu a Deus que a ajudasse a encontrá-la algum dia. Chris pensou no vestibular e orou para que ele, Clara e Tiago pudessem passar de primeira em universidades públicas. Na hora do lanche, Chris tentou puxar papo com a namorada, mas ela permaneceu em silêncio, respondendo monossilabicamente. O silêncio dela estava mais profundo do que o habitual. Todos se despediram fraternalmente e Joana convidou Clara a voltar mais vezes.

Na volta, Rafael contava alegre sobre o que tinha aprendido no grupinho das crianças, que ficava no quarto do filho caçula de Roberto e Joana, liderado pelos dois outros filhos adolescentes do casal.

— E você, gostou Clara? — perguntou Lilian.

— Sim, senhora. Muito bom.

— Quando quiser vir novamente é só dizer.

— Obrigada.

Ao deixar Clara em casa, despediram-se.

— Nos vemos amanhã. Obrigada, senhora Lilian. Tchau Rafael — disse Clara.

— Tchau — disse Chris beijando Clara com um selinho.

Capítulo 27

Clara caminhava pelos corredores do hipermercado sem pressa. O pai lhe dera dinheiro para fazer as compras do mês e também para pegar um táxi. Ela ficava satisfeita quando ele lhe dava esta tarefa. Gostava de escolher os produtos das prateleiras, ainda que comprasse basicamente o que estava escrito na lista. Não era uma consumista nata, mas gostava de ir às compras em um grande mercado como aquele. Sempre descobria uma novidade, podia ficar um tempão vendo os últimos lançamentos de CD's de música e DVD's de filmes, às vezes até levava algum para casa. Gostava de comer coisas gostosas e guloseimas que volta e meia eram oferecidas como degustação. Pensava no que faria para o jantar naquela noite e sentia uma grande liberdade em pensar que poderia escolher qualquer coisa que quisesse dentro daquele imenso e repleto paraíso capitalista.

Tranquila, com a cabeça vazia, Clara cantarolava uma canção enquanto andava devagar pelo corredor dos biscoitos. Ela estava indecisa quanto ao sabor. Ouviu uma criança chamar pela mãe e, com a voz chorosa, fazer manha insistindo que comprassem para ela o que queria.

— Você não gosta deste que eu sei — dizia a mãe —, não teime comigo!

— Eu gosto sim!— a criança bateu o pé.

— Gosta nada! Da última vez que comprei ficou um tempão no armário até murchar e termos de jogar fora.

— Mas eu quero! — insistiu a criança, fazendo birra.

— Oh, céus, tudo bem, mas você vai ver só se não comer tudo.

Satisfeito, o pequeno garoto colocou o pacote dentro do carrinho e logo parou de chorar.

Clara revirou os olhos, reprovando a maneira como a criança dominava a mãe e a manipulava de acordo com a sua vontade. Como era absurda a falta de autoridade que os pais tinham sob seus filhos! Ela olhou para a criança, desprezando a maneira mal educada com que tratava a mãe e depois olhou para aquela mulher, curiosa para ver como era seu rosto. Se pudesse, lhe daria conselhos e diria que ela deveria ser mais firme com a criança, deixando claro que o não sempre deveria ser "não". Mas ela jamais falaria nada. Não tinha coragem e, além de não ter filhos, não era da sua conta como os outros criavam suas crianças.

Era uma mulher nova, os cabelos pintados de loiro como os da mãe de Chris, evidentemente feitos em um salão de qualidade inferior aos que a mãe dele frequentava. O amarelo da tinta era mais artificial e o ressecado dos fios era visível. Embora estivesse com uma roupa simples, aquela mulher equilibrava-se em seu salto com tamanha elegância, que se mostrava desproporcional ao que vestia e aparentava ter. Ao se virar em direção à Clara, seus olhares se cruzaram e, a princípio, cada uma seguiu em frente, dando prosseguimento às suas atividades. Como se pudessem ler o pensamento uma da outra, elas se olharam novamente, certificando-se de que não haviam dito palavra alguma. E desta vez a troca de olhares foi mais longa, como se reconhecessem uma à outra, mas tentando buscar na memória onde haviam se visto anteriormente. Clara sentiu seu corpo estremecer e uma espécie de corrente elétrica percorreu todo o seu ser, do alto da cabeça à planta dos pés. Seus lábios se abriram levemente. A mulher a olhava ainda confusa, mas sua expressão logo tomou uma gravidade terrível, seus olhos se abriram mais e, alheia ao chamado insistente do garoto pequeno, a mulher deixou para trás o carrinho e se aproximou de Clara.

Clara não tinha dúvidas. Lembrava-se dela com os cabelos castanhos, bem escuros, uma pele mais lisa e um aspecto mais jovem. Mas, ainda assim, ela tinha certeza absoluta. Era a sua mãe.

— Clara? — sussurrou a mulher, hesitando.

A menina a olhava, muito surpresa.

— É você mesma? É você, Clara?

—Mamãe!

Clara correu ao encontro dela e a abraçou forte, desabando em lágrimas. O garotinho ficou olhando para as duas, surpreso e curioso. Juliana abraçou a filha, com todas as suas forças, e também chorou. Algumas pessoas pararam para ver a cena, outras apenas diminuíram o passo, espiaram um pouco e seguiram.

— Clara, minha filhinha! É você mesma. Como cresceu! Como está bonita!

Clara não dizia nada, apenas chorava descontroladamente. Juliana secava-lhe o rosto com as mãos. Um homem se aproximou das duas, de mãos dadas com uma menina de cerca de nove anos de idade.

— Juliana? — chamou ele em tom grave. — O que está acontecendo?

Juliana soltou a filha de repente, se afastando. Com o rosto molhado, Clara percebeu a reação brusca da mãe e olhou para o homem que a chamava.

— Charles... Eu... — Juliana hesitou.

— Quem é esta garota, Juliana?

Clara interpretou a situação. Aquele homem devia ser o marido, as crianças seus filhos e nenhum deles sabia da existência de uma terceira filha. Ela olhou para o rosto de cada um e depois para o de sua mãe. Sua reação foi a de dar as costas e ir embora.

— Me desculpem — disse ela se afastando.

Clara andou depressa para a saída, em direção ao estacionamento. Estava atordoada. Como estava sem as compras, não fazia sentido pegar um táxi e por isso dirigiu-se para um ponto de ônibus. Suas lágrimas pareciam ter vontade própria e ela não conseguia parar de chorar. Sentada, sozinha, ela respirava fundo, de cabeça baixa, apoiando os antebraços nas pernas, tentando se acalmar. Foi quando viu Juliana correr em sua direção, sozinha.

— Clara, por favor, não vá — disse ela, ofegante.

A garota olhou para o chão, sem conseguir encarar a mãe.

— Minha filha, sou eu, por favor, me ouça. Me dê uma chance de lhe explicar tudo.

— Aquela é a sua família? – questionou Clara.

— Sim – Juliana baixou os olhos.

— Eles não sabem sobre mim, não é? – deduziu a garota.

— Não. Perdoe-me. Não achei que veria você de novo.

— A cidade não é tão grande assim – Clara criticou.

— Mas nós não vivemos aqui, estamos de passagem.

— Não se preocupe comigo, eu estou bem. Pode voltar para eles. – A menina deixou escapar um tom agressivo na voz.

— Clara, meu bem, me escute, por favor, eu imploro.

Juliana se ajoelhou diante de Clara, tocando-lhe os joelhos. Os olhos dela eram de súplica.

— Me perdoe, meu bem, eu fiz tudo errado. Mas eu nunca parei de pensar em você. Nunca! Eu juro.

— Não jure.

— Me dê uma chance para explicar tudo.

— Eu estou aqui.

— Me dê um telefone, para que eu possa te ligar. Vamos marcar um encontro.

Clara riu sarcasticamente.

— Você não vai ligar.

— Eu vou, eu prometo.

Clara tirou da bolsa um pedaço de papel e escreveu o número do telefone de Chris.

— Estarei nesse número amanhã à tarde — informou a menina entregando o papel à mãe.

— Eu prometo ligar e prometo contar a verdade ao Charles e às crianças. Eu preciso ir agora, porque todos ficaram confusos, mas eu vou te ligar, eu juro!

Juliana se afastou, olhando para trás constantemente. Clara sentia-se mais calma e enxugou o rosto. Estava confusa. Tudo parecia um sonho. Beliscou-se para ver se estava acordada. Muitas vezes sonhara reencontrar a mãe e sempre pareceu muito real. Mas aquilo não era um sonho. Ou talvez fosse, mas um sonho que havia se tornado realidade.

Ao chegar em casa, telefonou para Chris.

— Oi, meu amor.

— Chris, você está sentado?

— Eu? Não... O que aconteceu?

— Então senta, para não cair para trás depois do que eu te contar.

— Ah, meu Deus! O que houve? Meu coração já está na boca! — Chris ficou apreensivo.

— Eu vi a minha mãe.

— O quê? Onde? — a voz de Chris soou estridente.
— No supermercado.
— Quando?
— Agora mesmo. Eu cruzei com ela há poucas horas, estava bem diante dos meus olhos.
— E aí, o que houve?
— Ela estava com a família, ficou desconcertada.
— Meu Deus, porque a deixou ir? Você esperou tanto por isso!
— Ela estava com um homem e duas crianças, eles são a nova família dela e não sabem sobre mim. Ela ficou numa sinuca e eu saí de perto para não prejudicá-la. Mas então ela veio atrás de mim pedindo uma chance para conversar comigo.
— E?
— Disse que vai me ligar. Eu passei o número da sua casa, porque estaremos aí amanhã estudando. Além disso, não queria correr o risco dela me ligar aqui em casa e meu pai atender. Tem problema?
— Não, de maneira nenhuma, você fez certo. Acha que ela vai ligar?
— Não sei. Acho que sim, pelo menos eu espero.
— Que maluquice você encontrar ela assim, do nada.
— Acho que deve ser resposta para a oração que eu fiz naquela reunião que você me levou.
— Na célula?
— Sim — Clara estava com um nó na garganta e sua voz soou engasgada.
— Você orou para encontrar sua mãe?
— Orei.
— Caramba!
— Você acredita?
— Que foi um milagre? — deduziu Chris.

— É...

— Mas é claro, e foi muito rápido. Não tem nem um mês que fomos lá.

— Que estranho!

— Não é estranho... É maravilhoso. Pensa, era quase impossível que a encontrasse assim, por acaso.

— Pois é.

— Ela vai ligar, com certeza! — ele pareceu confiante.

— Foi uma situação difícil. Porque a família dela não sabe a meu respeito?

— Isso não importa muito... Não deve ser fácil contar o que ela fez para alguém. O que importa agora é você aproveitar essa chance para perguntar tudo o que você quer saber e matar a saudade.

— Me sinto estranha.

— Estranha como?

— Parece ilusão — ela falou bem baixinho.

— É porque foi tudo muito rápido, meu amor. Não fica ansiosa, fique numa boa, tranquila. Ela vai ligar.

— Não vou contar nada pro meu pai.

— É melhor não contar mesmo, pelo menos agora de início. Ele pode estragar tudo. Depois, se mantiverem contato, você conta.

— Ele vai pirar.

— Ou não. Você disse que ele estava saindo com uma mulher, vai ver o trauma já passou.

— Disse que ele foi jantar um dia, com uma colega de trabalho — corrigiu Clara. — Mas tenho certeza de que se ele vir minha mãe vai ficar estremecido.

— Estremecido é normal, só não pode ficar lamentando tudo de novo.

— Eu nem imagino como ele vai reagir. Já faz tanto tempo...

— Relaxa, não pensa nisso, ocupa a mente com outras coisas. Senão quem pira é você.

— Nada a ver — discordou ela.

— Estou falando sério. Sua vida continua, independente de mãe e pai. Eles fizeram as burradas deles, você é outra pessoa. Sua vida foi afetada, mas você está inteira e deve continuar assim. Você é forte, eu sei que é. Não vai se abalar por causa deles.

— Não mais.

— Sabe que estou do seu lado, não é?

— Eu sei. Obrigada.

— Nos vemos amanhã?

— Sim, vou te dar uma piscadinha na fila — brincou ela, carinhosamente.

— Eu quero só ver.

— Boa noite.

— Até amanhã.

Capítulo 28

Clara estudava com Chris e Tiago. Lilian os serviu com uma vitamina.
— Para se fortalecerem — disse ela, sorrindo.
Ao ficarem sozinhos novamente, Chris perguntou ao amigo:
— Como vai a Alessandra, Tiago?
— Está bem. Estava se sentindo bastante enjoada, mas tem ficado melhor nesses últimos dias. O bebê está se desenvolvendo direitinho, estão saudáveis os dois.
— Graças a Deus! — disse Clara. — E vocês dois, como estão?
— Eu gosto dela. Estamos saindo de vez em quando, mais para conversar ou ir ao cinema. E a levo para comer, porque ela curte muito. Come muito bem a gatinha.
— Não se esqueça que ela está comendo para dois — lembrou Chris.
Os três riam, felizes porque Tiago e a namorada estavam se dando bem. O telefone tocou em cima da mesa.
— Foi mal, esqueci de levar lá pra baixo — desculpou-se Chris.
— Pode ser ela — disse Clara.
O coração de Clara disparou. Chris atendeu a ligação.
— Alô.

— Clara?

— Só um instante — Chris passou o telefone para ela.

— Alô? Mãe? — as mãos de Clara tremiam.

Tiago arregalou os olhos.

— Eu preciso ver você, podemos nos encontrar? — suplicou Juliana.

— Onde? — questionou a menina.

— Onde você quiser, meu bem.

— Tá, mas... Hoje?

— Sim, por favor, não aguento mais esperar. — Juliana era incapaz de sugurar o choro.

— Eu posso ir até você — ofereceu Clara.

— No supermercado onde nos encontramos, há um Café no anexo. Você pode me encontrar lá?

— Posso — assentiu Clara.

— Agora?— enfatizou Juliana.

— Agora?! Está bem... Eu... estou indo.

— Estarei te esperando.

Clara desligou o telefone, pálida.

— Ela quer me ver agora — revelou.

— Sua mãe? — perguntou Tiago. — Mas...

— Elas se reencontraram, por acaso — contou Chris.

— Caramba! É sério? — Tiago ficou entusiasmado.

— Eu estou nervosa — Clara esfregou as mãos no rosto.

— Não fica assim. Vem, eu vou te levar — disse Chris tocando o ombro da namorada.

— Não, amanhã tem prova. Fiquem os dois estudando. Eu vou e volto — falou Clara.

— Tem certeza?

— Tenho.

Clara tomou um táxi até o lugar marcado. Quando entrou no Café, Juliana já a aguardava, sentada a uma mesa.

— Mãe?!

Juliana se virou e se levantou. Seu rosto estava marcado pelo choro. Os olhos e o nariz inchados e vermelhos. Ela deu um abraço apertado em Clara.

— Meu bem, minha filhinha, me perdoe, por favor, eu não queria lhe fazer mal, eu fui burra e iludida. Fiz uma loucura! Sou um monstro! Perdoe-me, por favor! — ela atropelava as palavras, nervosa.

Clara tocou o seu ombro amigavelmente e sorriu.

— Calma, eu não vou a lugar algum. Estou aqui para ouvir você, está tudo bem, eu estou bem. Por favor, fique calma.

Juliana percebeu que algumas garçonetes a olhavam espantadas e se deu conta da cena que estava fazendo. Respirou fundo e se conteve. Clara assentou-se à mesa, Juliana fez o mesmo.

— O que vai querer? — perguntou a mãe, sorrindo. — Um milk shake?

Clara sorriu. Resolveu aceitar. *Por que todo adulto quando quer agradar um jovem sempre lhe oferece algo doce?*

— Você está tão bonita! Seus cabelos ficaram perfeitos nessa cor. Você tem bom gosto — Juliana a admirava passando a mão em seus cabelos.

Clara permanecia em silêncio. Juliana ficou com o olhar perdido por alguns instantes e depois voltou a olhar para a filha.

— Acredito que queira me fazer algumas perguntas.

— Não vim aqui para isso. Vim para ver você. Não vou te interrogar — disse Clara.

— Mas você tem direito a respostas.

— Por que não diz o que veio dizer? Se eu sentir necessidade, acrescento perguntas.

— Eu... me apaixonei perdidamente. Ele era um homem bonito e romântico. Meu casamento com o seu pai já não ia muito bem e eu me sentia sozinha e carente. Augusto é um homem frio, eu tinha medo de conversar com ele e deixá-lo nervoso.

— Vai dizer que a culpa foi dele? — Clara irritou-se.

— Não. Seu pai era um bom marido, um pai maravilhoso e nunca me deixou faltar nada. Mas eu queria mais. Queria atenção e romantismo, queria paixão. Fui tola. Conheci Orlando numa tarde de segunda e, duas semanas depois, estava perdidamente apaixonada. Ele parecia perfeito. E, então, me disse que iria embora. Eu fiquei louca. Me chamou para ir com ele. Eu fiz minhas malas e as deixei escondidas embaixo da escada. Sabia que seu pai ficaria desolado. Eu estava sendo infiel, agindo como uma mulher leviana. Mas eu não podia considerar a possibilidade de viver sem o Orlando. Então, eu tomei uma difícil decisão e deixei você com o seu pai, para não roubar dele tudo o que ele amava. Se eu havia decidido ir embora daquela família, eu deveria ir sozinha e deixar você em sua casa, com suas coisas, seus amigos, seu pai. Eu não podia lhe privar de tudo isso por causa da minha loucura. Seria egoísta. Foi muito difícil para eu escrever aquele bilhete. Mas eu tinha certeza de que ficariam bem.

— Não ficamos bem — revelou Clara, séria.

Juliana baixou os olhos.

— Você quase o matou — continuou Clara. — Ele nunca mais foi o mesmo.

— Eu sinto muito.

— Eu sei que sente — Clara tentava não ser arrogante.

— Me perdoe!

— Já havia perdoado há muito tempo — disse à mãe com sinceridade.

Um silêncio perdurou por alguns instantes, até que Clara deu continuidade à conversa:

— Ele me contou que você foi me ver.

— Contou? — Juliana admirou-se.
— Sim. Mas ele te mandou embora.
— É...
— Eu queria que ele não tivesse feito isso.
— Ele disse que você estava bem, que havia me esquecido. Eu não queria que você sofresse novamente.
— Sempre pensei em você, mãe. Como eu poderia te esquecer?
As lágrimas molhavam o rosto de Juliana.
— Clara... Como posso me redimir?
— Eu orei a Deus para que me ajudasse a encontrá-la.
— Orou?
— Sim. Eu queria muito ver você novamente.
— Minha filhinha...
— Você não tem que se redimir comigo, mãe. Acho que tem de se redimir com Deus e pedir perdão para Ele. Você era casada e tinha uma família e destruiu tudo isso por uma aventura. Eu perdôo você e não sinto raiva. Quer dizer, talvez um pouco, mas o que você contou era o que eu imaginava, seus motivos para ir embora e o porquê de me deixar para trás.
— Fui burra! Tudo por causa de um homem.
— E deu certo?
— O quê?
— Sua paixão?
Juliana balançou a cabeça.
— Um ano depois já estava tudo acabado. Ele me trocou por outra e me abandonou.
Clara baixou os olhos.
— Então, quem era o cara que estava com você ontem?
— Charles. Estamos juntos há nove anos. Comecei a trabalhar para ele como secretária e começamos a sair. Eu fiquei grávida da Larissa e fomos morar juntos. Depois veio o Felipe.

— Ele sabe que você é casada? — Clara lançou um olhar severo para a mãe.

— Sim, sabia que eu havia saído de casa, mas não me divorciado. Porém não sabia os detalhes.

— E não sabia sobre mim — a menina cruzou os braços recostando-se na cadeira.

— Não, até ontem não. Mas tivemos uma conversa e eu contei a verdade a ele.

— Ele aceitou? O Charles aceitou sua história?

— Não muito bem. Disse que sou louca e mentirosa.

— Eu não quero criar problemas para você — Clara soltou os braços, apoiando-os na mesa.

— Meu bem, nada disso é culpa sua. São frutos das minhas escolhas. Eu preciso enfrentar tudo isso.

— É uma grande confusão!

— Sim, é. Mas o que importa agora é você. Quero que você saiba que eu te amo e que sinto muito pelo mal que lhe causei.

— Eu acredito.

— Você é tão madura! Pensei um milhão de vezes neste dia em que estaríamos face a face e na sua reação. Pensei que me odiasse.

— Eu não odeio ninguém. Eu amo você... Em meu coração eu amo minha mãe de doze anos atrás. Mas é você. Mesmo estando diferente e tendo se passado tanto tempo, é você — Clara chorava. — Não posso sentir outra coisa pela minha mãe a não ser amor.

Juliana soluçava, enxugando o rosto com um lenço.

— Minha filhinha... Conte-me sobre você. Deixa eu te conhecer mais um pouco.

Enquanto tomava o milk shake, Clara contou sobre a escola, sobre sua paixão por livros e filmes, sobre as brigas, sobre o trabalho que dava para o pai, sobre o vestibular. Contou sobre aquele último ano. Um ano bom. O melhor ano de sua vida... Contou sobre Chris. Mal viram o tempo passar. Foram interrompidas por Charles, que se aproximou e assentou-se à mesa, surpreendendo Juliana. Ele era grande, usava terno, impunha respeito. Tinha o semblante sério. Clara não tinha medo.

— Boa tarde — cumprimentou ele.
— Charles? — surpreendeu-se Juliana.
— Surpresa?
— Sim, eu... Já estava indo embora.
— Não tenha pressa.
— Eu te avisei que viria — argumentou a mulher.
— E eu adivinhei com quem estaria. Não vai me apresentar?
— Clara, este é o Charles, meu marido. Esta é Clara, Charles, minha...
— Filha — ele completou a frase.
— Sim, minha filha — disse ela olhando-o nos olhos.
— Muito prazer, Clara — disse ele estendendo a mão.
Clara apertou a mão dele, em silêncio.
— É uma moça! Quantos anos têm?
— Tenho dezoito.
Ele ficou olhando para as duas, tentando entender tudo aquilo.
— Eu amo a sua mãe, estou muito surpreso com tudo isso, mas eu a amo. E você é filha dela. Então, você pertence à nossa família agora, mesmo vivendo distante. Nos livraremos dos segredos e ajeitaremos as coisas, devagar. Não quero fazer você sofrer, Juliana, sei que nada disso foi fácil para você. Não irei te julgar. Quero que saibam que eu não sou um inimigo, e que as portas de nossa família e de nossa casa estarão abertas para a sua filha... Para você, Clara.
— Obrigada, senhor — respondeu Clara.

Juliana sorriu, chorando ao mesmo tempo, e abraçou o companheiro.

— Obrigada, querido. Me perdoe. Eu amo você!

Charles abraçou a mulher. Clara desviou os olhos, sentindo-se deslocada, pensava em seu pai.

— Eu vou esperá-la no carro, deixarei vocês a sós. Não tenham pressa. Os meninos estão com os nossos amigos, no parque.

— Tudo bem, Charles, obrigada — Juliana sorriu, tocando o braço de Charles.

— Até mais, Clara.

— Até mais, senhor.

Ele se levantou e saiu. Juliana parecia mais aliviada.

— Que bom. Você tem o meu perdão e agora o dele. Vai dormir melhor esta noite. — comentou Clara, um pouco sarcástica.

— Falta o perdão de seu pai.

— Sobre isso eu nada posso fazer. Não posso te ajudar. Não impedirei você de ir até ele, como ele fez comigo. Mas não servirei de intermediária. Não posso fazer isso, eu sinto muito.

— Eu sei, não pediria isso a você. Ainda não estou pronta para encará-lo. Talvez um dia.

— Você não precisa se divorciar para se casar com Charles?

— Não é uma prioridade. Ele também foi casado, mas já era separado quando nos conhecemos.

Clara a olhou, balançando a cabeça, desaprovando aquela situação complicada em que a mãe havia se metido.

— Que bagunça! — comentou a jovem.

Juliana baixou os olhos, envergonhada.

— Não aprenda nada comigo, minha filha, só fiz tolices a vida toda.

— Mas eu aprendi muito com você.

— Aprendeu? — Juliana a olhou, curiosa.

— Sim. Aprendi que paixão e amor são coisas diferentes. Que paixão é um sentimento impulsivo e pode se tornar inconsequente e até mesmo doentio. Contudo, o amor é um sentimento nobre, mas envolve também atitudes. Você não amou o meu pai, quando se envolveu com outro e o deixou. E ele não te amou quando não tratou você com carinho e respeito. Você não me amou, quando saiu de casa e me privou da presença de uma mãe, mas meu pai me amou todos esses anos, enfrentando os obstáculos para que eu pudesse ser feliz. Mesmo quando a mandou embora, hoje vejo que foi para me proteger. Mas você me ama agora, porque demonstra arrependimento e me pede perdão. Não é fácil ter uma atitude assim. Contou a verdade ao Charles, não esperou nem mais um dia. Foi corajosa. Agora tem os outros dois filhos, que também merecem saber a verdade. E tem o meu pai, do qual você anseia o perdão... Como você disse, são os frutos que você mesma semeou. Eu espero que tudo dê certo para você. E espero que em tudo isso, você possa encontrar forças em Deus. Quem tem de prevalecer é o amor e o amor vem de Deus. Tenho aprendido sobre Jesus e a Palavra.

— Clara, eu também acredito em Deus. Oro por você todos os dias. Sempre pedi que Ele te protegesse e cuidasse de você. E também pedi para que eu pudesse te ver de novo, mesmo que fosse de longe.

— Deus é bom. Estamos aqui, juntas — Clara sorriu. — Foi muito bom poder ver você e termos essa conversa.

— Vai embora?

— Sim, acho que já deu por hoje. Eu preciso ir.

— Obrigada por ter vindo.

— Obrigada por ter ligado — disse Clara, sorrindo ternamente.

— Vamos embora amanhã. Eu moro em Montes Claros. Viemos visitar alguns parentes do Charles. A prima dele se casou — informou Juliana.

— Tudo bem — entristeceu-se Clara.

— Vai manter o contato?

— Sim, sim... Nos falamos — Clara queria muito estabelecer uma relação com sua mãe.

— Clara... — Juliana se levantou e abraçou a filha. — Não pense mal de mim, sou uma mulher boba. Você parece ser mais madura do que eu.

— Eu não sou.

— Pense coisas boas sobre mim, por favor.

— Mãe... Não se preocupe — disse Clara a abraçando com amor.

Despediram-se, trocaram telefones e endereço e Clara saiu. Juliana pagou a conta e foi para o estacionamento, encontrar-se com Charles.

Clara chegou à casa de Chris no fim da tarde. Tiago já havia ido embora. Chris a recebeu com um abraço. Ela não parecia triste, mas um pouco abalada.

— E aí?— inquiriu Chris.

— Deu tudo certo. Foram poucas as revelações. Nada que não havia sido especulado antes.

— Vocês se deram bem?

— Sim. O marido dela apareceu, ficou tudo numa boa.

— Que bom.

— Ela me pediu perdão. Disse que me ama e que sempre pensou em mim. Mas eu sinto pena dela, Chris, ela buscou tanto a felicidade, fez loucuras por causa disso, mas não parece ser feliz. Espero que agora, pelo menos, ela se sinta melhor. Eles vivem no norte de Minas, em Montes Claros.

— É bem longe!

— Mais ou menos — ponderou ela.

— Manterão contato?

— Trocamos números de telefones e endereços. Acho que sim, mas esporadicamente. Ela ainda precisa de um tempo para se organizar. Deixa estar.

— Você está bem? Parece abalada.

— Estou bem. Estou ainda surpresa com tudo o que aconteceu de ontem para hoje, mas estou bem.

— Eu estou aqui, meu amor. O mundo lá fora pode estar um caos, mas eu estou aqui para cuidar de você.

Ela o abraçou e o beijou, sentindo-se amparada. Sabia que não estava sozinha.

Capítulo 29

Mais uma festa de quinze anos aconteceria. Dessa vez, a aniversariante era Suzana, irmã de Silvia. Silvia era da sala de Clara e as duas costumavam fazer muitos trabalhos juntas. Não eram amigas no sentido literal da palavra, mas eram próximas disso. Silvia gostava muito de Clara e havia entregado um convite a ela, insistindo bastante para que fosse. Clara acabou dando sua palavra. Afinal, era festa de uma garota de outra turma e provavelmente aquelas patricinhas babacas não iriam, pois Silvia e Suzana não gostavam nem um pouco delas.

Clara pediu mais uma vez a ajuda de Ariana para se arrumar. Fizeram escova, alisando os cachos de Clara, Ariana emprestou-lhe um vestido vermelho e fizeram uma maquiagem bem bacana.

— Você está linda, deixa eu tirar uma foto! — admirou Ariana, orgulhosa de seu trabalho.

Clara chegou sozinha à festa. Entregou o presente para a moça do cerimonial e, após cumprimentar a aniversariante, procurou uma mesa para assentar-se. Silvia logo veio ao seu encontro, com um sorriso largo.

— Não acredito que você veio! Está linda!

Conversaram um pouco, mas logo a anfitriã teve de dar atenção a outros convidados. Clara se serviu de um refrigerante e ficou observando a decoração do salão. A pista de dança ainda estava vazia. Um rapaz de vinte e poucos anos se aproximou, elegante, de terno, e sentou-se ao seu lado.

— Olá.

— Oi — disse ela, tímida.

— Sou primo da Suzana, você veio sozinha?

— Não... Minhas amigas ainda não chegaram.

— Posso te fazer companhia enquanto isso?

— Me desculpe, mas estava de saída para ir ao banheiro — disse ela com a voz suave, se retirando.

Ele era bem bonito, mais velho e certamente estava interessado nela. Entretanto, ela não queria conhecer e nem mesmo manter uma conversa mais estreita com outro garoto que não fosse Christopher. Gostava de Chris e somente dele.

— Pensei que você ia me trocar por aquele bonitão — disse uma voz masculina no ouvido de Clara.

Ela olhou assustada. Era Chris. Ela sorriu, surpresa, e o abraçou. Chris ficou maravilhado com aquele abraço espontâneo, ele não estava acostumado com demonstrações de carinho dela em público.

— Você está linda! — disse ele, segurando sua mão e fazendo-a girar como em um passo de dança.

— Não sabia que você vinha! A Suzana não convidou quase ninguém da sala. Por que não me falou?

— Quis fazer surpresa — contou ele. — Quando você me disse que viria, descolei logo um convite pra mim também. Sou amigo do irmão da Suzana, ele me convidou.

Ele tentou beijá-la, mas ela virou o rosto.

— Tem muita gente do colégio aqui, Christopher, não vai rolar.

— Esqueça isso, estou cansado de me esconder.

— Não, Chris, o combinado não é esse. Não vamos estragar tudo.

— Está bem, mas você pode, pelo menos, dançar comigo? Ela sorriu.

— Eu não sei dançar.

— Vem que eu te ensino — disse ele pegando-a pela mão e conduzindo-a à pista de dança.

Algumas pessoas começaram a dançar também, balançando ao som das músicas. Aos poucos, a pista foi enchendo e os convidados se agitaram mais.

Chris e Clara dançaram bastante, músicas agitadas, músicas lentas. Chris a mantinha bem próxima ao seu corpo, apoiando-a na cintura. Certa hora, Clara recostou a cabeça no peito de Chris e ele alisou seu cabelo e suas costas, voltando a mão para a sua cintura. Ficaram um bom tempo assim, aconchegados, dançando lentamente, de maneira romântica. Conversaram, comeram e riram. Depois de algumas horas, conversavam com o rosto bem perto um do outro, se tocando e sorrindo apaixonadamente. A intimidade os fez esquecer um pouco de esconder o seu amor das demais pessoas. Porém, isso não passaria despercebido e logo Clara sofreria as consequências.

As notícias daquela festa se espalharam rapidamente e logo chegaram aos ouvidos de Jéssica e suas amigas.

— Ela me paga, aquela vaca! O ano não vai acabar sem que eu dê uma lição nessa baranga!— rosnou Jéssica.

— Mas eles só dançaram, Jéssica! É verdade. Não teve mais nada — uma das garotas tentou amenizar a situação.

— É, mas dançaram a noite toda e ficaram o tempo todo juntos, conversando — outra rebateu.

— Calem-se você duas! — gritou Jéssica. — Não importa se não se beijaram, só do Chris olhar na cara dela já me espanta. Ela é ridícula, nem se compara a nós. Como ele pôde deixá-la chegar perto dele?! Seria meu fim se os dois ficassem juntos. Eu seria uma piada. Fico na cola dele o tempo todo e ele me evitando. Agora com a esquisita ele até dança? Só pode ser piada! Ele deve estar aprontando alguma pra cima dela, deve estar querendo levá-la pra cama só pra ver como é pegar uma desengonçada. Logo que isso acontecer, ele vai chutar a bunda dela e rir em sua cara dizendo como ela é sem graça.

Jéssica sorria maquiavélica.

— Mesmo assim — continuou ela —, eu não vou deixar que isso aconteça. Ela não vai ter o prazer de experimentar como é ficar com Christopher Ferreira. Não vai, não!

Faltavam ainda dois meses para acabarem as aulas. Mas Clara tinha notas muito boas para passar de ano. Chris, com a ajuda dela, tinha melhorado muito as notas também. Em uma manhã ensolarada, Clara jogava handebol com sua turma no horário de Educação Física. Jéssica era do time adversário e começou a marcar a rival, com a intenção de machucá-la. A professora estava longe, dando atenção para outro grupo que treinava uma dança para o festival de fim de ano. Clara não era muito boa jogadora e detestava praticar esportes, mas era obrigada, pois fazia parte da disciplina.

Clara então deu um passe para sua colega de time e, mesmo já estando sem a bola, Jéssica deu-lhe uma trombada com o ombro, acertando-lhe a boca e, com o cotovelo, golpeou-lhe com toda a força o estômago. Clara caiu se contorcendo. Jéssica ainda pisou no braço dela, por maldade. Clara sentiu ódio, respirou fundo, de olhos fechados para recuperar o ar e a fala. Saiu do jogo e seu time a substituiu por outra. Ela levantou-se com a ajuda de algumas colegas e foi sozinha ao banheiro lavar o rosto. Lavou a boca e cuspiu o sangue que saia do corte no lábio.

Ordinária, pensou consigo mesma, acertando o punho fechado sobre a bancada de granito, nervosa.

— Você é patética, sabia?! — Jéssica entrou no banheiro decidida a humilhar a rival.

Clara fechou os olhos e baixou a cabeça se apoiando na pia com as mãos. Não seria possível chegar ao final do ano sem problemas, Clara sabia disso. Jéssica não a deixaria em paz e ela não conseguiria se segurar por muito tempo.

— Como pode dar de cima de um homem que pertence a outra mulher? Ele só quer te usar. Você é ridícula. É sem graça e horrorosa, com esse seu cabelo mal tingido. Não sei o que ele viu em você. Acho que é porque ele não tinha nenhuma desengonçada para dançar na festa.

Clara permaneceu calada, fechou a torneira e enxugou o rosto.

— Não se iluda. Quando menos esperar ele vai ter chutado a sua bunda, só quer te usar e jogar fora — disse Jéssica.

Clara conseguiu ignorá-la e Jéssica cansou de importuná-la, saindo do banheiro dando gargalhadas como uma bruxa, seguida de suas amigas sem personalidade.

No trajeto de volta para a sala, Chris viu o ferimento no lábio de Clara e perguntou:

— Como se machucou?

— No handebol, sou péssima.

— Está doendo?

— Não foi nada — disse ela se afastando dele.

Durante o recreio, naquele mesmo dia, todos passavam entre si uns papeizinhos falsos criados por Jéssica e suas amigas, onde tinha uma propaganda de Clara oferecendo serviços de garota de programa a preços bem baratos. Todos riam dela, que na imagem aparecia com seios fartos e com o cabelo completamente despenteado. Jéssica, responsável por toda aquela brincadeira de mau gosto, não se conteve e aproximou-se de Clara, que estava na fila da cantina para comprar o lanche. Clara massageava o braço ferido. As marcas não eram evidentes, mas doía um pouco. Ela não viu Jéssica se aproximar. Sem dizer nada, a garota entregou à ruivinha um dos papéis. Clara pegou o papel, desinteressada. Christopher chegava ao pátio com Tiago a tempo de ver a cena.

— A Jéssica está pegando pesado — disse um dos amigos deles, mostrando os papeizinhos para Christopher e Tiago.

— Essa menina é uma otária! — disse Christopher sobre Jéssica. Ele travou os dentes de raiva.

— Está na hora de você intervir! — falou Tiago.

— O que está dizendo? — perguntou Chris, surpreso.

— Vai deixar a Jéssica humilhá-la diante de toda a escola? Não há mais o que esconder, viram vocês na festa da Suzana no maior *love*. Por que acha que a Jéssica está pirando?

— Que droga! — praguejou Christopher sem saber o que fazer.

— A coisa vai feder, Christopher — anunciou Tiago.

Jéssica jogou mais papeizinhos no rosto de Clara, provocando-a.

— E aí, vaca, quanto é o programa?

Clara tirou os fones do ouvido, leu o papel e riu.

— Achou engraçado? — perguntou Jéssica, intrigada. *Afinal, será que nada tirava aquela esquisita do sério?*

Os alunos se reuniam próximos às duas para ver e ouvir a discussão.

— Você foi generosa, meus seios não são nem metade desses aqui — disse Clara, sarcástica.

Os colegas riram da piada. Era visível, mesmo com blusa, que os seios de Clara eram pequenos. Todos sabiam que não era uma foto legítima e sim uma montagem. Mas ainda assim era uma forma bem cruel de degradar a imagem de alguém.

— Você quer brigar, Jéssica, mas não vejo motivos. Vamos fazer o seguinte, eu vou sair daqui e você me deixa em paz, tudo bem?

Jéssica percebeu que não conseguiria afetá-la daquela maneira. Então, usou todas as armas que tinha conseguido, ao investigar o passado de Clara.

— Você foi expulsa do outro colégio, não foi?

Clara, que se retirava, virou para trás ao ouvir aquelas palavras.

— E por que você foi expulsa, Clara? Com certeza estava se enroscando com algum moleque lá dentro — inventou Jéssica. — A diretora descobriu e te mandou embora. Agora está dando em cima do Chris... — Jéssica riu. — Tenho pena de você por se iludir assim.

— Ora, por favor, menina, vê se me erra! Pare de inventar mentiras! — disse Clara virando-se novamente para ir embora.

— É claro que você não é vulgar assim porque quis. Teve a quem puxar.

Clara parou de caminhar de supetão e se virou, arregalando os olhos. Jéssica percebeu que havia descoberto seu ponto fraco e então lançou o golpe final.

— Aprendeu com a galinha da sua mãe que largou seu pai para fugir com outro homem.

Jéssica sorria maliciosamente. Era possível ver em seus olhos uma vontade terrível de magoar Clara e ridicularizá-la na frente dos colegas. Dentro do seu coração, Clara acumulava, já há algum tempo, a raiva que aquela garota lhe fazia, e as pancadas que recebera dela mais cedo no jogo de handebol ainda estavam atravessadas em sua garganta. Não deixaria aquela estúpida falar daquele jeito com ela, muito menos abrir a boca para falar de sua mãe. Jéssica havia ultrapassado todos os limites e, se era briga que ela queria, era briga que ela iria ter.

— Pro seu governo — disse Clara se reaproximando dela, com os punhos fechados —, eu ainda sou virgem e, afinal, não sou eu quem fica se humilhando para ficar com o Christopher. Esse papel é seu, Jéssica, e de mais ninguém.

Os colegas que se aglomeravam ao redor das duas riram. Jéssica ficou abismada com a ousadia dela. Chris ficou apreensivo pela forma com que Clara reagia, pois parecia estar furiosa. Já tinha visto algumas reações dela de raiva ou contrariedade, mas naquele momento ela estava realmente irritada.

— Além disso, você está desinformada — continuou Clara. — Eu não fui expulsa porque fiquei com alguém, fui expulsa porque dei um coro numa idiota assim como você, que depois se fez de vítima e eu levei a culpa toda.

Christopher estava imóvel, não sabia o que fazer, mas sabia que tinha de fazer alguma coisa. Elas estavam bem próximas uma da outra e as faíscas pareciam intensas.

— Em mim você não vai bater — disse Jéssica —, porque eu sei me defender. Mas você não é mais bem-vinda aqui nessa escola.

— Não sou mais bem-vinda? E desde quando eu fui bem-vinda? Quem aqui é bem-vindo a não ser você e suas amigas fantoches? Os únicos legais aqui são vocês do seu grupinho. Mais ninguém! Os *emos* não são legais, os *nerds* não são legais, os *hippies*, os roqueiros, os *punks*, os comuns, eles não são legais. Eu não sou legal. Só que o que você não sabe é que a gente só não é legal nesta porcaria de colégio, lá fora a vida é muito mais do que isso aqui, menina, vê se te enxerga! Você é linda, loira, rica, influente, popular, inteligente... Quais são os seus defeitos, Jéssica? Você tem algum? Sim, você tem, a soberba, a arrogância, a insensatez e a necessidade de fazer com que todos se sintam piores ao seu lado. Isso te trará consequências, mais cedo ou mais tarde. E espero que uma dessas pessoas humilhadas por você se torne seu chefe no futuro, para você ter de admitir que nunca foi tão boa quanto pensava ser.

Jéssica, indignada, deu um tapa no rosto de Clara, surpreendendo a todos, mas sua força era pequena, não estava acostumada a lutar. Clara mal sentiu o impacto na pele, apenas um leve ardido. Tiago ficou apreensivo, Clara era capaz de encher aquela patricinha de pancadas. Chris correu para perto delas a tempo de ouvi-las trocarem as últimas palavras. Ele não queria que Clara perdesse a cabeça, não deixaria ela se meter numa briga, o ano estava quase no fim, Clara precisava honrar a promessa que havia feito ao pai.

— Esse é o seu melhor? — desafiou Clara.

— Cala a boca! — gritou Jéssica, abalada e furiosa. — A verdade é que, virgem ou não, o Chris só está tirando uma com a sua cara... Acha que alguém iria querer namorar você?

Christopher se aproximou rapidamente e pegou Clara, beijando-a na boca. Jéssica ficou admirada, completamente sem fala. Todos ficaram espantados. As amigas de Jéssica sentiram uma pontinha de felicidade, já que agora quem seria motivo de piada seria a própria Jéssica. Afinal, que amigas eram essas? Tudo não passava de vaidade. Aquele era o "babado" mais forte do ano e muitos daqueles defendidos pelo discurso de Clara sentiram-se justificados. Não havia ninguém naquele recreio que não tivesse um mínimo de interesse no desfecho daquela história. Tudo acontecia muito rápido e tudo se encerrou antes que qualquer funcionário tomasse conhecimento do reboliço.

Clara não gostou nada daquela cena heróica de Chris e o empurrou. Olhou-o nos olhos com raiva e saiu andando depressa, para dentro do prédio. Christopher virou-se para Jéssica.

— Nunca mais olha na minha cara, você é doente! — disse ele seguindo Clara.

Jéssica ficou chorando com as amigas, que a consolavam com uma pitada de falsidade. Christopher a procurou e a encontrou na sala, enfiando os cadernos na mochila.

— O que está fazendo? — perguntou ele.

— Acha que vou continuar aqui? Vou me mandar! Aquela nojenta me deu um tapa na cara, minha vontade é de esmurrá-la!

— Qual é?! Já acabou, você deu uma lição nela.

— Não seja ridículo! Acha que aquele beijo vai fazer com que alguém me respeite mais? Eu nunca tive a intenção de te disputar com ela, muito menos de mostrar pra todo mundo que beijei o garoto mais bonito do colégio. Você e a Jéssica foram feitos um para o outro.

— O que está dizendo? Não seja injusta! Você sabe que eu gosto de você de verdade!

— Mas eu não gosto mais de você! — mentiu ela.

— Mentira! Por que está inventando isso agora? Você nunca foi de falar mentiras! Sou o seu namorado! Você não iria me escolher à toa. Sei que gosta de mim. Você já disse que me ama.

— É tudo uma ilusão, Christopher. Quando estamos juntos... É ilusão. Isso aqui é a realidade, e ela é grotesca. Isso não é para mim, Chris, não é o meu mundo.

— Está dificultando as coisas, aquela garota deixou você confusa. O que somos é a realidade, isso aqui é só um colégio, uma fração da realidade. Não deixa a raiva ofuscar tudo o que temos, tudo o que construímos — Ele segurou os braços de Clara com carinho.

— Me esquece, Christopher. Eu sou uma covarde... Volta pra sua vida e me apaga da sua memória — disse ela olhando para o chão.

Ela fez menção de sair, mas ele a abraçou e a beijou, prendendo-a com seus braços fortes.

— Você não vai mais fugir de mim. Não seja tão intransigente. Como posso apagar você da minha memória? Isso é impossível! O que você quer? Destruir meu coração? Está sendo cruel e eu não mereço isso. Olha pra mim, meu amor, se acalma — Ele segurou seu rosto entre as mãos, olhando em seus olhos. — Eu estou aqui. Estamos juntos.

Clara o abraçou e acariciou seu rosto.

— Chris, eu não posso mais.

— O que está dizendo? Está terminando comigo? — ele a soltou e deu alguns passos para trás.

Ela baixou a cabeça sem responder.

— Por favor, não me faça implorar — disse ele com os olhos marejados.

Ela respirou fundo, tentando se controlar:

— Eu amo você, Chris, é verdade, e eu não quero te magoar. Minha cabeça está fervilhando. Eu preciso ir. Não vou ficar aqui hoje para suportar esse clima até o sinal tocar. Vou para casa, esfriar a cabeça.

— Eu vou com você.

— Eu quero ficar sozinha.

— Droga! — Christopher sentou em uma cadeira, cansado de insistir.

Clara saiu, sem olhar para trás.

Capítulo 30

Clara foi embora para casa, arrumou uma mochila com roupas e dinheiro e saiu decidida a fugir daquela cidade. Começou a escrever um bilhete para o pai, mas a memória do que a mãe lhes havia feito retornou com grande violência e ela se sentiu incapaz de fazer o mesmo. Jamais abandonaria seu pai, nunca iria embora daquele jeito e muito menos iria se despedir por meio de um bilhete. Estava sendo precipitada. O ano estava acabando, logo entraria na faculdade e aí sim poderia sair de casa da maneira correta, sem magoá-lo. Ligou para ele dizendo que dormiria na casa de uma amiga, e de fato foi isso que fez. Ela queria desaparecer do mundo, sentia-se humilhada por Jéssica e, por mais que tentasse, ainda não conseguia confiar totalmente em Chris e tinha medo de entregar seu coração. Estava apaixonada por Christopher e isso a apavorava.

Christopher ligou para ela muitas vezes o resto do dia, mas ela não estava em casa. Imaginou que Clara pudesse estar na casa de Ariana, mas ele não tinha o telefone dela. Ele pensou em ir até lá, pessoalmente, sabia onde a encontraria, mas não iria fazer papel de otário. Se Clara queria ficar longe dele, então que fosse assim!

— Você sabe que tem de voltar para casa, para a escola e terminar esse ano de uma vez por todas, não é? — disse Ariana.

— Eu não posso. Como vou encarar todo mundo? Farei papel de boba.

— Isso não importa, você já aprendeu a ignorar a opinião das pessoas há um bom tempo. Só faltam algumas semanas. É só terminar as provas e fechar com chave de ouro, como você prometeu a seu pai.

— Meu pai não está nem aí, Ariana. Mal nos encontramos. Quando eu saio para a escola ele ainda está dormindo, e quando ele chega do trabalho quem está dormindo sou eu. Nesse ano todo ele perguntou poucas vezes se estava tudo bem no colégio. Desde que minha mãe foi embora, ele se afasta cada vez mais. Acho que ele a odeia e a vê em mim, pois sou muito parecida com ela. Acho que por isso ele me odeia também. Ela foi embora e me deixou nas costas dele, sou um estorvo.

— Não é verdade, ele te ama e você sabe disso. Ele é frio, mas tem gente que é assim mesmo, não adianta querer mudá-lo. Não seja injusta. Ele já provou de várias maneiras que te ama e se preocupa com você. Você está caindo em contradição. Está retrocedendo!

— Eu não quero mudar ninguém, Ariana, eu quero me mudar, mudar de casa, de cidade, de vida. Cansei disso aqui. A única coisa boa nesses anos todos foi a nossa amizade.

— E o Chris? — Ariana indagou.

Clara conteve as palavras.

— Você gosta dele de verdade. E ele também gosta de você — Ariana tentava abrir os olhos da amiga.

— Ele é igual aos outros, um *playboy* babaca!

— É absurdo o que está dizendo. Ele nunca pisou na bola com você, Clara, por que tanta raiva?

— Não sei como pude me envolver com o Christopher. Tinha prometido a mim mesma que nunca me apaixonaria por alguém como ele — Clara andava de um lado para o outro, gesticulando de maneira enfática.

— Alguém como ele? O que quer dizer com isso? — Ariana franziu o cenho.

— Um cara do tipo dele, da turma dos populares.

— Ele abriu mão disso pra ficar com você. Não percebe?

— Mas eu não quero gostar dele mais.

— Essas coisas a gente não controla.

— Por que tínhamos de nos encontrar naquele show? Que arrependimento ter ido!

— Clara, para com isso! — ordenou Ariana em tom grave. — Pare de se lamentar! O cara é bonito, forte, carinhoso, inteligente e está amarradão em você. O que mais você quer? Vocês se dão superbem. Ele nunca agiu com você feito um *playboy* babaca. Você está sendo mais preconceituosa do que essa tal de Jéssica.

Clara se calou e refletiu, Ariana estava certa. O fato de Chris ser amigo das pessoas não significava que ele era igual a elas e por várias vezes ele provou que não era nem um pouco parecido com Jéssica Monteiro.

— Ariana, eu estou cansada, entende — suspirou a jovem. — Isso tudo é um saco. Estou cansada de ser feita de idiota. O ano praticamente terminou e eu já passei em tudo, não vai ter problema eu parar de estudar agora.

— Esquece isso, você não pode fugir. Essa garota não significa nada. Ela vai acabar cansando de te encher.

— Não... Ela sabe sobre o Christopher e ficou furiosa. Não vai descansar enquanto não acabar comigo. Hoje quase que eu rolei na pancada com ela. Se fizesse isso...

— Você não pode fazer isso! — decretou Ariana.

— Eu sei, mas é difícil manter a calma.

— Você não pode viver sua vida em função dessas pessoas, Clara, isso é ridículo! Tem de aprender a controlar sua raiva.

— Mais? — Clara derramou algumas lágrimas.

— Mais! Só mais um pouco!

— O que quer que eu faça? Que eu fique parada? Saia correndo? Vá à sala da diretora dedurar? Nada disso adianta. O melhor mesmo é não voltar mais lá.

— De novo? Vai fugir de novo? Largar tudo, sair no meio do jogo?! Quantas vezes você já fez isso? Muda mais de escola do que de tênis!

— O que eu faço então? — Clara suspirou, enxugando o rosto com as costas da mão.

— Quem sabe se tentar ser como todo mundo...

— Como assim?

— Se vestir e se arrumar de uma maneira mais comum. De tentar interagir pelo menos com algumas pessoas. Assim não te achariam tão esquisita.

Clara riu, não se importava em ser esquisita, gostava de seu estilo.

— Mas eu interajo. Fiz algumas amizades...

— O que acha de um *make over*?— sugeriu Ariana.

— Um o quê? — Clara levantou as sobrancelhas, confusa.

— Uma transformação — explicou a menina.

— Como naquele programa?

— É...

— Não sei, não... — Clara fez um biquinho, indecisa.

Capítulo 31

Ariana ajudou Clara a cortar um pouco o comprimento dos cabelos, a fazer um franjão lateral e a pintá-los de castanho escuro. Ela tirou o esmalte preto e toda a maquiagem dos olhos. Passou esmaltes claros e um batom cor de boca. Para ir à escola colocou um uniforme mais alinhado e um tênis escuro, comum. Prendeu os cabelos em um rabo de cavalo. Estava quase irreconhecível e passou despercebida para muita gente. Menos para Jéssica... E para Chris. Ela se aproximou dele logo que entrou no pátio, ele parecia aborrecido.

— Podemos conversar?

— Agora você quer conversar? — disse ele, contrariado.

— Vem, vamos nos sentar ali. Ainda temos um tempo até o hino tocar.

Chris a seguiu, com a cara fechada, chocado com a mudança no visual dela. Sentaram-se em um banco, onde poderiam ter privacidade, não dos olhos, mas dos ouvidos dos demais.

— O que você fez? — questionou o garoto.

— Mudei o cabelo, não gostou?

— Por quê?

— Deu na telha, sei lá...

— Não precisava disso, eu gostava do seu cabelo como era...

— É bom mudar de vez em quando...

Christopher estava sem palavras e sentia muita raiva para tecer elogios.

— Você sumiu, estou tentando te ligar há dois dias — reclamou ele.

— Eu estava na casa da Ariana, recuperando minhas forças e minha paciência.

— Você... parece estar brincando com meus sentimentos, Clara. Brigou comigo à toa e sumiu desde antes de ontem.

— Me desculpa, Chris, eu estava nervosa. Devia ter te ligado. Sou uma estúpida. Eu fiquei com raiva, acabei descontando em você... Tenho agido como uma boba com você. Não é de propósito — Clara resolveu abrir seu coração. — Eu estava acostumada a ter poucos amigos e a ficar a maior parte do tempo sozinha. Me sentia segura assim. Mas quando eu te vi, mesmo antes de te conhecer melhor, eu me senti atraída e isso me apavorou. Eu me pegava pensando em você e imaginando como seria te beijar. Aí você tentou se aproximar, puxar papo, eu pensei que fosse algum tipo de piada sua e de seus amigos, esperando que eu me entregasse ao seu charme para rir de mim depois. Só que você insistiu e eu me sentia cada vez mais admirada. Naquele dia, no show, eu não pude resistir. E, por mais que eu tentasse, não consegui mais dizer não para você. Era como se eu estivesse traindo a mim mesma.

Clara fez uma pausa. Tocou no braço do namorado e deslizou seus dedos até entrelaçarem as mãos.

— Ficar com você contrariou todos os meus princípios — continuou ela. — Eu sou só uma adolescente rebelde e chata. E você... Você é Christopher Ferreira. Eu não entendia porque você estava comigo, porque insistia em ficar perto de mim. Eu não entendia o porquê de você aturar minhas crises de identidade com tanta paciência. Sabe... Eu pensava que você era um *playboy* babaca... Mas a verdade é que você é o melhor homem que eu já conheci.

Chris estava sério, com os olhos marejados. Clara tocou o rosto dele, virando-o para si e sorriu.

— Depois de tudo o que fez por mim. Aquela surpresa em meu aniversário... Chris eu amo você! Amo você com todas as minhas forças e... Me perdoe por ter me comportado como uma boba. Não quero mais te magoar. Você me desculpa?

Ele permanecia sério.

— Eu não vou deixar mais ninguém te humilhar — disse ele, com a voz trêmula.

— Olha, Christopher...

Ele a beijou antes que ela pudesse dar mais um fora nele.

— Quer namorar comigo? — perguntou ele.

— Christopher eu...

Ele a beijou de novo.

— Namora comigo? — repetiu ele com voz vigorosa.

— É tudo o que eu mais quero. Eu aceito — Clara sorriu apaixonada.

Ele a abraçou forte e disse:

— Ninguém mais vai chegar perto de você, muito menos estas três babacas. Ninguém mais vai entristecer minha namorada. Vamos pra sala! — disse ele passando o braço pelos ombros dela.

Todo mundo olhou, surpreso. Clara não queria mais resistir e nem mesmo evitar Chris. Ariana tinha razão, ele nunca havia pisado na bola e a regra de manter o relacionamento em segredo tinha sido ideia dela desde o princípio. Ela não queria mais parecer complicada para Chris, não queria mais magoá-lo. Era grata a Deus por tudo o que estava acontecendo em sua vida e Chris era uma das melhores partes.

Jéssica fervia de raiva e não podia se conter, pensando no que faria para separar aqueles dois de uma vez por todas.

Capítulo 32

Alguns dias se passaram e Jéssica sentia-se muito chateada e sozinha. Chorou muito por causa de tudo o que havia acontecido, sentia-se rejeitada por Chris e temia ser alvo de piadas na escola já que o garoto que ela gostava tinha preferido outra. Jéssica considerava-se muito melhor do que Clara e não entendia por que Chris havia se relacionado com aquela garota. Ela podia ser até bonitinha, mas não tinha nada a ver com Chris. Pensando bem, ele estava diferente ultimamente... Jéssica não sabia explicar por quê.

Na tentativa de esquecer tudo aquilo, resolveu ir para a academia nadar e desanuviar a mente. Fez a aula de natação, tomou um banho e se arrumou para ir embora. Quando deixava o estabelecimento, encontrou um rapaz mais velho que já algumas vezes havia a convidado para sair. Ele se aproximou e começaram a conversar. Ele era pelo menos dez anos mais velho que ela e, pela primeira vez, Jéssica decidiu aceitar o convite. Há muito ele insistia e ela dizia não. Queria provar para todo mundo que podia ter o homem que quisesse, inclusive um homem bem mais velho e maduro como aquele. Contaria sobre o encontro para as colegas para que todos pudessem saber e comentar com Chris, deixando-o com ciúmes.

Clara caminhava pela Zona Sul da cidade depois de ir a um festival de animes que havia ocorrido em um colégio da região. Chris tinha saído com os amigos para jogar futebol. Ele não gostava daquele tipo de evento, não era muito fã de desenhos animados nem de revistas em quadrinhos, muito menos os de origem japonesa. Como Clara também não era fã de futebol, resolveram cada um fazer o que gostava, se encontrariam pela manhã no colégio.

Seguindo pelas ruas vazias, em direção ao ponto de ônibus, Clara reparou que passavam muitos carros, mas não havia nenhum pedestre e apertou o passo, receosa. De repente, ouviu um grito vindo de uma rua lateral. Estava escuro. Aproximou-se com medo, pronta para correr e chamar a polícia. Parecia que uma mulher estava sendo atacada. Era Jéssica! Sim, ela mesma, encurralada por um homem grande, que apertava os seus braços.

— Levante a saia, gatinha, vamos terminar o que começamos!

— Já disse que não quero, me deixa ir embora — chorava ela.

— Uma belezinha como você? Não é todo dia que tenho essa sorte.

Clara se aproximou devagar e, de repente, deu uma "gravata" no pescoço do homem, enforcando-o. Ele começou a se debater tentando se soltar, deu alguns passos para trás, tentando tirar os braços envoltos em seu pescoço e deu um soco no rosto de Clara, derrubando-a no chão. Virou-se e partiu para cima dela, para agredi-la ainda mais, quando ela rapidamente lhe chutou o órgão genital com muita força e ele caiu, se contorcendo.

— Vagabunda de uma figa!!! Eu te mato! — berrou ele.

— Vamos sair daqui, vem! Rápido! — disse Jéssica ajudando Clara a se levantar.

As duas saíram correndo. Clara levava a mão no rosto, que doía intensamente. As duas correram bastante, até não aguentarem mais. Jéssica ficou sem um dos sapatos pelo caminho. Estava muito assustada. As duas entraram em um bar correndo e se trancaram no banheiro. Clara se apoiou nos joelhos para recuperar o fôlego. Jéssica também respirava afobadamente. Clara levou a mão ao rosto, sentindo muita dor. O ferimento havia feito um grande estrago.

— Você está sangrando! — apavorou-se Jéssica.

Clara se levantou e olhou no espelho.

— Vai ficar bem feio! — constatou ela limpando o sangue da maçã do rosto. Havia um pequeno corte que ardia muito.

— Temos de ir a um hospital — alertou Jéssica, preocupada.

— Não! Não foi sério, só vai inchar. O cara deu uma pancada pra valer. Vou colocar gelo quando chegar em casa.

Jéssica ficou olhando aquela garota que havia salvado sua vida.

— Ele queria me estuprar — Jéssica começou a chorar.

— Esquece isso... Está tudo bem. O que estava fazendo num lugar daquele, sozinha?

— Eu o conheço da academia, quer dizer, só de vista. Resolvi sair com ele, mas quando o pedi para me levar para casa ele ficou desapontado, acho que estava esperando mais do que alguns beijinhos.

— Você é maluca! A essa hora, com um cara que mal conhece?

— Você me salvou, obrigada.

Clara ficou calada, respirou fundo e lavou o rosto com água e sabão.

— Me desculpa — disse Jéssica.

— Está tudo bem.

— Não, é sério. Peguei pesado com você lá na escola.

— Você estava com ciúmes.

— Sabe... Eu nem gosto tanto do Chris assim. Mas pirei quando soube que ele estava com você. Eu nunca o vi tão apaixonado. Acho que seus cabelos vermelhos o enfeitiçaram.

— É, mas agora eles estão castanhos, então ele vai me esquecer rapidinho.

A loirinha analisou Clara por um momento.

— Do que você tem medo?

— Como assim? — Clara levantou uma das sobrancelhas.

— Não é de mim, eu sei que não é. Você bateu naquele cara. Bateria em mim se fosse preciso.

— Eu bati numa garota no outro colégio, por isso fui expulsa. A polícia foi chamada, foi um grande tumulto. Foi uma briga muito feia, e eu levei a culpa toda e me ferrei. Meu pai me deu uma surra. Se me meter em confusão na escola de novo...

— Não estou falando disso. Você gosta dele? — interrompeu Jéssica.

— O quê? — Clara estava surpresa com a pergunta.

— Você gosta do Chris?

— Eu... o amo... — confessou Clara, baixando os olhos.

— E isso é ruim?

— Claro que sim, porque quando ele se cansar, vai me chutar e eu vou ficar mal. Você mesma disse, eu não sou o tipo de garota que ele gosta. Vai ver ele só estava curtindo.

— Você acha mesmo?

— Não... — confessou Clara.

— Então o que é?

— Acho que ele está iludido, daqui a pouco passa, ele acha outra garota mais bonita e termina comigo.

— Você deixou as coisas que as pessoas dizem sobre você determinarem seus pensamentos sobre si mesma. Não seja boba, você é linda. Não sei por que pintou o cabelo, eram lindos vermelhos!

— Para não chamar mais a atenção — explicou Clara.

— Você não devia...

— É melhor ligar para alguém vir aqui te buscar — Clara interrompeu a conversa.

Jéssica pediu ao dono do bar para usar o telefone e ligou para o pai, contando toda a história. Ele ficou apavorado e mandou que ela o esperasse trancada no banheiro até ele chegar. Eram quase duas da manhã.

— Vamos lá pra casa, se seu pai te ver assim, vai ficar maluco — disse Jéssica.

— Não se preocupa, eu me viro.

— De jeito nenhum, não vou deixar você voltar pra casa sozinha, olha seu rosto! Meu pai é médico, vai pelo menos amenizar isso, senão seu rosto vai virar uma bola.

Uma buzina tocou lá fora, era o pai da garota, que havia chegado à porta do tal bar. As duas saíram rapidamente e entraram no carro antes mesmo que ele desse algum escândalo.

— Meu Deus, minha filha, o que aconteceu? Estou louco! Olha essa menina, foi agredida!

Jéssica contou toda a história para ele, *tim tim por tim tim*.

— Então quer dizer que se não fosse sua colega...

Jéssica chorava, o pai dela também.

— Me desculpa, pai, fui uma burra.

— Você não vai sair sozinha tão cedo mocinha, está de castigo para sempre!

— Eu seu, eu sei...

Ao chegarem em casa, o pai de Jéssica guardou o carro na garagem e entraram. A casa era uma verdadeira mansão. A mãe de Jéssica os aguardava impaciente na sala. Jéssica entrou correndo e a abraçou. Clara baixou a cabeça, sentindo-se deslocada.

— Minha filha, o que houve? Que história é essa de estupro? — a mãe de Jéssica estava aterrorizada.

— Não aconteceu, mamãe, porque a Clara me salvou!

Jéssica chorava junto com sua mãe. O pai da menina estava mais calmo e cuidou do rosto de Clara. Jéssica e sua mãe não saíram de perto de Clara, estavam tristes porque ela estava muito machucada, e admiradas pela forma com que ela havia enfrentado aquele homem.

— O rosto dela está bem marcado, pai.

— Vai ficar pior, Jéssica. Vai inchar mais e ficar bem dolorido. Mandarei trazer um analgésico e faremos algumas compressas para o inchaço. Amanhã vamos à delegacia dar queixa desse canalha!

— Tudo bem, senhor, elas estão apavoradas, mas eu já me meti em brigas antes, sei bem como é levar um soco na cara — Clara falou.

— Esse homem te bateu pra valer — afirmou o pai de Jéssica.

— Ela vai ficar bem, pai?

— Sim, Jéssica, vai ficar bem. Agora a leve para tomar um banho e vão se deitar.

Depois de tomar banho, Clara colocou um pijama emprestado e se deitou, exausta. Jéssica não conseguia dormir.

— Quem diria! Eu dormindo no quarto de Jéssica Monteiro! Se contasse para alguém não acreditariam — divertiu-se Clara.

— Me sinto envergonhada por tê-la maltratado tanto — Jéssica chorava baixinho. — Não consigo parar de pensar naquele monstro, se não fosse você ele teria... Nunca mais volto naquela academia!

— Esquece isso, antes que vire um trauma. Não rolou nada.

— Rolou sim, ele te machucou.

— Já apanhei outras vezes, não estou tão impressionada, eu já disse.

— De um homem?

— Não... Quer dizer, já, do meu pai, mas me referia às brigas com outras garotas.

— Você não parece ser do tipo briguenta — Jéssica se virou na direção de Clara.

— Estou tentando mudar — confessou a menina, olhando para o teto.

— Me desculpe por ter falado da sua mãe — disse Jéssica.

Clara se calou.

— Eu não tinha o direito — completou a loirinha.

— Está desculpada.

— Clara eu...

— Jéssica, não se preocupa. Está tudo bem, esquece tudo. Estou feliz que tenhamos acertado nossas contas. Assim terei paz para terminar esse ano. Agora vamos dormir, estou desmaiando de cansaço!

— Boa noite.

— Boa noite.

Antes de adormecer, Clara telefonou para o pai, avisando que dormiria na casa de uma amiga da escola.

Capítulo 33

Clara acordou com dores no rosto e um grande inchaço, sem a mínima condição de ir à aula. Permaneceu deitada aos cuidados da família Monteiro. Havia uma prova importante naquele dia, mas Clara disse que já tinha passado de ano e que não queria que Jéssica justificasse sua falta. Jéssica a fez prometer que não contaria para ninguém o que tinha acontecido. Era melhor deixar tudo em segredo. Seria melhor para as duas. Jéssica não queria ter sua reputação manchada e Clara ganharia tempo antes que aquela história chegasse aos ouvidos de seu pai. Se fossem mesmo à delegacia, precisaria do pai para ajudá-la.

Na escola, Christopher não via a hora de Clara chegar. Ele sentia saudades e não havia conseguido falar com ela na noite anterior. Agora Clara era sua namorada, oficialmente. Queria vê-la e abraçá-la. Mas ela estava atrasada.

Jéssica se aproximou dele, séria.

— Nem vem, Jéssica, não quero conversar.

Ela assentou-se ao lado dele, parecia diferente.

— Me desculpe — disse ela.

— O quê?

— Por ter maltratado a sua garota.

— O que está dizendo? Está pedindo desculpas?

— Estranho, né? — ela riu sem graça.

— Muito... Nem dá para acreditar... Olha, eu e você não temos mais nada a ver...

— Eu sei, Chris, não estou aqui pra isso. Meu pedido de desculpas é sincero.

Ele ficou em silêncio.

— Está tudo bem, mas acho que deve desculpas para a Clara.

— Ontem à noite quase fui violentada.

— O quê? Você está bem? — ele se assustou.

— Sabe quem me salvou?

— Não...

— A Clara.

— Clara? Como assim? — Chris franziu a testa, preocupando-se.

— Ela surgiu do nada, tentou dar um "mata leão" no cara, depois deu um chute nas bolas dele e saímos correndo. Eu não sei o que teria acontecido comigo se ela não tivesse aparecido.

Christopher estava impressionado com toda aquela história.

— Ela se machucou? — perguntou ele, desnorteado.

— Levou um soco no rosto, ficou bem inchado. Meu pai está cuidando dela. Ela dormiu na minha casa.

— Meu Deus! — Christopher se levantou impaciente.

— Ela foi incrível, Chris. Eu pedi desculpas e ela aceitou na hora. Me tratou muito bem, mesmo depois de tudo que fiz. Pensei que ela era uma garota chata. Mas entendi porque você gosta tanto dela.

Christopher se emocionou com tudo aquilo que estava ouvindo. Queria ir até Clara para cuidar dela.

— Você me perdoa?— perguntou Jéssica com os olhos cheios de lágrimas.

— Sim... Tudo bem... Pensei que esta história acabaria pior, mas o destino tratou do assunto. Você está bem mesmo?

— Sim.

— Graças a Deus. Eu irei até a sua casa para vê-la. Não posso esperar até a aula acabar. Vou sair antes que o portão se feche. Depois a gente se fala.

— Está bem.

Christopher pegou um ônibus e foi para a casa de Jéssica. Tocou a campainha.

— Senhora Monteiro, preciso vê-la, por favor, não causarei problemas — os olhos de Chris estavam marejados e seu coração acelerado.

— Ela está deitada, venha.

Ele se sentou na beirada da cama e a chamou baixinho:

— Clara...

A senhora Monteiro saiu do quarto, deixando a porta aberta. Clara acordou meio sonolenta, havia tomado um analgésico, ficou surpresa por vê-lo ali. O rosto dela tinha com um grande hematoma. Christopher aproximou-se dela com cuidado e a abraçou.

— Eu te amo, eu te amo, eu te amo. Se alguma coisa tivesse acontecido com você... — desesperou-se ele.

Chris não conseguiu controlar as lágrimas.

— Que susto você me deu. Você está bem?

— Sim, é só inchaço — disse ela, sorrindo.

— Eu prometi que não deixaria mais ninguém lhe fazer mal e você é agredida dessa forma... E eu nem estava lá para te proteger.

— Christopher, está tudo bem...

— Tem certeza?

— Sim, só está doendo um pouquinho... Vai melhorar logo.

Ele a beijou. Ela correspondeu.

— Vamos ficar juntos, namorar, curtir a vida. Tem tanta coisa legal que podemos fazer juntos — disse ele alegre.

— Mas o ano já está acabando. Você vai se mudar, e eu, provavelmente, também.

— Não vamos pensar nisso agora. Vou fazer provas em muitas faculdades. Nem sei para onde vou ainda.

— Tá certo, Chris. Não vou mais dizer "não" pra você. Afinal, foi por isso que acabei te beijando aquele dia no show.

— Por que eu sou irresistível? — riu ele, brincando.

— É — ela riu também.

Capítulo 34

Na semana seguinte, Clara voltou para a escola. Havia conseguido um atestado com o pai de Jéssica e se ausentado até que o rosto ficasse melhor. Augusto, a princípio, ficou furioso pelo fato da filha ter se arriscado daquela maneira, mas depois sentiu orgulho por sua coragem. Afinal de contas, ela tinha salvado a amiga de algo terrível. Jéssica e Clara, acompanhadas por seus pais, deram queixa na polícia. O agressor, como esperado, sumiu da academia, mas a secretária tinha a ficha com os dados dele. Seria uma questão de tempo até que fosse encontrado e processado. Esperavam que ele fosse preso.

As provas finais do colégio terminariam em três dias e faltava pouco mais de duas semanas para a formatura. A turma já estava em clima de festas: natal, ano novo, colação de grau, baile de formatura.

Quando Clara entrou na escola, o rosto estava bem melhor, mas ainda percebia-se o hematoma.

— O que será que aconteceu com a esquisita? — perguntou Fabiana.

— Deve ter apanhado em casa — disse Vanessa.

— Calem a boca, deixem a Clara em paz! — Jéssica interrompeu as amigas.

Todas a olharam, assustadas.

— Não quero mais ninguém mexendo com ela, já chega! — continuou Jéssica.

— O que houve? Por quê? — Fabiana questionou.

— Não era você quem queria acabar com ela? — alfinetou Vanessa.

— Isso já passou, não quero mais saber dela e nem do Chris. Estou em outra — disse Jéssica com firmeza.

As amigas não entenderam a mudança repentina. Jéssica não tinha contado para ninguém sobre o incidente. Chris também não dissera nada.

— Mas Jéssica...

— Meninas, já chega, cansei, é só isso. Temos muito o que fazer na comissão de formatura. Não podemos perder tempo com essas bobagens. Percebi que estamos muito velhas para essas briguinhas. Além disso, até que acho essa Clara legal, vocês não acham?

Elas ficaram boquiabertas.

— Ela escreve bem, se expressa bem... Acho que não tem outra pessoa melhor na turma para ser nossa oradora. Tenho certeza de que ela escreverá um bom discurso. Se ficarmos pegando no pé dela, ela nunca aceitará o convite. O que acham?

— Jéssica teve a ideia alguns dias antes e torcia para que Clara aceitasse a proposta.

— Tem certeza que quer chamá-la, Jéssica? — Fabiana não acreditava no que estava ouvindo.

— Você tem outra pessoa em mente? — indagou Jéssica.

— Não.

— Alguém tem uma sugestão melhor?

— Na verdade, concordo com você, Jéssica, ela é quem escreve melhor na sala— assentiu Vanessa.

A comissão de formatura entrou em um consenso e Jéssica foi até Clara fazer o convite.

— Oi — disse Jéssica se aproximando de Clara no vestiário.

— Oi — respondeu ela, desconfiada.

— Está melhor?

— Sim — Clara lavou as mãos e as secou.

— Seu rosto ainda está marcado — Jéssica se aproximou, analisando o ferimento.

— É, mas vai sumir.

— Deixa isso comigo — disse Jéssica, abrindo sua mochila e pegando o kit de maquiagem.

— Não precisa.

— Deixa, vai!

Clara sossegou. Jéssica maquiou-a de modo que o hematoma desapareceu.

— Bem melhor.

— Obrigada — disse Clara, sincera, olhando-se no espelho.

Jéssica tocou no braço de Clara e pediu:

— Não conta pra ninguém, tá, não conta nada.

— Eu não faria isso, Jéssica. É uma coisa muito íntima. Não iria te expor dessa maneira.

A loirinha suspirou, guardando a maquiagem na mochila, e falou com pesar:

— Você é legal. Pena que não nos tornamos amigas. Nunca pensei que fosse dizer isso, mas acho que sou muito prepotente.

— Se isso está te incomodando, então tenta mudar.

— Eu sei...

Clara deu alguns passos se afastando e disse:

— Vou voltar pra sala.

— Espera, Clara, quero te pedir uma coisa.

Clara girou nos calcanhares, curiosa.

— O quê?

— Precisamos de uma oradora para a formatura.

— Nem vem! — Clara esquivou-se levantando as duas mãos.

— Queria que fosse você. A comissão concordou — revelou Jéssica.

Relutante, ela balançou a cabeça e deu as costas para Jéssica.

— Não, nem pensar!

— Por que não?

Clara a encarou com seriedade.

— Está de brincadeira comigo? É mais uma de suas pegadinhas?

— Não, de jeito nenhum, não vou mais pisar na bola com você, Clara.

— Estamos quites, tá, não precisa ficar me incluindo nas coisas para tentar ser legal. Está tudo certo, desencana.

— Não é isso, é que você é boa oradora.

— De onde tirou essa ideia? Detesto falar em público! — Clara riu sem graça.

— Suas redações são muito bem feitas e você sabe se expressar bem. Tenho certeza de que seu discurso seria bacana, queria uma coisa inteligente e original. Se indicarmos uma das meninas, vai ser uma balela só.

— Tem muita gente boa na sala, Jéssica.

— Mas não saberiam o que dizer. A mensagem não seria interessante. Vai, aceita! — A loirinha uniu as mãos, torcendo para que a colega aceitasse o convite.

— Não! Tenho vergonha. Não quero subir naquele palco, na frente de todo mundo — Clara balançou a cabeça negativamente.

— Pensa e me fala na hora do recreio — disse Jéssica saindo do banheiro.

Clara se olhou no espelho. *Oradora? Será?* Contou para Chris a novidade e pediu sua opinião.

— Acho a ideia ótima, Clara. Você tem "a manha" de escrever.

— Mas, Christopher, já pensou, eu lá, na frente de todo mundo? Só falta alguém me jogar um tomate.

— Não fariam isso.

— Quem garante?

— Eu — disse ele sério.

— E aí, Clara, pensou? — perguntou Jéssica aproximando-se dos dois com suas amigas da comissão.

— Eu aceito — decidiu-se a jovem.

— Mesmo? Que ótimo! — Jéssica comemorou batendo palmas.

Chris abraçou a namorada, beijando-lhe a testa.

Capítulo 35

Todos estavam bonitos em suas becas. As famílias reunidas no auditório para a solenidade da Colação de Grau. O diretor, a supervisora e alguns professores convidados. O mestre de cerimônia havia feito a abertura, alguns vídeos foram passados no telão, o diretor discursou, seguido pela supervisora e por um professor homenageado.

Clara então foi chamada. O coração dela quase saía pela boca. Por mil vezes havia se arrependido de ter aceitado aquele convite. Havia trabalhado por duas semanas naquele texto e não tinha certeza de sua qualidade. Imaginava-se sendo vaiada.

Ela respirou fundo e se levantou. Afinal de contas, para que aquele medo todo? Ninguém a humilharia mais. Ela tinha de acabar de uma vez por todas com aquele sentimento de inferioridade, com aquela bobagem toda de ser a excluída. Namorava o garoto mais bonito e interessante da escola e ele era apaixonado por ela. Havia salvado a garota mais influente da escola das garras de um agressor, tornando sua maior inimiga em uma colega que a admirava. Havia terminado aquele ano com boas notas e finalmente estava livre do colégio e de toda aquela frescura. Poderia ir embora da cidade, para qualquer lugar do país, ou até do mundo. Estava livre!

Subiu no palco, se posicionou e o mestre de cerimônia ajustou o microfone para ela. Clara olhou para todos os colegas de turma, para a plateia, para seu pai e então fixou seus olhos no texto que havia escrito e começou a ler, ora olhando para a folha, ora olhando para as pessoas:

"Caros colegas, amigos, familiares, senhor diretor, senhora supervisora, professores, Christopher, pai... Por muito tempo eu sonhei com o futuro, que para mim era sinônimo de liberdade. Queria que o tempo passasse depressa para que eu pudesse crescer. Não queria mais ser criança, não queria mais ser adolescente. Eu queria ser adulta, queria poder decidir a minha vida, sem satisfações a dar, sem conselhos para aceitar, sem amigos para me recordar, sem lembranças para guardar. O futuro significava para mim o início da felicidade. Mas descobri que eu não tinha entendido o que é a felicidade, e o que é o futuro.

Hoje é o futuro. Hoje é o início da nossa felicidade. Hoje nos tornamos livres. Mas ainda me sinto criança, às vezes uma adolescente rebelde. Hoje nos tornamos adultos, mas não iremos decidir nossas vidas por completo, pois a vida é cheia de decisões. Sempre teremos satisfações a dar: aos pais, ao chefe, ao Estado, aos filhos. Os conselhos? Eles são valiosos, precisamos deles. E os amigos? São muitos. Uns mais chegados que outros. Alguns serão esquecidos com o tempo, mas outros guardaremos no coração a vida toda. E as lembranças? Fazem parte da nossa história, não podem ser apagadas, é tudo o que restou de todos esses anos vividos.

Eu queria que o tempo passasse depressa, para que eu pudesse crescer. E o tempo realmente passa muito rápido. A juventude dura só alguns anos. Hoje gostaria que o tempo desacelerasse, que tudo acontecesse de maneira mais lenta, para que pudéssemos aproveitar cada instante, para que observássemos as coisas belas, sentíssemos agradáveis cheiros, aproveitássemos cada sabor gostoso. Mas não, o tempo passa rápido. Muito rápido.

O que é o futuro e o que é a liberdade?

O futuro começa agora. O futuro são os nossos sonhos, nossos planos, nossas conquistas. O futuro é aquilo que seremos, resultado de tudo o que fomos no passado e daquilo que somos hoje. E o futuro pertence a Deus.

A liberdade? É quando temos escolha. E a vida é feita de escolhas. O que temos de buscar é sabedoria, para que façamos as escolhas certas. E a sabedoria vem de Deus.

Descobri que enquanto amarmos e tivermos pessoas que nos amam, o futuro será sempre bom e seremos sempre livres. E Deus é amor.

Obrigada, amigos, por esse ano de amizades, lembranças e amor. Que o futuro reserve a cada um de nós boas lembranças e uma vida plena. Que sejamos felizes, sempre, e que Deus nos abençoe".

Clara foi aplaudida de pé. Sentou-se em seu lugar e recebeu um beijo e um abraço de Chris. Jéssica então pronunciou algumas homenagens. Ao fim, o diretor declarou os alunos formados e deu-se início à chamada dos nomes para a entrega do diploma a cada um.

Quando Clara recebeu o seu, Augusto a encontrou nas escadas e a abraçou, orgulhoso.

— Você conseguiu, filha.

— Sim, pai. Nós conseguimos.

Ao final, todos aplaudiram e celebraram abraçando os colegas e familiares. Em meio à multidão, Clara pôde distinguir sua mãe, vestida discretamente, sorrindo para ela. Juliana acenou e saiu, misturando-se aos demais. Clara a seguiu.

— Mãe!

— Filha, parabéns!

— Você veio!

— Eu não poderia perder. Você estava maravilhosa e seu discurso foi esplêndido.

Elas se abraçaram.

— Tome, é uma lembrancinha, para nunca se esquecer que eu te amo. Nos falamos depois — disse Juliana, entregando à filha um embrulho.

Clara abriu o presente. Era um porta retratos com uma foto de Juliana abraçando a filhinha quando ainda era um bebê. A garota ficou emocionada. Logo voltou para perto da turma, abraçando Chris.

— Veja o que ganhei.

— Quem são?

— Eu e minha mãe.

— Ela veio?

— Veio, mas já foi embora.

Do lado de fora, Augusto observava a filha conversar com alguém e depois viu este alguém ir embora. Era uma mulher loira, bem vestida. *Quem seria?* Ele não viu o seu rosto, mas sentia que a conhecia de algum lugar.

Naquela mesma noite, a partir das 22 horas, seria o baile de formatura. Clara não participaria. As mensalidades para a formatura estavam sendo pagas desde o início do ano, mas ela não havia se interessado. Mesmo depois de conhecer Chris não sentiu vontade de entrar no rateio. Entretanto, naquele dia especial, ela realmente queria estar lá com ele. Já não havia motivos que a impedissem de festejar com a turma. Porém era tarde demais. Foi para casa, estava cansada. A história do discurso tirara seu sono nos últimos dias. Estava feliz, aliviada. Sentia saudades de

Chris, que a essa hora devia estar se aprontando para o baile. Seu telefone então tocou.

— Oi, Christopher.

— Oi, linda. Vem aqui fora para me ver todo gatão. Quero te dar um beijinho.

— Tô de pijama, Christopher...

— Por favor, só um pouquinho.

— Tá bom, só um pouquinho.

Clara trocou de roupa e desceu as escadas. Abriu a porta e o viu no alpendre. Chris estava lindo. De terno, perfumado, bem penteado. Ele a beijou.

— Você está linda com essa roupa de dormir.

E a beijou mais uma vez.

— Não estou de pijama, coloquei outra roupa, seu bobo.

— Cadê seu pai?

— Saiu com aquela colega do trabalho — disse ela.

— Sério? Olha o senhor Augusto se apaixonando finalmente!

— Tomara que dê certo!

Chris a beijou e entrou com ela na casa, apertando-a forte contra si. Clara deslizou as mãos por cima do paletó, tocando a barriga dele e o peito. Acariciou seu pescoço também.

— Sabia que você é uma gata? — disse ele a beijando mais forte.

— Christopher, não, você está prontinho, vai amarrotar sua roupa!

— Não estou nem aí, gata.

— Vai com calma. Apaga esse fogo — falou ela com um sorriso.

Ele se afastou, sorrindo também.

— Está certo, tenho de ficar gato para as mulheres me admirarem — brincou ele concertando a roupa.

Clara ficou com ciúmes.

— Pena que você não vai — disse ele.

— É... Pena — ela olhou para baixo.

— Não vai poder dançar comigo a valsa, nem comer salgadinhos, nem me beijar a noite toda...

— Para de fazer vontade Chris...

— Você queria ir?

— Sim, dessa vez eu queria. Me sinto feliz e queria me despedir da turma.

— Devia ter pensado nisso antes e participado. Vacilou. Agora não vai poder ir — ele mordeu o lábios, com um brilho especial nos olhos.

— É... — Clara fez beicinho.

— A não ser que eu conseguisse um convite para você ir comigo, igual a esse aqui.

Ele mostrou um convite. Estava com o nome dela.

— O quê...

Ele sorriu satisfeito.

— Mas como? Disseram que não permitiriam — Clara estava surpresa.

— Esqueceu que já dei uns amassos na chefe da comissão? — disse ele fazendo graça, referindo-se à Jéssica.

Ela lhe deu um tapa no braço, correspondendo à brincadeira.

— Seu chato...

— Além disso, ela é sua nova melhor amiga — ele levantou as sobrancelhas.

— Nem tanto.

— E aí, não vai se arrumar?

— Acho que vou assim, não é uma boa ideia?

Chris a olhou, analisando, e sorriu:

— Não... Vá se arrumar.

Ela sorriu também.

— Obrigada — disse ela.

— Eu te amo.

— Eu te amo também.

Clara colocou um vestido, fez maquiagem, prendeu os cabelos em coque. Dessa vez precisou se arrumar sem a ajuda de Ariana e até que fez um bom trabalho. Desceu as escadas, Chris a esperava na sala.

— Já? Tão rápido?

— Sou uma mulher prática.

— Você está linda.

Chegaram à festa de táxi. O salão estava muito bem decorado e todos se divertiam. Tiago se aproximou de Chris, cumprimentando-o. Ele estava de mãos dadas com a namorada, cuja barriga da gravidez já estava bem grande.

— E aí, Chris?!

— E aí, Tiago!

Os dois se cumprimentaram e apertaram as mãos.

— Lembra da Alessandra?

— Sim, claro. Como vai? — disse Chris a cumprimentando com um beijo no rosto. — Clara, essa é a Alessandra, namorada do Tiago.

— Oi, como vai? — as duas se cumprimentaram.

Clara não pôde deixar de reparar na barriga dela. Quando se afastaram comentou:

— A barriga dela já está grande.

— É, o bebê nasce logo.

— Acha que eles vão se casar algum dia?

— Eles eu não sei. Mas eu te pediria em casamento ainda hoje.

Clara sorriu, envolvendo os braços no pescoço dele.

— Esses são planos para o futuro, Christopher.

— São?

Ela sorriu, tímida.

— Você vai casar comigo no futuro? — perguntou ele.

— Quem sabe? — ela levantou os ombros sorrindo.

— Vai sim... Nunca vai encontrar alguém mais irresistível do que eu — ele brincou.

— Por que não pensa em me chamar para dançar ao invés de me pedir em casamento?

— Dançar? Você quer dançar?

— Está surpreso?

— Achei que você não sabia dançar.

— Vem, vamos lá.

Caminharam de mãos dadas até a pista de dança onde muitos jovens divertiam-se ao som de músicas animadas. Christopher e Clara dançaram a noite toda, abraçaram-se, trocaram beijos e olhares apaixonados. Não havia mais motivos para esconder daquelas pessoas o quando se amavam e o quanto sentiam-se felizes por estarem juntos. Para algum adulto que estivesse por perto, aquele casal seria interpretado como se vivesse um romance adolescente, imaturo, um amor entre jovens que ainda tinham muita coisa para aprender. Para Chris e Clara isso não tinha importância. O que importava era que estavam juntos naquele momento e que em seus corações desejavam estar juntos para o resto de suas vidas.

Capítulo Bônus

Era o segundo semestre na faculdade de Ciências Políticas e Clara ainda se recordava de como as férias de julho haviam sido boas. Passaram depressa, isso era verdade, e não foram o bastante para que ela conseguisse matar a saudade de Christopher. Mas, ao menos, conseguira passar longas tardes com o namorado, curtindo os melhores filmes em cartaz do cinema e desfrutando das sinceras e apaixonadas conversas que sempre tinham. Fora muito difícil passar quase cinco meses longe de Chris. Os telefonemas diários e as cartas de amor só contribuíam para aumentar a saudade que ela sentia. Ainda estava inconformada por terem sido aprovados no vestibular para universidades públicas distintas. Com Chris em Brasília e Clara em São Paulo, mais de 1500 km de estrada os separavam e nem mesmo os novos recursos tecnológicos que inovavam os meios de comunicação eram suficientes para abrandar a vontade de Clara e Christopher de se tocarem, se abraçarem e trocarem beijos apaixonados.

Apesar da saudade e da angústia por saber que ficaria os próximos meses longe do amado, o ano estava repleto de notícias boas para a garota. Talvez aquele fosse um ano ainda melhor do que o anterior. Seu pai estava finalmente namorando. E ela vira o pai sorrir mais naquelas férias do que em toda a sua vida. Augusto tentava disfarçar e se manter austero, mas seus olhos não conseguiam esconder que ele estava feliz e completamente apaixonado. A namorada dele, futura madrasta de Clara, era uma mulher viúva, com duas filhas casadas e três netos. Conhecer aquela família fora algo inusitado para Clara, sempre acostumada à solidão e à casa vazia e silenciosa. O barulho das crianças cheias de energia, do agito dos talheres e copos na mesa de jantar e das risadas altas e calorosas da namorada de Augusto, inundavam a casa de alegria, vida e aconchego. A mulher se chamava Letícia e Clara foi a primeira pessoa a ver o nome dela e de Augusto gravados nas alianças de noivado que ele comprara.

Antes do retorno de Clara para a faculdade, Augusto teve uma conversa sincera com a filha:

— Eu sei que está sendo muito rápido, minha filha. Essa casa continuará sendo sua e o seu quarto ficará intacto, sempre esperando sua chegada. A Letícia é uma mulher muito amável, tenho certeza de que vocês se darão bem.

— Pai, não se preocupe comigo. Eu estou feliz porque o senhor está feliz. Estou morando longe e só venho nas férias. Estava tão receosa de deixar o senhor sozinho nesta casa. Agora posso respirar aliviada, pois sei que terá alguém para cuidar de você.

Augusto sorriu e abraçou a filha, confessando:

— Eu te amo, Clara. Obrigado por me tolerar todos esses anos. Estou tentando ser um pai melhor pra você, espero estar conseguindo.

— Pai, eu também te amo. Eu jamais desejaria outro pai além do senhor.

Os olhos dele se encheram de lágrimas que ele se recusou a derramar. Clara segurou forte a mão do pai e olhou nos olhos dele, falando com firmeza:

— Não tenha medo, pai. A Letícia te ama e tenho certeza de que o senhor vai fazê-la feliz.

Augusto apertou os lábios, engasgado, e apenas assentiu com a cabeça, sem nada conseguir dizer.

Aquele dia frio de Agosto contribuiu para Clara ter ainda mais preguiça de se levantar da cama para ir à faculdade. Ficar debaixo dos edredons parecia perfeito. Mas ela se obrigou a reagir, tomar um banho e duas xícaras de café forte que ela estava aprendendo a apreciar. Assistiu atentamente os cinco horários de aula. Eram disciplinas que capturavam cada vez mais seu interesse e despertavam sua curiosidade. Escolher aquele curso de última hora parecia algo maluco, mas ela não se arrependia nem por um segundo. Queria adquirir mais conhecimento na área e fazer a diferença na sociedade.

No fim da manhã, ela recusou o convite dos colegas para almoçar. Queria chegar em casa depressa para telefonar para Chris. Já fazia quase uma semana desde que eles se despediram em Belo Horizonte e há três dias não conseguia falar com ele ao telefone. A garota guardou o material na bolsa, retocou o batom que havia ganhado de Ariana em seu aniversário e partiu em direção ao ponto de ônibus. Atravessou a rua correndo para aproveitar o semáforo verde para pedestres e deu graças a Deus pelo ônibus chegar em menos de cinco minutos. Sua barriga roncava de fome e ela pensava no risoto que havia preparado na noite anterior. Ainda havia um pouco na geladeira e ela tinha acertado em cheio na receita. Sua boca salivou e, por um instante, desejou que Chris estivesse ali para testar os dotes culinários dela.

Clara desceu do ônibus e caminhou alguns quarteirões. Estava distraída, pensando na pesquisa que faria aquela tarde em meio aos diversos livros emprestados da biblioteca. De repente, ela parou de andar e ficou estática. Precisou piscar várias vezes para acreditar em seus olhos e respirar fundo para recuperar o fôlego. Chris se aproximou dela com o sorriso lindo dele, entregou a ela um ramalhete de rosas amarelas e a beijou no rosto.

— Oi, meu amor.

— Chris? O que... Mas... Como? Você... Só posso estar sonhando.

— Vamos ver se você está sonhando! — ele a envolveu pela cintura, estreitando seu corpo ao dela e a beijou com paixão.

Clara o abraçou e correspondeu ao beijo, totalmente extasiada.

— Que saudade eu senti de você, minha gata. E esses cabelos? Gostei no novo visual. Essas mechas vermelhas me lembram daquela garota difícil que eu custei a conquistar e os fios castanhos me lembram que você finalmente aceitou ser minha namorada e me amar sem medo.

— Ah, Chris! O que você está aprontando? Some por três dias e agora aparece aqui na porta da minha casa... Quer me matar do coração?

— Você acha que eu conseguiria passar os próximos anos da minha vida longe de você? — Chris ainda sorria, tocando os cabelos de Clara.

Ela sorriu sem entender. O que afinal ele estava dizendo?

— Brasília sempre foi o meu sonho. Mas com você aqui em São Paulo... Não sosseguei enquanto não consegui uma transferência. Foi muito difícil. Nunca pensei que o curso de Música fosse tão disputado. Mas, enfim, aqui estou.

— Você está dizendo...

— Me mudei ontem pra cá, vou morar a cinco minutos da sua casa e estudar na mesma universidade que você.

— Chris, não brinca comigo! — Clara não conseguia acreditar que aquilo estava acontecendo.

— Você está feliz? — ele indagou.

Clara olhou nos olhos de Chris e abriu um sorriso gigante, pulando no pescoço do namorado e enchendo-o de abraços e beijos. Chris dava risadas com aquela demonstração frenética de carinhos. Estava acostumado com uma Clara mais séria e contida.

— Venha, vamos entrar. Você já almoçou? Fiz uma receita maravilhosa ontem e gostaria que você provasse — ela convidou.

— Hummm, tudo que você cozinha é delicioso, meu amor. Tenho certeza de que vou gostar.

Os dois entraram no prédio de mãos dadas e Clara não conseguia parar de sorrir.

Chris se esticou no sofá enquanto Clara esquentava o almoço e preparava a mesa. Ela tinha utensílios simples, mas isso não a impediu de arrumar a mesa com esmero.

— Vem, Chris, já está pronto.

Ele estava cochilando e abriu os olhos ao ouvir a voz da namorada. Se levantou espreguiçando-se e sentou à mesa.

— Você parece cansado — ela comentou.

— Eu estou, viajei o dia inteiro ontem e fiquei quase a noite toda arrumando o apartamento. Aquilo lá está uma poeira só.

— Você vai morar sozinho também?

— Vou. Minha tia me emprestou o apartamento. Está fechando há alguns meses e ela não consegue alugar. Disse que posso morar lá o tempo que eu precisar pagando apenas o condomínio. Foi um bom negócio. Até eu arrumar algum trabalho, minha mãe vai ter de me ajudar e, querendo ou não, é uma despesa alta.

— Eu sei. Minha avó e meu pai estão me ajudando. Minha mãe também tem mandando uma grana.

— Sua mãe?

— Sim. Mas é segredo. Meu pai não sabe.

— Não deve ser fácil pra você esconder dele que vocês duas se reencontraram.

— Bom, agora que ele vai se ficar noivo, acho que não conseguirei esconder isso dele por muito tempo. Ele voltou a fazer contato com os pais da minha mãe para tentar descobrir onde ela está. Quer se divorciar para poder casar de novo.

— Uau. Você nunca tinha mencionado os seus avós maternos.

— Eu não os vejo há anos. São divorciados e minha avó se mudou para o Uruguai. De vez em quando, eles mandavam cartões e presentes de natal. Mas meu pai nunca me deixou visita-los. Como eles também não tinham a liberdade de vir até minha casa, acho que se acostumaram com a ideia de ter uma neta à distância.

— Puxa... Não consigo entender isso.

Ela deu de ombros e serviu o risoto a Chris. Estava saindo fumaça, espalhando o aroma de alecrim.

— Hummm, meu amor! Que risoto! O melhor que já comi. Colocou minha mãe no chinelo. E olha que a Dona Lilian é a rainha dos risotos!

Clara deu uma garfada, apreciando a comida e sorrindo com satisfação.

— Como vai o Tiago? O bebê dele é tão fofo! — a garota perguntou.

— Ele ainda está bolado porque não conseguiu passar no vestibular e está ralando pra caramba para conciliar o trabalho com o cursinho. No mais, continua o mesmo tagarela e piadista de sempre. Aquele lá é uma figura!

— Ele é mesmo! — Clara deu uma risada. — Não sei se você reparou, mas eu achei a Alessandra uma mãe muito dedicada. E ela parece ser caidinha pelo Tiago.

— Ele também está amarradão nela. Achei que o lance deles não ia pra frente, mas ele me disse que estava pensando em pedi-la em noivado.

— Sério?

— Sério. Mas ele quer passar no vestibular primeiro, disse que vai morrer de estudar, mas vai conseguir entrar na faculdade esse ano de qualquer jeito.

— Tomara que ele consiga.

— Também torço por ele. Oro pra ele quase todo dia. Ele é um amigo de verdade. Gosto dele como se fosse meu irmão.

— Eu sei... Sinto o mesmo pela Ariana. Ela disse que ia tentar vir no próximo feriado para fazer um tour em São Paulo. Quer que eu faça uma lista dos melhores restaurantes para ela planejar tudo. Estou com saudades. Não nos vimos essas férias porque ela viajou com a família. Sinto muito a falta dela quando estou sozinha.

— Seus dias de solidão acabaram, meu amor. Seu namorado irresistível está aqui para te fazer companhia.

Os dois eram só sorrisos, afagos e olhos brilhando. Realizar sonhos como estavam fazendo era uma das melhores coisas da vida.

Depois do almoço, assistiram um pouco de televisão, abraçados no sofá. Chris cochilou, recostado ao ombro da namorada. Ela passou a mão no rosto dele e sussurrou:

— Chris, por que não se deita um pouco e descansa? Eu tenho mesmo que fazer alguns trabalhos da faculdade. Não me importo se quiser dormir lá na minha cama.

— Onde você vai estudar?

— Ali na mesa — Clara apontou para a mesa à sua frente.

— Então eu vou ficar aqui no sofá mesmo, quero ficar perto de você.

Ela sorriu e deu um beijo no rosto dele, se levantando. Chris tirou o tênis e se esticou no sofá. Clara trouxe um travesseiro e um edredom. Christopher deitou no travesseiro e comentou, já com os olhos fechados e a voz arrastada de sono:

— Ah, tem o seu cheirinho aqui. Vou dormir pensando em você.

Chris apagou. Clara limpou a mesa e colocou seu material sobre ela, tentando fazer o mínimo de barulho possível. Olhava para o sofá incessantemente. O garoto mais bonito do mundo estava ali, dormindo em sua casa, deitado em seu travesseiro, apaixonado e disposto a mudar o rumo de sua vida quantas vezes fosse preciso, só para ficar ao lado dela. Clara não podia estar mais feliz. Já conversavam sobre casamento há algum tempo. Entretanto, ela sabia que precisariam esperar alguns anos para que pudessem ter empregos e renda capazes de torná-los financeiramente independentes. Com Chris morando na mesma cidade, seria muito mais fácil esperar pelo dia em que se tornaiam marido e mulher.

Grupo Editorial
LETRAMENTO

www.editoraletramento.com.br